Narratori **‹** Feltrinelli

Rosario Pellecchia

Le balene mangiano da sole

© Giangiacomo Feltrinelli Editore Milano
Prima edizione ne "I Narratori" marzo 2021

Stampa Grafica Veneta S.p.A. di Trebaseleghe - PD

ISBN 978-88-07-03430-5

FSC
www.fsc.org
MISTO
Carta
da fonti gestite in
maniera responsabile
FSC® C021883

www.feltrinellieditore.it
Libri in uscita, interviste, reading,
commenti e percorsi di lettura.
Aggiornamenti quotidiani

razzismobruttastoria.net

A te, che non smetti mai di cercare.

How can you just leave me standing,
alone in a world that's so cold?

PRINCE, *When Doves Cry*

1.

Pizza Bismarck

"Pizza Bismarck. Con uova e asparagi. Ja', ma come si fa? Come ti viene in mente? Posso capire se sei disperato, come ad Amsterdam, l'ultima sera della gita di quinta liceo: ordinai una 'pepperoni', salvo poi scoprire che i pepperoni erano una salsiccia gommosissima, praticamente un chewing-gum di maiale. Ma a Milano, in qualsiasi pizzeria, ci sono almeno ventotto opzioni diverse. Non voglio fare il napoletano snob, quello che crede che la pizza sia una cosa sacra, i gusti sono gusti: però a tutto c'è un limite. Non vuoi la margherita perché è banale? E vabbuò, allora buttati su una salsiccia e friarielli, una marinara... Ti concedo pure una prosciutto e funghi. *Ma la Bismarck no, dai!*"

Sarà perché è il quattro dicembre e il freddo di Milano è insopportabile, specie se stai aspettando una consegna fuori da un ristorante già da dieci minuti, fatto sta che a Gennaro Di Nola, detto Genny, l'ultimo pensiero viene fuori a voce alta, proprio in faccia al ragazzo filippino che gli sta porgendo la scatola con dentro una pizza Bismarck.

"Scusa?"

"No, non dicevo a te: stavo parlando al telefono," si inventa Genny lì per lì, sperando di risultare credibile.

Il cameriere gli scruta le orecchie per vedere se ci sono gli auricolari. Niente. Lo guarda male, probabilmente l'ultima cosa che vuole stasera è il rider "impegnato", quello che cerca di fare conversazione, che commenta. Che non si limita a fare il rider, appunto, ovvero colui che è pagato per consegnare cibo a domicilio usando la bici o lo scooter, non certo per esprimere opinioni. I pochi italiani sono così, eccedono in giudizi non richiesti. Forse lo fanno per una certa volontà di distinguersi dagli altri, dagli stranieri, specialmente quando il ritiro è in una pizzeria o in un ristorante italiano. Come se volessero rimarcare che di cibo italiano loro ne sanno, e che quel lavoro lo fanno soltanto in attesa di trovare di meglio.

Genny legge chiaramente l'ostilità nello sguardo del ragazzo. Vorrebbe dirgli di stare tranquillo, era solo un pensiero a voce alta: e anche se lui è di Napoli, e dunque di pizze se ne intende, non aveva alcuna intenzione di essere polemico. Quello, però, non lo guarda già più: sta infilando una pila di vaschette in un sacchetto, pronto a passarlo al prossimo rider, un gigante africano, e così Genny mette schizzinosamente la Bismarck nello zaino cubo, monta in bici, indossa gli auricolari e comincia a pedalare in direzione Città Studi, a venti minuti da dove si trova adesso. Conosce la strada, e questo fa la differenza: può ascoltare la sua musica, senza doversi sorbire la voce metallica del navigatore che gli dice dove andare. Schiaccia play sul telefono, parte *Boys Don't Cry* dei Cure e pedala fortissimo, un po' per tenere il ritmo e un po' perché "certo che fa veramente 'nu sfaccimm 'e fridd".

Eccolo, un altro pensiero a voce alta, questa volta gli esce mentre è fermo a un semaforo, proprio accanto a un tizio sullo scooterone, con la coperta muccata sulle gambe e lo sguardo da agente immobiliare stronzo.

"Prego? Ce l'hai con me?"

Genny sospira, facendo uscire una nuvoletta dalla bocca e ripromettendosi di lavorare seriamente su questa faccenda della verbalizzazione incontrollata dei pensieri.

"No, si figuri. Stavo solo pensando a voce alta che stasera fa veramente freddo."

"Se fa troppo freddo perché non te ne torni a Napoli, Pulcinella?"

Scatta il verde, il tizio riparte a manetta, Genny si alza sui pedali e per un attimo vorrebbe rincorrerlo, non per litigare, solo per chiedergli il motivo di tutta quella inutile avversione.

Desiste, alza il volume di altre due tacche e prende via Pola in direzione stazione Centrale, mentre Robert Smith gli canta nelle orecchie.

Ha l'abitudine di immaginare l'aspetto della persona a cui consegnerà il cibo, quella che gli aprirà la porta. Spesso ci prende. E così stasera cerca di figurarsi il tizio che ha scelto la pizza della vergogna: pizzetto, coda di cavallo, felpa con la scritta e pantaloni della tuta.

Ecco, adesso ha completato mentalmente l'avatar, mentre imbocca via Plinio. Decide al volo che se gli darà la mancia non gli dirà nulla, ma se per caso Coda di Cavallo dovesse rivelarsi pure taccagno sarà difficile resistere alla tentazione di rispondergli con acida ironia: "Ecco la sua buonissima Bismarck. Buon appetito, e complimenti per l'ottima scelta!".

Niente di maleducato o di irridente. Soltanto un vezzo, una piccola, stupida soddisfazione, in quel martedì gelido in cui i milanesi non sembrano affatto brillare per simpatia.

Nel frattempo è arrivato a metà strada, fa sempre più freddo e nelle cuffie c'è *Around The World* dei Daft Punk.

Genny canta a voce alta quel ritornello ossessivo: è piuttosto intonato, tanto che al semaforo successivo una ragazza bellissima in una Smart lo sente, mentre getta la cenere della sigaretta fuori dal finestrino. Gli sorride, mostrandogli il pollice in segno di apprezzamento, e riparte. Lui pedala più forte che può per tentare di raggiungerla, ma ovviamente non ce la fa. Peccato, avrebbe potuto parlarle, e chissà, forse trovare il coraggio di portarla fuori a cena un venerdì, l'unico giorno in cui non lavora. L'unico in cui non attraversa la città in lungo e in largo consegnando cibo a domicilio.

È tanto che non esce con una ragazza. Troppo. La tipa della Smart avrebbe potuto essere il suo ritorno in grande stile. Si immagina a cena con lei mentre imbocca via Pacini, la sua destinazione. È in anticipo di due minuti, e così può ascoltare fino in fondo *Bad Guy* di Billie Eilish, mentre lega la bici a un palo e si avvia verso il citofono.

"Sì?"

"Delivery!"

"Terzo piano, scala B."

Voce di donna. Non giovane, sembrerebbe.

Il citofono gracchia, il portone si apre e Genny sale svelto i tre gradini che lo separano dall'ascensore. È uno di quelli vecchissimi, con le antine scorrevoli di legno e cristallo, le maniglie di ottone lucido, il panchetto di pelle e quell'odore di chiuso che si sente solo negli ascensori degli stabili "vecchia Milano".

Genny entra, richiude le antine e si guarda allo specchio. Ha sempre pensato di avere una faccia strana: non brutta, ma nemmeno regolare. Il naso lungo e sottile, gli occhi di un azzurro intenso come quelli di suo nonno, i capelli scuri e foltissimi, la barba incolta. Una volta, una cliente gli ha chiesto se era israeliano.

L'ascensore si ferma sobbalzando con un rumore sordo, lui esce e, dopo essersi tolto lo zaino dalle spalle, suona al campanello con scritto *Vigoreni*.

Cinque secondi, poi dieci: niente.

Tira fuori la scatola dal cubo.

Finalmente il rumore di chiavi che girano, la porta che si apre, e Genny la vede: la signora sarà alta non più di un metro e sessanta, ha i capelli bianchi e lo sguardo malinconico di chi ultimamente ha guardato troppa tv da sola, senza nessuno con cui chiacchierare.

"Buonasera, signora. Ecco la sua pizza."

"Buonasera, grazie. Spero sia ancora calda, fuori deve far freddo."

"Sì, in effetti si gela."

"Lo avevano detto al telegiornale che stava arrivando."

Genny ha imparato a riconoscere i clienti che hanno voglia di socializzare. È evidente che la signora appartiene a quella categoria.

"La pizza Bismarck piaceva tantissimo a mio marito. Andavamo a mangiarla ogni martedì. Quando è mancato ho provato a mantenere la tradizione, ma dopo un po' di andarci da sola non avevo più tanta voglia, sa... Poi mia figlia mi ha fatto scoprire questa cosa dell'ordine... *onlain*. Si dice così, vero?"

"Sì, signora: lo ha detto benissimo."

"A lei piace la Bismarck?"

Lo guarda negli occhi mentre gli porge una moneta da due euro.

Genny la osserva: non ha la coda di cavallo, né la felpa con la scritta. Ha una vestaglia di flanella a quadri, gli occhiali con la montatura dorata e le pantofole rosse, quelle comode che vendono in farmacia. Assomiglia a sua nonna.

"Sì, signora. È la mia pizza preferita."

Dopo averla salutata, rimonta sulla sella gelida e sorride pensando alla bugia che ha appena detto.

2.
Hamburger gourmet

Il fatto è che a Genny piace fare il rider. Ha cominciato dopo la laurea triennale: Design del prodotto industriale al Politecnico Bovisa, a Milano. Era stato il suo coinquilino Kalidou a parlargliene.

Vivono in un bilocale in via Zuretti, vicino alla stazione Centrale. Spese divise, turni per le pulizie e una promessa reciproca: non arrivare mai a quella cosa tristissima di scrivere i nomi sugli yogurt mangiati a metà in frigo.

Kalidou è senegalese, ha occhi grandi e dita lunghissime. È in Italia da tre anni, ha scelto Milano perché suo cugino ci si era trasferito con la famiglia. Ha cambiato diversi lavori, riuscendo a ottenere un regolare permesso di soggiorno. Da poco più di un anno fa il rider per una delle più grandi piattaforme di food delivery.

Quando Genny gli ha chiesto di parlargli del suo lavoro, Kalidou gli ha spiegato tutto il meccanismo. Il sistema è semplice: queste società si pongono come intermediari tra i ristoranti e i clienti, dunque i rider scaricano una app, così come chi ordina. Il cliente sceglie cosa mangiare, conferma l'ordine e paga. A quel punto il rider riceve una notifica online, pedala verso il ristorante dove deve ritirare il cibo, lo mette nel suo zaino cubo e salta di nuovo in sella. Sia il cliente sia l'operatore della piattaforma tracciano il viaggio del rider, da quando parte a quando consegna, ricevendo in tempo reale aggiornamenti sul percorso del pasto ordinato. Riassumendo: un computer dentro un ufficio, uno smartphone tra le mani di un tizio affamato seduto sul divano e in mezzo un puntino che si muove veloce su una schermata. Quel puntino è Kalidou.

"Non è facile, amico: questo lavoro è una schifessa," gli ha detto con quel suo accento che a Genny piace da morire. "Devi farti il culo, ti pagano una miseria, e in inverno in bicicletta fa un freddo passesco. Però è sempre meglio che stare otto ore chiuso in fabbrica o in un call center. Almeno giri la città ascoltando musica."

Gli ha raccontato che esiste più di una società, e che ognuna offre condizioni leggermente diverse: alcune pagano un fisso e un supplemento per ogni chilometro percorso, altre impongono orari, altre ancora, invece, ti consentono di lavorare quando vuoi, ti rendi reperibile solo nel momento in cui lo decidi tu – una tipologia, questa, perfetta per gli studenti che vogliono racimolare qualche soldo da aggiungere a quelli che ricevono dai genitori. La paga va dai cinque ai dieci euro lordi a consegna, l'equipaggiamento include generalmente zaino cubo, pettorina o giubbotto, supporto e batterie ausiliarie per il telefono: bicicletta e smartphone, invece, sono di proprietà dei rider. Il lavoro sembra autonomo, ma in realtà ha tutte le caratteristiche di un impiego da dipendente, senza di fatto garantirne i diritti e le tutele. Su questo punto Kalidou aveva iniziato a infervorarsi, raccontandogli delle polemiche scatenate da questa anomalia: alcuni esponenti politici si erano mobilitati in favore dei rider, ma al momento la situazione era ancora immutata.

"Tutto quello che ti serve per inisiare, oltre a una bici, al telefono, alla app e ai documenti, è un manuale di 'consigli per la guida', te lo danno quando firmi il contratto. In teoria dovrebbero farti fare una specie di corso di formazione, un affiancamento di qualche giorno, ma negli ultimi tempi c'è talmente tanto lavoro che lo hanno sospeso."

Genny ascoltava con attenzione, e ogni tanto lo interrompeva con delle domande.

"Quanto si guadagna?"

"Tra gli ottocento e i milleduecento euro al mese, dipende dal numero di consegne e dalle mance, ma per arrivare a quella cifra di consegne devi farne tantissime... che vuol dire lavorare dieci ore al giorno."

Genny a quel punto aveva un quadro molto preciso, Kalidou era stato prodigo di dettagli, alcuni dei quali piuttosto drammatici. Storie di sfruttamento, di atteggiamenti autoritari da parte di caporali senza scrupoli, di una "tratta" delle licenze, che alcuni immigrati regolari vendono ad altri senza il permesso di soggiorno perché possano lavorare al posto loro: una triste guerra tra poveri. Genny aveva sgranato gli occhi quando Kalidou gli aveva detto che alcuni rider lavoravano per società che a loro volta procuravano lavoratori alle piattaforme: intermediari di intermediari!

"Non ci sono orari, amico mio. Questo lavoro esiste solo perché è pieno di ragassi che hanno bisogno di soldi: siamo i nuovi schiavi, è questa la verità. Ecco perché siamo quasi tutti stranieri. Gli italiani un lavoro così non lo farebbero mai. Infatti ce ne sono pochissimi. Ma perché tutte queste domande? Non dirmi che stai pensando di inisiare anche tu."

I tentativi di Kalidou di dissuadere Genny non avevano sortito effetto. Anzi, più gli parlava male del suo lavoro e più Genny si incuriosiva. Di tutto quel discorso, la parte che lo aveva colpito maggiormente era l'idea di girare Milano in bicicletta, ascoltare musica e incontrare persone. Tenere la testa occupata, non solo con lo studio. Muoversi, per evitare di pensare troppo. Sentiva di averne bisogno.

Non che non fosse sensibile al tema dello sfruttamento e delle condizioni a tratti disumane in cui erano costretti a lavorare quei ragazzi, ma era talmente eccitato dalla prospettiva che gli aspetti negativi non lo preoccupavano particolarmente. E infatti due giorni dopo si era presentato al colloquio.

Al tipo seduto davanti a lui, Giuseppe Visentin, un inflessibile manager veneto animato da un certo pragmatismo, non era mai capitato un ragazzo italiano laureato che si candidasse a fare il rider.

"Dunque, Di Nola... leggo qui che lei è laureato al Politecnico."

"Sì, dottor Visentin. Ho appena iniziato il biennio di specialistica."

"E perché vuole fare il rider?"

"Mi piace molto andare in bici. Lo faccio già, è il mio unico mezzo di trasporto in città. E poi... le persone. Le loro facce, le loro voci. Le loro storie."

Visentin lo guardava sospettoso, sprofondato nella sua poltrona girevole in pelle, labbra sottili e camicia di un colore che, quando lo vedi in una vetrina, ti chiedi chi diavolo se la potrà mai comprare.

"Lei lo sa che la conversazione più lunga che avrà con i clienti saranno cinque secondi sullo zerbino, vero?"

"Sì, ma in cinque secondi si possono scoprire un sacco di cose. Le case, per esempio, hanno ognuna un odore diverso. Si capisce tanto dall'odore di un appartamento."

Visentin continuava a fissarlo, sospeso tra la curiosità e l'inquietudine.

"Non è consigliabile dilungarsi in chiacchiere al momento della consegna: potrebbe rallentare il processo."

Rallentare il processo. Genny non poteva credere che avesse davvero usato quell'espressione.

"Non accadrà. Diciamo che il mio interesse per l'aspetto socio-antropologico di questo lavoro non costituirà un ostacolo. Si fidi."

Gli piace rendere il suo eloquio più formale, in certe situazioni. Quando l'interlocutore è molto rigido, lui per reazione esagera col linguaggio forbito.

"Lei è di Napoli, vero?"

"Sì."

"Napoli Napoli?"

A Genny quella ripetizione fa sempre molto ridere. Gli ricorda Bora Bora.

"Sì. Sono nato vicino al monastero di Santa Chiara. Sa, quello della canzone..."

Niente. Una mucca che guarda il treno passare. Visentin non doveva essere quel che si dice un melomane. Oltre al fatto che aveva evidentemente molta fretta.

"Glielo chiedo perché lo so come fate voi. Siete dei gran chiacchieroni. Lo dico con simpatia, eh: ma se lei mi si mette a fare il cinema mentre consegna, mi crea un problema... capisce?"

"Ho un fratello che dice cinque parole al giorno."

"Prego?"

"Non tutti i napoletani sono loquaci."

"Ho capito. Lei sì, però."

"Ma questo è un colloquio. Non le sto mica consegnando la cena. Del resto, se si chiama colloquio si dovrà pure un po' colloquiare, non crede?"

"Ascolti, Di Nola: parliamoci chiaro, lei si esprime benissimo e sembra piuttosto preparato. Glielo chiedo di nuovo, ma la prego di dirmi la verità: perché vuole fare il rider?"

"Gliel'ho già detto: le vite degli altri. Come il film. Se lo ricorda? Lo ha visto?"

Anche sul cinema c'era stata scarsa reattività. Fatto sta che, nonostante le perplessità di Visentin, tre giorni dopo Genny aveva fatto la sua prima consegna. E adesso eccolo qua, appoggiato a un muretto dopo aver portato la pizza alla signora Vigoreni, intento a fumare una sigaretta, una delle tre che si concede ogni giorno. Sua madre gli dice sempre che farebbe meglio a smettere, ma lui le risponde che, proprio perché ne fuma così poche, se le gode tutte. Specie in certi momenti, per esempio quando ha appena fatto una consegna. Come adesso.

Decide di chiamare Kalidou.

"Oh, dove sei?"

"Porta Romana."

"Ti va una birra quando finiamo? Offro io," gli propone.

"Ok. Sentiamoci dopo."

"Mi raccomando: se consegni a una bella guagliona, portala con te e chiedile se ha un'amica!"

"Tu hai visto troppi film. Ti immagini sempre un sacco di cose e poi quando si tratta di concludere non combini mai un casso."

"Mamma mia, che brutto carattere che tieni. Non puoi essere un po' più ottimista?"

"Ciao Genny. Sono arrivato. Magari ci sentiamo dopo."

Genny sta per replicare, ma Kalidou ha già chiuso. Sul suo telefono, nel frattempo, è arrivata una notifica. Ritiro presso un'hamburgeria in viale Monza, consegna in corso Buenos Aires. È la sua prossima missione. Gli piace immaginarsi così, come una specie di supereroe che sfama la città. Si rimette le cuffie, fa ripartire la musica e inizia a pedalare.

Il navigatore gli dà quattordici minuti, ce ne mette uno di meno. All'arrivo trova altri quattro rider in attesa. Uno di loro lo conosce, è un ragazzo cingalese di nome Pushkar. Si salutano, chiacchierano un po', giusto il tempo dell'attesa.

"Centododici!"

"Eccomi."

Sul sacchetto c'è scritto *Hamburger gourmet, due per.*

Genny sorride: "gourmet" è la nuova parola chiave nel mondo della ristorazione milanese. Qualche volta indica una qualità effettivamente superiore, una sperimentazione interessante o la rilettura di un piatto tradizionale che davvero diventa più buono. Ma Genny ha verificato che spesso nasconde una supercazzola costosa e poco riuscita.

Mette il sacchetto nel cubo e riparte, la consegna è a otto minuti di distanza. Otto preziosi minuti per dedicarsi al suo hobby preferito: immaginarsi il cliente. È un perfezionista, Genny Di Nola, ecco perché prova un leggero disappunto per aver cannato con Coda di Cavallo, che alla fine si è rivelato essere la sciura più dolce del mondo: adesso non può davvero permettersi di sbagliare l'identità del prossimo cliente.

Mercoledì sera, due hamburger gourmet, zona Buenos Aires. Potrebbe essere una coppia giovane e ricca che vive in una di quelle case arredate in stile industrial: disadorne, pochi pezzi di arredamento costosissimi, cucina ipertecnologica e inutilizzata.

Non ha tempo per formulare altre opzioni, è già arrivato. Citofona, voce maschile molto profonda. Terzo piano. Gli apre una donna sui trent'anni, jeans chiari, canotta e piedi nudi. Ha appena fatto una doccia, i capelli ancora bagnati. Fisico slanciato, occhi un po' a mandorla, carnagione scura. Probabile genitore orientale.

Genny osserva ogni minimo dettaglio ed elabora le informazioni, come farebbe un esperto profiler sulla scena del crimine. Quando la ragazza apre del tutto la porta guarda dentro, ma con discrezione. Ha imparato da quella volta che un tizio in corso Magenta si è accorto che ficcava il naso e ha accostato un po'. La casa della ragazza fresca di doccia è un mega loft: vetro, acciaio e muri non rasati, tutto nei toni del grigio e del nero, una lampada Arco di Castiglioni, imponenti casse acustiche in marmo.

"Buonasera, signorina: ecco la sua cena."

"Grazie. Arrivederci."

Niente mancia. L'ultima cosa che vede prima che la porta si richiuda è il marito, o fidanzato, colui che presumibilmente gli ha risposto al citofono. Ha più o meno la stessa età della donna, è muscoloso e col cranio rasato, le braccia e il collo completamente tatuati. Sta accarezzando un chihuahua. A parte il cane, stavolta Genny ci ha preso su tutto: che soddisfazione!

Riparte immaginandosi la serata di quei due, il film che guarderanno, il nome del cane, e se guaisce con la testa inclinata quando fanno sesso. È fatto così: non smette mai di chiedersi come vivono le persone – cosa sentono, cosa pensano.

3.

Gelato pistacchio salato e cioccolato fondente

Uno dei ricordi più belli della sua infanzia è la funivia della nonna. A Genny torna in mente spesso ultimamente, e non a caso: dopotutto, quella tecnica era un ingegnoso, primordiale sistema di food delivery familiare.

Napoli, primi anni duemila, rione Camaldoli. Vicino al Vomero, ma meno fighetto. Meno chiattillo, detto nella lingua del posto.

La casa dei Di Nola e quella della nonna materna di Genny, Maria Vicedomini, erano una di fronte all'altra. Ogni volta che donna Maria, cuoca provetta come tutte le nonne, preparava qualcosa di speciale, faceva uno squillo alla figlia Anna, uno solo: era il segnale convenuto. Il piccolo Genny era l'addetto al ritiro: si precipitava giù, attraversava, spingeva il portone che la nonna aveva già provveduto ad aprire e correva a chiamare l'ascensore. Quando le porte si aprivano, rivelando un fagotto a scacchi, lui veniva investito da un profumo buonissimo: gatò di patate, pizza di scarole, parmigiana di melanzane... A quel punto prelevava il fagotto e tornava di corsa a casa, dove il resto della famiglia lo aspettava con una trepidazione degna dell'attesa per una nascita. In pratica, a parte la bicicletta, era già un rider.

Un giorno suo padre, Domenico, aveva avuto un'idea rivoluzionaria: è fatto così quell'uomo, non sta fermo un attimo. Ogni occasione è buona per ripensare la disposizione dei mobili, cambiare colore alle pareti o dare una sistemata alla cantina. Genny amava quelle iniziative, a differenza dei suoi fratelli maggiori, Gaetano detto Nino e Michele, i quali, essendo già in età preadolescenziale, le vivevano come un'insopportabile interruzione della loro principale attività: i videogiochi.

Se Domenico aveva un'idea, come spesso accadeva di sabato, doveva subito annunciarla alla famiglia. Quando all'ora della merenda si trovavano riuniti intorno al tavolo, mentre la mamma tagliava a fette il prestofatto appena uscito dal forno, parlava loro con tono solenne, gesticolando con le sue mani gigantesche.

Esordiva sempre con la stessa frase – "Ho pensato una cosa" –, che produceva un'immediata, chiarissima frattura all'interno del nucleo familiare. Da una parte, Genny spalancava gli occhi e pendeva dalle sue labbra; dall'altra, la mamma sospirava di disappunto, tentando almeno di non farsi beccare, mentre i due gamer, privi di quella delicatezza, mugugnavano apertamente senza staccare gli occhi dai Game-Boy e si lamentavano perché proprio in quel momento stavano stabilendo un nuovo record di punti.

"Vorrei creare una specie di funivia del cibo tra casa nostra e casa della nonna!" aveva annunciato quel pomeriggio Domenico. Roba forte, da set cinematografico.

Genny aveva la salivazione azzerata, sua madre invece temeva già il casino e la sporcizia che quella iniziativa avrebbe prodotto, "che alla fine, poi, chi è che deve pulire e mettere a posto?".

Nino e Michele, stravaccati sulle sedie, speravano solo che quella nuova follia del MacGyver che avevano come padre si esaurisse rapidamente, e soprattutto che non fosse richiesta la loro collaborazione. Quando a Domenico venivano quelle idee, non c'era tempo da perdere: doveva realizzarle al più presto. E così, quella volta, nel giro di dieci minuti lui e il figlio più piccolo – l'unico a subire ancora il suo fascino – erano in macchina, diretti al Brico Center di via Jannelli: rincasarono con delle carrucole, una quantità considerevole di corda, moschettoni, manovelle, viti e bulloni di vario tipo. Bisognava mettersi subito al lavoro: Genny adorava fare l'assistente, si sentiva come quei tizi delle sale operatorie che passano il bisturi e gli altri ferri al chirurgo.

Due ore dopo, la funivia era pronta per essere varata: l'unica parte davvero difficile dell'operazione era stata far arrivare l'altro capo della corda sul balcone della nonna. Ci avevano legato una patata bella grossa, che però si era staccata durante il lancio e solo per caso non aveva centrato in testa una signora con un volpino al guinzaglio. Il secondo lancio era andato a buon fine: la patata era atterrata sul balcone di fronte e così Domenico aveva potuto continuare la sua opera.

Il primo viaggio della funivia della nonna era importantissimo, era il collaudo del marchingegno: come primo passeggero fu scelto un mezzo casatiello. La nonna lo adagiò nel panaro e questo fu agganciato con cura alla corda.

"Genny, il primo viaggio devi farlo partire tu!"

Suo padre glielo aveva detto con voce solenne, guardandolo dritto negli occhi, quasi fosse un rito di iniziazione, il passaggio all'età adulta.

Con mano tremante, Genny aveva cominciato a ruotare la manovella, guardando la nonna in lontananza che accompagnava la partenza esultando. Il panaro aveva cominciato a muoversi in modo non troppo fluido lungo la corda. Genny seguiva con lo sguardo quella macchia scura che piano piano, avvicinandosi, prendeva forma. Il padre gli teneva le mani sulle spalle, la mamma, sbuffando, era intenta a pulire il disastro di spezzoni di corda e limatura di ferro sul balcone, Nino e Michele buttavano un occhio senza troppo entusiasmo, anche se dovevano ammettere che stavolta la cosa era un po' più spettacolare: non era come spostare il cassettone in camera da letto o riordinare la cantina.

Genny aveva il cuore in gola mentre vedeva il panaro ormai vicinissimo alla ringhiera.

"Prendilo, non avere paura," lo aveva esortato suo padre.

Lui aveva obbedito, prelevando con la massima cura quel fagotto e reggendolo come se fosse stato la coppa del Sacro Graal fino alla cucina, dove lo aveva appoggiato lentamente sul tavolo. Gli sembrava di aver salvato un naufrago in alto mare e, quando il casatiello era approdato al sicuro sul piano di marmo, aveva tirato un sospiro di sollievo, mentre suo padre gli diceva "E bravo a Gennarino!", abbracciandolo forte e dandogli un bacio sulla testa.

A Genny sembrava di sentire in sottofondo la musica di *Rocky*, il primo film che aveva visto, quando Apollo Creed è al tappeto e Rocky viene proclamato vincitore dell'incontro. Aveva nove anni, e come una specie di mini-sindaco della città aveva appena varato la funivia della nonna.

Ripensa a tutte queste cose mentre è in fila con altri rider fuori da Artico, una gelateria del quartiere Isola. Chi ordina gelato d'inverno è in genere un estimatore, uno che se ne intende. Come al solito, Genny cerca di immaginare chi lo sta aspettando: la consegna è in piazzale Baiamonti, nei pressi del quartiere cinese. Potrebbe trattarsi di un gruppetto di amici, anche perché la vaschetta che hanno ordinato è la più grande, quella da un chilo.

Hanno scelto pistacchio salato e cioccolato fondente, quindi è molto probabile che siano in prevalenza maschi: nella sua esperienza le donne si buttano sui gusti frutta, notoriamente meno calorici.

Per Genny i gusti frutta non hanno senso: quando gliene affidano una vaschetta, a volte deve trattenersi dall'iniziare

una dissertazione sull'argomento, cosa che Visentin trovereb-
be senz'altro poco professionale... Il gelato dev'essere grasso,
pannoso, ciccione: non troppo sofisticato, come dettato dalle
nuove tendenze milanesi, che ormai includono qualsiasi cosa,
dalla cipolla di Tropea al peperone. Bisogna andare sui grandi classici: tre, quattro gusti al massimo.

Un giorno Kalidou gli ha detto che dovrebbe smetterla di
analizzare quello che ordina la gente, hanno già abbastanza
problemi per mettersi pure a giudicare cosa mangiano i clienti. Ma lui proprio non ce la fa a sentirsi un semplice ingranaggio del sistema, un puntino che si muove sullo schermo e
niente più. Lui usa quel lavoro per capire come gira il mondo,
e anche se tutti gli altri rider gli danno del matto, va avanti per
la sua strada.

Quando arriva al portone del palazzo in cui deve consegnare, cerca con lo sguardo il cognome sulla bottoniera del
citofono e suona con decisione.

"Destra, quarto piano." Voce femminile, piuttosto giovane.

Niente ascensore, fa le scale rapidamente: detesta essere
in ritardo, la puntualità è tutto nel suo lavoro. La porta è accostata, suona e in tre secondi la persona gli è davanti.

"Buonasera, ecco il suo gelato," dice con gentilezza.

La ragazza lo guarda con espressione un po' stupita.

"Sei italiano?"

"Sì, sono di Napoli."

"È la prima volta che mi capita un rider italiano."

"Lo so, me lo dicono spesso. Sei delusa?" E intanto le porge il sacchetto.

Ha più o meno trent'anni, gli occhi verdi e delle bellissime
lentiggini. Alle sue spalle, un'altra ragazza in T-shirt e jeans, e
quattro ragazzi, alcuni con barba da hipster.

Genny è soddisfatto, anche stavolta ha indovinato.

Butta un occhio dentro, sempre con molta discrezione: la
sala è carina, col parquet a lisca di pesce, le travi a vista, un

bel divano beige, una stampa con una skyline di Manhattan alla parete e un tavolo di legno un po' anni sessanta. Sa di dover ottimizzare quei pochi secondi, così il suo sguardo corre rapido per incamerare più dettagli possibile. Quelle persone potrebbero lavorare per un'agenzia di pubblicità. Muore dalla voglia di chiederlo, ma non può.

"No, figurati. Solo che è strano," risponde la ragazza.

"Se vuoi mi ridai il sacchetto, chiudi la porta, la riapri e io ti parlo in qualche altra lingua!"

Lei sorride.

"Come fai a essere così allegro? Fa un freddo cane, sono le undici di sera e sei in giro a consegnare cibo..."

"Mi piace, il mio lavoro. Mi fa capire un sacco di cose."

Alle spalle della ragazza arriva un tipo alto, biondo e con gli occhiali.

"Tutto ok?"

"Certo, stavo facendo due chiacchiere con il rider."

"La mancia te l'abbiamo inserita direttamente nell'ordine. Dai, Cri: entra. Altrimenti il gelato si scioglie."

"Grazie allora, e buona serata," lo saluta lei.

"Bye-bye," dice Genny, mentre la ragazza lo guarda attraverso l'ultimo spiraglio della porta che si chiude.

È stata l'ultima consegna della serata, decide di fare le scale così può chiamare Kalidou per vedere a che punto è lui.

Quando risale in bici, fa partire la musica e inizia a pedalare. Chissà se le piace più il pistacchio o il cioccolato, si domanda. Chissà se quei due stanno insieme. Chissà perché certa gente ordina l'inutile gelato alla frutta.

4.

Chirashi di salmone

RIDER, IL SONDAGGIO SHOCK NEGLI USA: UNO SU TRE ASSAG-
GIA IL CIBO DEI CLIENTI.

La notizia è uscita su tutti i giornali, ne hanno parlato in radio e al telegiornale, e adesso scorre nel "rullo" delle news, sullo schermo del bar dove Genny e Kalidou stanno bevendo una birra, in zona San Siro.

Ci vanno spesso, è uno di quei pub irlandesi con i tavoli appiccicosi e la clientela composta al novantanove per cento da maschi. Quelli dove, se dici al cameriere che vuoi una birra qualsiasi, ti guarda come se fossi uno sfigato.

"Ti rendi conto?" commenta Kalidou, piuttosto teso. "Già nessuno ci dà la mancia, e quegli stronsi ci trattano come schiavi: adesso sarà ancora peggio."

"Vabbè, tanto peggio è impossibile... Ma tu ci credi?"

"Mah, forse esagerano con la percentuale. Però so che qualcuno lo fa, anche qui a Milano."

Kalidou parla con la bocca piena di noccioline, Genny glielo fa notare con un gesto di leggero disappunto, prima di domandare:

"Gente che conosciamo?".

"Sì..."

"Dimmi subito chi è!"

"No, dai. Non mi sembra giusto sputtanarlo..."

"Vabbè, ma chi se ne frega!" insiste Genny. "Non è che stiamo parlando di un omicidio..."

"No, davvero. Oltretutto, è un fratello."

"Oh, quando cominci con 'sta storia dei fratelli mi fai impazzire. Quindi vuol dire che, siccome sono bianco, io non sono tuo fratello?"

"Ma che casso vuol dire? È solo un modo di chiamarci tra noi africani, non significa nulla..."

"Secondo me le parole sono importanti: è per questo che non mi dici chi è. Perché non mi consideri affidabile. Mi vedi come una spia caucasica!"

"Mamma mia, sei pesante. Ok, te lo dico: è Babukar."

"Cazzo, lo sapevo! Ecco perché non l'ho più visto in giro!" esulta Genny.

"Avresti detto così in ogni caso..."

"No, te lo giuro! Lui mi dà proprio l'idea di uno che può fare una cosa del genere. E cos'è che ha assaggiato? Dimmi tutto, fratello... ops, scusami: dimmi tutto, amico. O preferisci collega? Conoscente?"

"Che palle! Adesso quanto me la menerai con questa cosa?"

Kalidou ha imparato presto l'italiano, comprese certe forme gergali usate a Milano.

"Allora?"

"Una volta mi ha detto che ha mangiato una polpetta."

"Non ci posso credere! A parte che vorrei sapere chi è che si fa portare a casa le polpette..."

"Perché?"

"Le polpette si devono mangiare solo a casa, mai ordinarle al ristorante. Perché nel macinato chissà cosa ci mettono: lo dice sempre mia nonna."

"E invece nell'impasto della pissa o nel purè? Cosa cambia?"

"Hai ragione, ma so' quelle cose che non ti levi più dalla

31

testa. Io, per non saper né leggere né scrivere, al ristorante non le ordino mai. Ma dimmi bene la storia della polpetta."

"Niente," acconsente Kalidou, "lui aveva tantissimo lavoro e non aveva avuto neanche il tempo per mangiare, allora si è fermato poco lontano dalla casa dove doveva consegnare, ha aperto il sacchetto e ha assaggiato una polpetta. Solo che il cliente era un tipo preciso, se n'è accorto e ha fatto un reclamo."

"Noo! Gli hanno rotto i coglioni?"

"Lo hanno licensiato."

"Non ci credo! Che merde... E lui non gli ha fatto causa?"

"Secondo te, noi rider abbiamo la possibilità di denunciare? Abbiamo qualche diritto, noi?"

Genny annuisce, e proprio in quell'istante gli arriva una notifica.

"Che strano, ero sicuro di essermi messo off... Devo andare. Se rifiuto, il Grande Fratello mi fa un richiamo. Ciao amico."

Beve alla goccia il resto della birra, si salutano.

A volte Genny si chiede cosa sta facendo della sua vita. Forse Visentin aveva ragione: chi glielo fa fare, di sbattersi così per mille euro al mese? Avrebbe dovuto concentrarsi sulla specialistica e cercarsi un lavoro part time meno impegnativo. Ma quando lo pensa dura poco, giusto il tempo di ricevere la chiamata successiva e partire per una nuova missione.

È una specie di dipendenza, quella che lo spinge a continuare: c'è chi beve, chi si droga, chi gioca d'azzardo... Lui non riesce a smettere di consegnare cibo. Lo sa benissimo che è un lavoro assurdo, Kalidou glielo dice sempre, infatti lui non ha interrotto le ricerche, appena trova qualcosa di meglio molla tutto. Genny no. Da quando ha iniziato a lavorare come rider, non ha fatto altro. A volte si domanda il perché, cerca di analizzare le ragioni del suo strano attaccamento a quel mestiere. Forse è depresso e non se ne rende conto, forse sta incanalando il malessere in quelle consegne, in quelle pedalate incessanti in giro per Milano. Come se attraversare la città in lungo e in largo con la cena della gente sulle spalle, correndo contro il tempo per non farla raffreddare, fosse una sorta di rituale compulsivo, il modo che il suo inconscio ha scelto per impedirgli di pensare ad altro. O almeno, così ha detto un suo amico che studia psicologia.

Un ragazzo cinese gli passa il sacchetto con dentro un chirashi di salmone, la sua prossima consegna: il sushi "all you can eat" è molto popolare presso gli studenti universitari, che ovviamente non possono spendere cinquanta euro per cenare. La concorrenza tra i tantissimi ristoranti che praticano questa formula, tutti rigorosamente gestiti da cinesi, ha prodotto un progressivo abbassamento dei prezzi, che in alcuni casi hanno raggiunto livelli davvero clamorosi: una volta, Genny ne ha visto uno a nove euro. Scherzando con Kalidou, ha detto che in un posto così devi mangiare direttamente sul water, perché potresti non avere il tempo materiale di raggiungerlo dopo aver inghiottito l'ultimo boccone. Quello in cui sta ritirando è uno dei migliori, qui l'"all you can eat"costa ventun euro.

Genny infila il sacchetto dentro lo zaino cubo, monta in sella alla bici e si dirige verso Porta Venezia, non prima di aver fatto partire una playlist sul suo telefono.

Poche centinaia di metri e parte *quella* canzone. È come una coltellata in pieno petto. Sono passati quattro anni, e solo da qualche settimana il pensiero di lei è scivolato dalla prima alla seconda posizione quando apre gli occhi al mattino. Non sempre: gli è successo un paio di volte, Genny ci ha fatto caso. Un po' gli ha fatto piacere, un po' lo ha fatto sentire in colpa. Lei è Claudia, e la canzone è *Wake Me Up* di Avicii. La stavano ascoltando quella mattina.

Era il dodici luglio. Non andavano forte, ma nemmeno così piano. La Twingo verde procedeva sobbalzando sulla strada sgarrupata, o forse era l'effetto del volume della musica e di tutta l'energia che c'era tra lui e Claudia. Era l'anno della maturità ed erano usciti da poco dalla prima prova, dopo aver passato la notte insieme.

"Avremmo dovuto rimandare. Che banalità farlo stanotte! Come nella canzone di Venditti... Tra l'altro, mi chiamo pure come la tipa!" aveva detto Claudia mentre faceva cerchi col fumo, la testa appoggiata sulla pancia di Genny.

Lui la guardava estasiato, cercando di godersi fino in fondo quell'immagine.

A volte, quando gli succede qualcosa di bello, un attimo dopo si rattrista. Comincia a fissarsi con l'idea che poi, con gli anni, il ricordo di quella situazione possa svanire, e così si impone di registrarla, di fissarla bene nella memoria. Gli capita spesso con le cose che lo emozionano.

Quella mattina, invece, sentiva di non aver bisogno di nient'altro: tutto ciò che gli serviva per essere felice era proprio lì, dentro quella macchina, con la musica a palla, l'aria che entrava dai finestrini e le ginocchia bianchissime di lei.

Guidava senza pensare ad altro, lasciandosi travolgere da tutta la bellezza che li stava spingendo forte verso quella che aveva tutte le carte in regola per essere l'estate più bella della loro vita.

Franco Carraturo invece ne aveva tanti di pensieri, quella mattina. La padrona di casa era scesa a chiedere i soldi già tre volte quella settimana, e sua moglie l'aveva scongiurata di aspettare ancora: suo marito era in attesa di diversi pagamenti, non era colpa sua se erano un po' a corto stavolta. La signora Ricciardi ripartiva sempre dall'ultima parola del suo interlocutore, abitudine che la moglie di Franco trovava fastidiosissima.

"Stavolta. Stavolta è come tutte le altre, signora cara. Noi ci siamo scocciati di questa situazione. Cercate di trovare presto i soldi, sennò dovrete fare i bagagli, STAVOLTA!"

E così quella mattina Franco guidava scazzatissimo, e il suo furgone bianco con scritto *Carraturo costruzioni* sembrava fuori forma pure lui. L'unica cosa che risollevava parzialmente il suo umore, mentre procedeva verso il cantiere, era *'O scarrafone* di Pino Daniele che gracchiava dalle casse dello stereo. Nel punto in cui diceva *"Viva viva 'o Senegal"* aveva addirittura cominciato a cantarla, masticando le parole, una Marlboro rossa all'angolo della bocca a suggellare l'unico momento di felicità di quella settimana. Ma poi ci si era messo quel maledetto accendisigari, che non funzionava mai al primo colpo: doveva ogni volta rimetterlo dentro e tenerlo fermo per una decina di secondi. Troppi, se stai per affrontare una curva.

Lo schianto tra il Daily bianco e la Twingo fu devastante.

Quando riaprì gli occhi, Genny non avrebbe saputo dire per quanto tempo fosse rimasto svenuto. La prima cosa che vide fu la mano di Claudia che penzolava in modo innaturale. Risalì con lo sguardo, su fino al suo volto. Sembrava che dormisse, se non fosse stato per tutto quel sangue.

"Devo chiamare mio padre" fu il suo ultimo pensiero prima di perdere di nuovo conoscenza.

5.
Orecchia d'elefante

Con gli aneddoti dei rider ci si potrebbe scrivere un libro. Genny lo ha proposto a Kalidou e ad altri colleghi durante una delle pizzate che organizzano un paio di volte al mese, ovviamente in pizzerie scelte democraticamente dal napoletano del gruppo. Dopo un sufficiente numero di birre, si comincia a chiacchierare senza filtri e ciascuno condivide col gruppo il racconto della consegna più strana delle ultime settimane.

Genny tiene una classifica, che viene aggiornata ogni mese. Al primo posto c'è la storia di Mohammed, egiziano, il bello del gruppo: al momento è suo, l'aneddoto da battere.

Novembre, martedì verso l'ora di pranzo. La consegna è in via Solferino, in Brera, il cuore di Milano. Mohammed pedala un po' di malavoglia, è stanco e infreddolito. Vorrebbe solo che fosse presto sera per tornare a casa, farsi una doccia e stravaccarsi sul divano, sperando che i tre studenti abruzzesi con cui abita siano usciti, così da poter guardare un po' di tv in santa pace. Nel suo zaino cubo c'è un'orecchia d'elefante, al femminile come vuole la tradizione dialettale meneghina: una cotoletta sottile e croccante, talmente grande da sbordare fuori dal piatto.

Quando suona al citofono, risponde una voce di donna e lui non può fare a meno di notarne il tono, caldo e suadente.

Arrivato davanti alla porta, si accorge che è accostata, mentre da dentro la stessa voce del citofono lo invita a entrare. È un po' intimorito, non capita spesso di valicare le colonne d'Ercole rappresentate dallo zerbino. Ma al suo esitare la voce risuona ancora, "prego, venga avanti... si accomodi".

Mohammed apre la porta e la vede: dev'essere sui quarantacinque, è appoggiata al bracciolo di una poltrona di pelle nera dall'aria costosa, in una mano il telefono, nell'altra una sigaretta. Indossa una vestaglia, dalla quale Mohammed può scorgere le gambe nude accavallate, i piedi affusolati con le unghie accuratamente smaltate di rosso e un braccialetto alla caviglia.

"Venga, venga: appoggi pure lì, sul tavolo della cucina."

Mohammed adesso sta sudando perché è ancora imbacuccato e nell'elegante sala con cucina a vista ci saranno almeno ventidue gradi. La donna ha chiuso la telefonata e adesso tutta la sua attenzione è per lui.

"Di dov'è? Nord Africa, vero?"

"Sono egiziano."

Mohammed nota una macchina fotografica in fondo alla stanza, appoggiata su un cavalletto e circondata da faretti professionali, come quelli che si usano per gli shooting.

"È molto che fa questo lavoro?"

"Quasi un anno."

Adesso ha la salivazione scarsa.

"Posso chiederle quanto vi pagano?" prosegue la donna. "Cioè, riuscite a viverci?"

"Diciamo che nessuno diventa ricco facendo il rider..."

"Immagino. Spero che almeno i vostri diritti siano garantiti. Che vi trattino bene, insomma."

"Il discorso è lungo, signora. Non vorrei annoiarla," tentenna lui.

"Non mi annoia affatto, anzi, l'ascolto volentieri."

Mohammed è sinceramente sorpreso. Non sa bene cosa pensare, ma si lascia convincere.

"Bisogna fare tantissime consegne per riuscire a guadagnare abbastanza: è un lavoro duro. Freddo, caldo, pioggia. E non tutti in questa città guidano rispettando le regole, perciò rischiamo la vita continuamente. Insomma, è un casino, signora."

"Capisco. Non dev'essere facile. Senta, cambiando discorso... ma lo sa che lei ha una faccia interessante? Potrebbe fare il modello. Gliel'hanno mai detto? Secondo me sì, dica la verità..."

Intanto si alza, prende un posacenere da un tavolino e cammina verso Mohammed, che adesso può vederla in piedi, a figura intera. Non è possibile che stia accadendo davvero, ha guardato troppi video su Pornhub e fumato troppe canne con i suoi coinquilini. Quella roba brucia le cellule del cervello, lui lo dice sempre, ma alla fine quando gliene passano una non sa dire di no, e adesso sta pagando il conto. Deve trattarsi di un'allucinazione, perché le probabilità che una signora milanese strafiga in vestaglia stia realmente intrattenendo una conversazione con lui, Mohammed, il ragazzo egiziano del delivery, sono più scarse delle mance che raccoglie, e questa sarebbe una trama scontata perfino in un porno.

"Come si chiama?"

"Mo... Mohammed." Vorrebbe aggiungere "E lei?", ma rinuncia.

Ci pensa lei.

"Io sono Delia. Piacere."

La mano che gli porge è sottile, e Mohammed nota al suo polso un orologio che, a prima vista, potrebbe costare come due anni del suo stipendio.

"Ha mai fatto delle foto?"

"La settimana scorsa, per il permesso di soggiorno."

Un attimo dopo che le parole gli sono uscite dalla bocca si rende conto di aver detto una cazzata, infatti la signora Delia sorride.

"Intendevo foto artistiche."

"No, mai..."

"E... le piacerebbe provare?"

Lo guarda dritto negli occhi, lui sposta lo sguardo, non ce la fa proprio a sostenerlo.

"Non lo so, signora... non so nemmeno se è una cosa che si può fare."

"In che senso?"

"Sto lavorando, non posso perdere tempo."

Altro giro, altra corsa, altra cazzata: Delia sorride ancora, lui stavolta si sente in dovere di fornire una spiegazione.

"Non volevo dire che fare le foto con lei è perdere tempo," si giustifica. "Solo che ho altre consegne, e quelli ci tracciano. Se mi fermo nello stesso posto per più di dieci minuti, cominciano a bombardarmi di messaggi."

"Che ansia: è peggio del Grande Fratello. Comunque ci metteremmo poco. Venti minuti al massimo."

Mohammed non sa che fare: se non accetta dovrà convivere fino alla fine dei suoi giorni col rimpianto di non aver accettato, e se alla prossima pizzata dovesse raccontarlo lo prenderebbero per il culo per sempre.

"Il suo pranzo però diventa freddo," abbozza.

"Non preoccuparti, lo riscalderò nel microonde: ti dispiace se ci diamo del tu?"

"No, va bene."

"Allora? Le facciamo queste foto?"

I dieci secondi che seguono, nella percezione di Mohammed durano un secolo. Alla fine risponde un timido sì, soprattutto per evitare il massacro dei colleghi, che ormai gli stanno urlando nella testa di non fare il coglione e accettare. Scrive al Grande Fratello che ha forato una gomma, e che lascia lì la bici per un po', in modo da andare a cercare qualcuno che gliela sistemi.

"Che devo fare, signora?"

"Ti dispiace andare verso la parete, lì dove ci sono i faretti?"

Mohammed fa come gli dice, si dirige incerto verso il set casalingo.

"Vuole farmi le foto con i vestiti da lavoro?"

"Sì, voglio scattare esattamente quello che sei in questo momento. Voglio che si capisca che mi hai appena consegnato il pranzo e che io ti ho chiesto di fare le foto. Sto preparando un libro, ma non sono immagini 'posate': sono più che altro racconti di persone normali. Tipo te, che sei venuto a portarmi l'orecchia d'elefante. La conosci la storia di questa ricetta?"

"Veramente no..."

"Se vuoi, mentre scatto te la racconto. Però avevamo detto di darci del tu, no?"

"Va bene, signora. Cosa faccio, come devo mettermi?"

"Voglio che ti rimetti in spalla lo zaino e te lo togli, ma fallo lentamente, come se lo facessi un gesto alla volta. Mi spiego? Così alla fine avrò una sequenza. Come se, entrando dalla porta, io avessi cominciato subito a fotografarti, senza preavviso."

"Ok."

È tesissimo, ed è comprensibile. Fa quello che Delia gli ha detto, ma si rende conto di essere rigido. E infatti...

"Mohammed, vorrei che fossi più naturale. Che ne dici di bere qualcosa per scioglierti un po'?"

Accetta un bicchiere di vino rosso. È sempre più incredulo.

"Molti pensano che l'orecchia d'elefante sia la cotoletta milanese originale, quella fatta secondo tradizione, ma in realtà non è vero. Fermo un attimo così, con lo zaino."

Delia gli parla con una voce soffiata, muovendosi con eleganza mentre continua a scattare. Mohammed adesso è decisamente più a suo agio.

"In realtà, la cotoletta milanese è diversa: ha l'osso, può essere solo di carne di vitello e va fritta nello strutto. L'orecchia d'elefante invece può essere anche di carne di maiale, viene battuta fino a diventare sottile e poi impanata. Ma è una ricetta più recente, diciamo di una cinquantina d'anni fa... Tu, per esempio, devi fare attenzione se la ordini. Se è maiale non puoi mangiarla, immagino: sei musulmano, no?"

"Sì."

"Da quanto vivi a Milano?"

"Due anni."

"Ti piace?"

"Per tante cose, sì. Anche se a volte mi manca il mio Paese."

"Ogni tanto ci torni?"

"Non ci vado da un anno."

"E quindi i tuoi non li vedi mai?"

"Sì, su Skype..." Il servizio va avanti per circa mezz'ora, Mohammed ha bevuto due bicchieri di vino, Delia gli ha scattato decine di foto e fatto mille domande.

"Perfetto, direi che abbiamo finito. Ti è piaciuto?" chiede riponendo la macchina fotografica.

"Sì, molto."

"Devo farti firmare una liberatoria: sai cos'è?"

"No, signora..."

"Vabbè, proprio non ce la fai a chiamarmi Delia! Comunque, è una semplice dichiarazione con la quale mi autorizzi a usare nel mio libro le foto che ti ho scattato. Ok?"

"Sissignora."

"Senti, Mohammed: pensavo di darti trecento euro per il servizio. Può andar bene?"

"Benissimo. Grazie, signo... ehm... Delia."

Quando Mohammed esce di casa sono circa le quattro, il cielo si è annuvolato e lui pedala mezzo ubriaco, sotto una pioggia sottile, con trecento euro in tasca. Quello è stato senza dubbio il pomeriggio più assurdo di tutta la sua vita.

"Ma che cosa ti doveva dire per farti capire che voleva scopare? Jamm', Mohammed: era l'occasione della tua vita e tu sei stato un cazzone."

Quello di Genny era stato il commento più moderato venuto fuori in pizzeria, due sere dopo. E non hanno ancora smesso di prenderlo in giro.

"Ma scusate, cosa dovevo fare? Saltarle addosso?" ripete anche questa sera Mohammed. "Guardate che lei è davvero una fotografa! Ha trentaduemila follower su Instagram!"

"Che c'entra? Non è che le due cose si escludono! La signora voleva farti le foto, ma voleva farsi anche te!"

Risata generale, seguita da brindisi. Eccoli, i rider, i ragazzi del delivery.

Sembrano cavalieri un po' ammaccati, senza spada né armatura. Le uniche armi che hanno a disposizione sono i loro cubi pieni di cotolette, sushi e pizze, per cavallo biciclette colorate con cui schizzano da una parte all'altra della città. Sempre di corsa, contromano, sui marciapiedi, con le sciure che li mandano a quel paese e gli automobilisti che li insultano quando guidano come pazzi per consegnare in orario. Puntini impazziti sullo schermo di uno smartphone, spesso senza mancia, sempre senza prospettive. Precari come questo mondo che va troppo veloce senza nemmeno sapere perché. Fragili come questa cosa assurda che si chiama vita.

6.
Pollo e patatine fritte

Il Crispy World è la criptonite dei nutrizionisti: un fast food specializzato in pollo fritto, di qualità discutibile e con prezzi decisamente popolari. Ce ne sono sei a Milano, vanno fortissimo. Quando a Genny capita di ritirare lì, gli basta stazionare davanti alla porta qualche minuto per impregnarsi di fritto capelli e vestiti.

Il ragazzo ecuadoregno gli consegna il sacchetto dicendogli "hola!", Genny lo mette nello zaino e parte verso via Conte Rosso, a Lambrate. Ci mette sì e no dieci minuti, ha pedalato forte, stasera fa veramente freddo. Mancano venti giorni a Natale, la città si è riempita di lucine, i negozi hanno decorato le vetrine e sono spuntate le luminarie di quartiere.

Quando schiaccia il tasto con scritto *Marchetti*, dal citofono esce la voce di un ragazzino.

"Secondo piano."

In ascensore Genny ricorda all'improvviso quanto gli piaceva, da bambino, rispondere al citofono. Una di quelle cose che nutrivano la sua fretta di diventare grande, come preparare la caffettiera o andare a comprare il pane. La vita, dopotutto, è quella cosa in cui da piccolo non vedi l'ora di crescere, da adulto rimpiangi quando eri bambino e da vecchio hai paura di morire.

Il rumore dell'ascensore che si ferma lo distoglie dai suoi pensieri e lo fa sobbalzare. Davanti a lui, un corridoio lungo e stretto, in fondo al quale c'è una porta aperta a metà.

Genny, come al solito, inizia a fantasticare sul destinatario della consegna. Probabilmente due persone, perché il sacchetto pesa tanto. Sesso maschile, forse studenti. Poco attenti alla linea, se hanno ordinato tutta quella roba fritta.

Nel frattempo è arrivato davanti alla porta e intravede un divano, a quanto pare "disabitato", e un televisore sintonizzato su una partita di calcio che sta per iniziare. I colori accesi del logo della Champions League risaltano in modo nettissimo nella quasi totale oscurità della stanza, tanto che quando da destra sbuca all'improvviso un ragazzino e gli dice "ciao", Genny si porta una mano al petto.

"Mamma santa, lo sai che mi hai quasi fatto venire un infarto?"

"Scusa, pensavo che mi avessi visto."

"No, per niente. Credevo che non ci fosse seduto nessuno su quel divano."

Il ragazzino accende la luce e Genny lo vede meglio: due occhi nerissimi, furbi ma insieme innocenti, i capelli a spazzola con un po' di crestina, alto non più di un metro e mezzo, piuttosto magro e con addosso una maglia inconfondibile.

"A occhio e croce direi che sei tifoso del Napoli..."

"Indovinato."

"C'è la Champions, vero?"

"Sì, Genk-Napoli."

La voce è in quella terra di mezzo, quando gli acuti di un'infanzia dimissionaria consegnano la staffetta a un'innaturale profondità, facendo sembrare i ragazzini doppiati.

"Allora buona partita, e forza Napoli!" dice Genny, consegnandogli il sacchetto.

"A te non piace il calcio?"

"Non sono un malato, ma le partite le guardo."

"Per che squadra tifi?"

"Secondo te?" dice con una strizzata d'occhio.

Lo sguardo del ragazzino si illumina. Sorride, ma torna subito serio. C'è qualcosa, in quello sguardo, che attira l'attenzione di Genny: un velo di malinconia che, per quanto lui sorrida, rimane lì appiccicato.

"Ma scusa, tifi per il Napoli e non guardi la Champions?"

"E come faccio? Sto lavorando..."

"Non puoi prenderti una pausa?"

"Eh, non è così facile, sai? E poi, anche se fosse, dove la guardo? A casa non ho Sky."

Il ragazzino lo osserva, sembra che stia partorendo un'idea ma senza il coraggio di esprimerla. Alla fine fa un respiro e, guardandolo dritto negli occhi, glielo dice:

"Se ti va, puoi guardarla qui con me".

La frase è una piccola bomba silente che esplode proprio lì, sullo zerbino, mentre la voce del cronista scandisce le formazioni.

"Non si può fare, mi dispiace. Ma ti ringrazio, sei davvero gentile ad avermelo chiesto. Devo andare. Allora... buon appetito e di nuovo forza Napoli."

"Perché no?" insiste il ragazzino.

"Intanto perché sto lavorando, e poi perché non mi sembra tanto normale che uno sconosciuto che ti ha portato il pollo si sieda sul divano con te e i tuoi genitori a guardarsi la partita, non credi?"

"Mia madre non c'è, sono da solo."

Ha detto "mia madre", non "i miei". Rieccola, la curiosità per le vite degli altri, che si svelano discrete davanti ai suoi occhi ingordi. Ma Genny sa di non poter fare domande. Deve solo andarsene e pedalare verso il suo prossimo ritiro. Quel ragazzino però lo inchioda sulla soglia, senza distogliere lo sguardo e continuando a parlargli.

"Mia madre e io abbiamo fatto un patto: quando c'è la

Champions, lei esce con le amiche e io posso rimanere a casa a guardare la partita, e ordinare la cena da Crispy World, sul vostro sito. Questa è la seconda volta per me."

"Ottima scelta. Siamo i migliori sulla piazza."

Il tono di Genny è forzatamente fiero. Il ragazzino sorride di nuovo.

"Stasera le ho chiesto se potevo prendere il secchio grande, quello da due. Quindi, c'è da mangiare anche per te. Mi ha detto che per stavolta andava bene, ma che non deve più capitare, perché quella roba è veleno. La mamma è fatta così, esagera sempre..."

"Mah, mica tanto. Solo a portarti a casa questo pollo, sono ingrassato di due chili."

"Non sei grasso. Dai, entra. Non puoi perdertela, è la Champions."

Restano lì per un tempo che sembra infinito, Genny adesso ha in testa così tanti pensieri che gli sembra quasi di barcollare, mentre Luca continua a fissarlo in attesa di una risposta. Quella proposta è assurda per un'infinità di ragioni: Visentin lo licenzierebbe in tronco; la mamma del ragazzino, tornando a casa e trovandolo lì, probabilmente chiamerebbe la polizia; mangiare del cibo pagato da un cliente è una cosa che non sta né in cielo né in terra e Kalidou gli direbbe di sicuro che ha fatto "una cassata". Eppure, proprio alla fine di quella sequenza di pensieri che sembra durare ore, con un moto spontaneo, come se uscissero da sole, senza aver ricevuto alcun impulso dal cervello, dalla bocca di Genny decollano sei parole che si fermano a mezz'aria:

"Va bene. Ma solo dieci minuti".

Spegne il telefono, dirà che ha avuto un problema di rete. Si siedono sul divano senza ancora conoscere i rispettivi nomi.

"Io sono Luca," dice il ragazzino.

"Genny, piacere."

"Come il tipo di *Gomorra*?"

"Sì, ma sono meno cattivo: non ho mai ucciso nessuno. E nemmeno tua madre, credo... sarò io la sua prima vittima."

"Figurati, mica lo saprà."

"Non so se è la cosa giusta, sai? Forse dovresti dirglielo. Scriverle un messaggio. Non pensi?"

"Ma no, tanto vai via prima che lei torni. E poi si vede subito che sei una brava persona: non hai la faccia da pedofilo, e nemmeno da serial killer."

"E sentiamo, come sarebbe la faccia da serial killer?"

"Con gli occhi lontani e le labbra sottili."

"Tu come lo sai?" ride Genny.

"L'ho visto in un documentario su Netflix."

"Sei sicuro di poter guardare roba del genere?"

"Quando mia madre è in casa, no. L'ho visto due settimane fa, subito dopo la partita. Poi però a un certo punto ho girato, perché mi ero spaventato. Hanno fatto vedere un tizio a cui avevano levato gli occhi. Faceva veramente schifo. Cioè, in realtà un po' volevo guardare e un po' mi faceva paura."

"Non credo che quei programmi vadano bene per la tua età. A proposito: quanti anni hai?"

"Dodici. E tu?"

"Ventitré."

"Sembri più vecchio."

"Grazie, sei gentile."

Mentre glielo dice, Genny osserva meglio la sua maglia. Ha il numero sette e il nome di Cavani scritto sulle spalle.

"Forte, Cavani. Ma non eri troppo piccolo quando giocava nel Napoli?"

"Ho guardato la mia prima partita a cinque anni e c'era lui. Ha fatto tre goal. Quella sera è diventato il mio idolo. Vorrei anche farmi crescere i capelli come lui, ma la mamma dice che i capelli lunghi sono da tamarro."

"Forse ha ragione: non ti ci vedo."

"Il tuo invece?"

"Il mio che?"

Intanto stanno entrambi pescando dal secchio di pollo fritto, Genny con un po' di disagio, perché gli sembra davvero di infrangere il protocollo.

"Il tuo calciatore del Napoli preferito. Qual è?"

Genny riflette.

"Marek Hamsik. Mi sembra l'unico a cui frega qualcosa della maglia."

"Grande Marekiaro. Per me, dopo Cavani c'è lui."

"E Maradona?"

"Be', ovviamente so chi è, ma giocava mille anni fa. Tu sei riuscito a vederlo?"

"No. Anche se ti sembro vecchio, sono nato dopo i due scudetti che ha vinto col Napoli."

"Hai mai guardato qualche suo video su YouTube? Era un mostro, pazzesco! Ce n'è uno dove i tifosi della Juve gli tirano un'arancia, lui la stoppa e comincia a palleggiare. Rimane lì tipo per dieci minuti, poi la calcia verso la curva e loro smettono di fischiarlo e cominciano ad applaudire."

La partita intanto è iniziata, e a Genny sembra del tutto naturale guardarsela lì col suo nuovo amico di dodici anni. Ogni tanto si sforza di vedersi da fuori e di trovare la cosa inappropriata, perché lo sa che è così, ma deve fare appello alla razionalità per giungere a questa conclusione. Ha fantasticato mille volte di varcare quella soglia e di entrare nella vita dei suoi clienti, di oltrepassare lo spiraglio che gli concedono. Ma di tutti i modi in cui sarebbe potuto capitare, questo è di gran lunga il più bizzarro e imprevedibile: guardare la Champions League mangiando pollo fritto e patatine insieme a un dodicenne con addosso la maglia di Edinson Cavani.

Genny potrebbe parlarne alla prossima pizzata dei rider, ma forse non lo farà. Forse deciderà di tenere quell'incontro tutto per sé, come si fa con certe cose fragili e preziose.

Un fischio dell'arbitro lo fa tornare alla realtà.

"Adesso dovrei davvero andare..." butta lì.

"Ma scusa, ormai guardati il primo tempo, no? La vuoi una Coca-Cola?"

Genny proprio non riesce a dirgli di no.

"Ok, grazie. Però la bevo e vado, intesi?"

"Dai, mancano dieci minuti alla fine del primo tempo!" Luca si alza di scatto, corre fuori dalla stanza e torna con una lattina. Subito ricomincia a parlare:

"È tanto che fai questo lavoro?" chiede.

"Qualche mese."

"E ti piace?"

"Sì, molto."

"Ci credo, piacerebbe anche a me. Ti pagano per girare tutto il giorno in bici."

È evidente che per Luca quel nuovo amico è persino più interessante della partita e che ha voglia di chiacchierare. A Genny ricorda una versione più giovane di se stesso. Eppure, tra quelle parole, continua a scorgere qualcos'altro: come un'ombra, un dolore silenzioso che gli è familiare. Un'allegria forzata, una fame di vita, di contatto, di calore umano.

"Mah, girare tutto il giorno in bici non è sempre divertente, per esempio quando piove o quando fa talmente caldo che il sudore ti entra negli occhi... E poi ti assicuro che non si diventa ricchi facendo il rider."

"Magari però qualche volta ti capita di portare da mangiare a qualcuno di famoso. Tipo un calciatore. Ti è mai successo?"

"Non ancora. Ma, nel caso, sarai il primo a saperlo. Dimmi di te, invece," prova a informarsi Genny.

"Io cosa?"

"Non so, dimmi qualcosa delle tue giornate. Ti piace studiare?"

"Ma dai, che domanda è? Non lo so... non è che non mi piaccia. Però ci caricano troppo di compiti. A volte mi viene l'ansia."

"Allora dimmi cosa ti piace fare, cosa vorresti fare da grande."

"Di sicuro viaggerò tantissimo. Tu viaggi?"

"Quando posso, sì."

"Dimmi qualche posto in cui sei stato."

"L'ultimo viaggio l'ho fatto a Londra."

"Ecco, lì ci vorrei proprio andare. Sto mettendo da parte i soldi perché voglio convincere mia madre a mandarmici quest'estate, con la scusa di imparare l'inglese. Ho già risparmiato sessanta euro, da qui alla fine della scuola dovrei farcela, no?"

Sembra così intraprendente adesso, eppure è lo stesso Luca che per sentirsi grande resta a casa da solo a guardare la partita, salvo poi spaventarsi davanti a un documentario. Genny vorrebbe fargli mille domande, sapere perché su quel divano, al suo posto, non c'è suo padre, che Luca non ha mai nominato: dov'è, e cos'è successo a quell'uomo e a sua madre?

Il dolore funziona come il bluetooth: impiega un secondo a connettere due persone, e così a Genny sembra di essere già legato a quel ragazzino, perché in fondo a quegli occhi neri scorge una cicatrice, qualcosa che lo spinge a chiedere al primo spiantato che gli piomba in casa per consegnargli la cena di rimanere, di fargli compagnia e di ascoltarlo. E forse quella sera, con poche battute e uno sguardo, quei due si sono riconosciuti, seduti su un divano verde con in mezzo un secchio di pollo fritto, mentre mangiano, bevono Coca-Cola e guardano una partita di pallone.

Fuori, intanto, la città se ne frega di loro, delle loro ferite e dei loro desideri, indaffarata com'è a far ululare le ambulanze, a muovere avanti e indietro le metropolitane, a far funzionare ossessivamente i semafori.

Sì, Milano non sa niente di Luca e Genny e della loro amicizia appena nata. Assurda e imprevedibile come una rovesciata di Cavani al novantacinquesimo minuto.

7.
Polpettone vegano

Kalidou ha un modo completamente diverso di concepire il lavoro. Per quanto paradossale possa sembrare, il suo approccio è molto più milanese di quello di Genny, che infatti a volte lo prende in giro chiamandolo "il senegalese imbruttito". Gli interessa solo accumulare consegne, in modo da mettere insieme, a fine mese, una somma sufficiente a pagare la sua parte di affitto e a mandare qualcosa a casa, a sua moglie e suo figlio. Vorrebbe che prima o poi lo raggiungessero a Milano e ottenessero il permesso di soggiorno, ma per il momento non possono, perché Hazika deve badare a sua madre, malata da tempo.

"Mi devi credere: se uno si fa un'idea del Senegal dopo aver conosciuto te, poi ci va e si aspetta di trovare la Svizzera!"

Genny mastica la frase, si sta accendendo una delle tre sigarette giornaliere, le gambe che penzolano dal bracciolo del divano di pelle marrone mezzo sfondato su cui stanno perennemente spiaggiati quando sono a casa.

"Sono pagato per consegnare cibo, non per fare lo show. Sei tu che sei strano: come fai ad avere sempre voglia di parlare con tutti?"

"Ma scusa, già questo mondo va a trecento all'ora: ci parliamo solo sui social, ordiniamo qualsiasi cosa online... Che c'è di strano se quando incontro qualcuno sono curioso di conoscerlo?"

"Magari è lui che non è curioso di conoscere te!"

"Tu che ne sai?" protesta Genny.

"La gente ha altro a cui pensare, fidati. Il mutuo, i figli, i soldi che non bastano. Se potessero prendere il sacchetto dalle mani di un robot, non farebbe differensa: ansi, sarebbe meglio, perché non si sentirebbero in dovere di dargli la mancia..."

"Mamma mia, mi stai mettendo una tristezza devastante."

"Non sono triste: sono realista. E poi tu hai inisiato da poco, riparliamone tra un anno."

Sembrano due matti, perché si parlano senza vedersi, stesi sul divano, con le teste che quasi si toccano e le gambe verso l'esterno, appoggiate sui braccioli.

"Promettimi che se tra un anno sono diventato pessimista come te mi spari un colpo."

È vero: Genny è un animale sociale. Parla con tutti, in qualsiasi situazione: anzi, è proprio in quelle più ordinarie che avverte maggiormente l'esigenza di chiacchierare. Come se sentisse che un minimo di conversazione può servire a strappare quei momenti alla loro ordinarietà. Studi medici, fila alle poste, supermercato: in tutti quei posti, insomma, dove sente che la gente è lì solo perché DEVE esserci. A lui questo mette tristezza, gli sembra che siano tutti morti, inanimati, ognuno chiuso dentro la sua bolla, senza nessuna interazione.

Fin da bambino ha parlato con chiunque. Quando suo padre lo portava dal barbiere non stava zitto un attimo: don Salvatore lo obbligava a tacere almeno mentre gli tagliava i capelli intorno alle orecchie, sennò rischiava di ferirsi. Parlava perfino durante il prelievo del sangue, uno di quei momenti che in genere i bambini detestano e che invece a lui non dispiaceva affatto, perché dopo andavano al bar e sua madre gli dava il permesso di mangiare due cornetti, "che si deve riformare il sangue". Insomma, dopotutto Visentin aveva ragione: il rischio di "rallentare il processo" quando è Genny a consegnare è molto alto. Ma ora il dovere chiama, bisogna tirarsi su dal divano.

Mezz'ora dopo, Genny è davanti a un ristorante vegano in zona Porta Romana, in attesa di un ritiro.

"Centoquarantadue!"

"Eccomi."

Rimonta in sella e si avvia verso piazza XXIV Maggio.

Oggi è uno di quei giorni in cui il pensiero di Claudia lo tormenta senza sosta. Ha mille domande in testa, le stesse da anni: perché proprio a lei, perché proprio a loro? Dov'è finita dopo l'incidente?

Non ha mai smesso di farsele, da quando è morta. Non crede in Dio, altrimenti sarebbe tutto più facile: non è mai riuscito a farsi una ragione di quello che è successo, né tantomeno a trovare un minimo di conforto pensandola in paradiso o in qualche altro posto del genere, dove si finisce da morti. No, Genny ha smesso di crederci molto presto.

Al catechismo si slogava le mandibole a furia di sbadigli e, quando un parente si sposa ed è costretto ad andare in chiesa, non vede l'ora che la messa finisca. Eppure, dopo l'incidente sarebbe stato disposto a cambiare idea, ad avvicinarsi a Dio, se solo questo lo avesse aiutato a sentire Claudia meno lontana, o se qualcuno lo avesse convinto che davvero c'è qualcosa dopo la morte, o che lei esisteva ancora in una qualche forma. A quel punto avrebbe trovato il coraggio di uccidersi e l'avrebbe raggiunta.

Aveva già in mente cosa fare, se fosse riuscito nel suo intento: non appena si fossero rivisti, avrebbe fatto ripartire la canzone che stavano ascoltando dal punto esatto in cui si era interrotta al momento dello schianto, si sarebbero abbracciati e avrebbero ricominciato a cantarla insieme. Chissà però se sarebbero stati ancora "fisici". In caso contrario, l'abbraccio sarebbe stato privo di contatto, e questo sarebbe stato un vero peccato. Perché a lui il contatto con Claudia piaceva come niente al mondo, così come l'odore del suo collo, il sapore della sua bocca dopo che avevano bevuto birra e fumato, e un sacco di altre sensazioni che, anche ammettendo che esista qualcosa di là, probabilmente non avrebbe mai più provato. Certo, si sarebbero ritrovati su un piano diverso, molto più alto, molto più profondo. Qualcosa di eterno e trascendentale. Aveva provato a spiegarglielo un prete dal quale sua madre aveva preteso che andasse. Ma a lui non importava niente dell'eternità, a lui importava di quel collo, di quel sapore e di tutte le altre cose bellissime che faceva con lei.

Era immerso così profondamente in questi pensieri che gli sembra di essere arrivato in un minuto.

"Chi è?"

"Delivery!"

"Ottavo piano."

Maschio, non giovanissimo, accento anglosassone. Se ha ordinato il polpettone di seitan, probabilmente è qualcuno attento alla salute e dai gusti piuttosto inconsueti: immagina un diplomatico, forse gay, e si aspetta di trovarlo in vestaglia e pantofole di velluto, ai suoi piedi un gatto siamese, mentre nell'appartamento risuona qualche canzone francese, tipo *La Vie en rose*.

A Genny piace consegnare ai piani alti, così ha più tempo per comporre l'identikit del cliente che sta per incontrare. Ma stavolta si rende conto di aver esagerato, immaginando uno stereotipo anziché un essere umano.

Quando l'ascensore si apre, si ritrova subito di fronte alla porta semiaperta.

"Buonasera."

Nessuna risposta.

"Delivery. C'è nessuno?"

Lo dice a voce alta, rivolto verso l'ingresso dell'appartamento.

"Lasci pure lì sul tavolo. Grazie."

Genny fa ciò che l'inglese misterioso gli ha urlato da lontano: apre del tutto la porta, che produce un rumore stridente e prolungato. Poi rimane lì, incantato come sempre di fronte a un'altra vita che si svela. Sbircia dentro, con la solita curiosità che lo divora, stavolta resa ancora più vorace dal fatto che davanti a lui non c'è nessuno.

Il primo oggetto che vede è una riproduzione della Marilyn di Andy Warhol. Forse non è una riproduzione, chissà. Non lo saprà mai, così come non saprà che faccia ha quel tipo, e con chi cena.

Appoggia la busta sul tavolo e se ne va, piuttosto deluso. A Kalidou una cosa così non farebbe né caldo né freddo. A Genny sì. Quello che proprio non capisce è perché alla maggior parte della gente non importa della gente.

8.
Nasi Goreng

I bassi esplodevano nello stomaco, nel tramonto rovente di Bali. Duemila corpi sudati che si muovevano all'unisono, come in una messa laica officiata da un sacerdote senza croci né pane né vino, a torso nudo e con un berretto da baseball. Ogni disco che suonava era un flusso di energia che partiva dalla consolle e raggiungeva quella folla di adepti, trascinandoli in un vortice, rendendoli un unico, gigantesco essere vivente.

Eppure, in mezzo alla selva di braccia rivolte verso il cielo d'agosto, tra tutte le traiettorie possibili di migliaia di sguardi, lui la vide, e tutto il resto scomparve. Si muoveva come in uno stato di trance, gli occhi socchiusi, le gambe abbronzate, e quel modo che aveva di toccarsi i capelli mentre seguiva il ritmo della musica... Lui sentiva di non avere scelta: doveva raggiungerla, subito. Camminava con un po' di fatica perché faceva molto caldo e la porzione abbondante di Nasi Goreng, il riso fritto con pollo e gamberi divorato solo poche ore prima, non aiutava.

Mentre si faceva strada verso di lei, sentiva sulla pelle le mani, le spalle, l'odore di tutta quella gente che si frapponeva tra di loro, che rallentava la sua corsa.

Era quasi arrivato quando si rese conto che anche lei si era accorta di lui, lo stava guardando, e fu come se sentisse di illuminarsi per il solo fatto di essere l'oggetto di quello sguardo. Non si dissero molto, perché il volume era assordante e i cocktail, mescolati all'MDMA, avevano già fatto effetto rendendo tutto più fluido, azzerando la tensione, cancellando l'imbarazzo: amplificando il desiderio.

Era il quindici agosto del 2005, erano le sette di sera, il White Party era in pieno svolgimento e Luca, ghiotto di pollo fritto e tifoso di Cavani, in quel momento era solo una possibilità, un miracolo sospeso a mezz'aria, l'esito potenziale di tutto ciò che sarebbe accaduto quella notte. Un non ancora. Una cosa difficile da spiegare a un figlio, se i due che dovresti chiamare mamma e papà si sono persi di vista prima ancora di sapere che ti aspettavano.

Non che la mattina dopo Giulia non lo avesse cercato, ma era come cercare un pesce nel mare: da dove cominci? Ad aver saputo subito come sarebbe andata, avrebbe chiesto di lui in tutte le spiagge e in tutti i bar di Bali. Ma era il penultimo giorno della sua vacanza, e quando, quarantott'ore più tardi, si era imbarcata sul volo per Milano, si era rassegnata a lasciare quel ricordo nebuloso in un angolo della memoria: un nome, Cristiano; un'età, trentaquattro anni, e una città, Napoli.

Era tutto ciò che le restava di lui, insieme alla sensazione di quelle braccia forti che la stringevano, dei loro corpi avvinghiati, del profumo della pelle di quell'uomo che di certo non avrebbe mai più rivisto.

Il modo in cui si sentì quando, quattro settimane dopo, lo stick del test di gravidanza le disse con fin troppa franchezza che aspettava un bambino, quello invece lo ricorda benissimo: le lacrime a cui non riusciva a dare un nome, perché non capiva se stessero scendendo a dirle di sentirsi benedetta o disperata, se sulla soglia di una vita nuova o sull'orlo di un abisso. Seduta sul bordo della vasca da bagno, Giulia non sapeva che fare: non dormì e non mangiò per quarantott'ore, dopodiché decise che tutto quello che avrebbe fatto sarebbe stato tentare di essere una buona madre.

9.
Pasta e fagioli

Quando Genny pedala, ha sempre la musica nelle cuffie. A volume non altissimo. Un po' perché si rende conto che sarebbe pericoloso e un po' perché gli piace lasciar entrare i rumori della città: i clacson, le voci della gente, lo sferragliare dei tram sulle rotaie. È per questo che riesce a sentirlo: forte e chiaro, anche se all'inizio non riconosce la voce. Sa di averla già sentita, ma non la mette subito a fuoco:

"GENNY! GEEENNNYYY!!!".

Quasi inchioda, si gira e lo vede: la crestina, il piumino blu e lo zaino enorme.

"Luca!"

Genny non ci può credere: è Milano, non Afragola! Certo, stava passando dalle parti di casa sua, ma quell'incontro gli sembra comunque una coincidenza pazzesca. Raggiunge Luca, appoggia la bici al muro e si salutano, entrambi visibilmente contenti di rivedersi.

"Come va?" chiede Genny.

"Tutto bene, siamo appena usciti."

In effetti sono davanti a un portone aperto, quello della scuola.

"Com'è andata oggi?"

"Bene, anche se all'ultima ora avevamo matematica e io sono negato."

"Sai che invece a me la matematica piaceva? E comunque è importante, ti devi sforzare..."

"Ma va', io nel cellulare ho la calcolatrice!"

"Eh, eh... non è solo quello, fidati."

"E tu, invece? Cosa fai da queste parti? Sei in missione?"

Luca glielo dice facendogli l'occhiolino. Dal suo punto di vista, Genny fa il lavoro più bello del mondo; mentre guardavano la partita insieme, sgranava gli occhi sentendolo raccontare. Non capita mai, in genere la gente si informa sulle questioni pratiche: quanto guadagna, quante consegne riesce a fare in un giorno, come vengono trattati i rider. Domande che a Kalidou darebbero il la per tenere un comizio, polemizzando e parlando di sfruttamento e diritti negati. Luca invece è ammirato e per Genny la sincera curiosità del suo giovane amico è una boccata d'aria fresca.

"Ho appena consegnato una pasta e fagioli."

"Pasta e fagioli? Ma si può ordinare proprio di tutto, eh?"

"Eh, sì. Anche se mi chiedo come cazzo si faccia a farsi portare la pasta e fagioli a domicilio. Per me, una cosa così deve cucinartela tua nonna."

Luca lo fissa con uno sguardo furbetto:

"Lo sai cosa si era inventata la mamma quando ero piccolo? Ogni volta che c'era gente a cena e qualcuno diceva una parolaccia, doveva darmi cinquanta centesimi. Io speravo che ne dicessero tante: mentre chiacchieravano giravo col bicchiere, come quelli che chiedono l'elemosina in metropolitana".

"Hai ragione, scusami: non avrei dovuto usare quella parola."

"Ma va', figurati. Era solo per raccontarti la storia."

"Be', comunque mica male per te. Hai guadagnato tanti soldi?"

"Sì, un botto: li mettevo nel salvadanaio e quell'anno,

quando arrivò Natale, avevo più di cento euro! Mi ci sono comprato l'hoverboard."

"Cazzo, ne dicevano di parolacce in casa tua. E comunque vedi che la matematica serve? Se no, come le contavi tutte quelle monete?"

Genny si accorge di aver detto un'altra parolaccia e si copre la bocca con le mani.

"Cinquanta centesimi, prego." E Luca tende la mano sorridendo.

Genny fa per cercare nelle tasche, poi mima il gesto di non aver trovato nulla.

Ma Luca è già da un'altra parte. "Oh, ma la partita? Siamo stati fortissimi!"

"Sì, però il Genk non è chissà che. Quando incontreremo squadre più blasonate dobbiamo giocare meglio, se vogliamo andare avanti."

Luca lo guarda perplesso.

"Che vuol dire 'biasimate'?"

"Blasonate, non biasimate."

"Dai, ma che parola da vecchi è? Sembra un paese, tipo Carugate."

Genny sorride.

"Vuol dire prestigiose."

"Il Napoli è blasonato?"

"Abbastanza. Ma non come... che ne so, il Manchester United o il Barcellona."

"Senti, ma... perché la prossima partita non vieni a vederla da me?"

"Non si può, Luca..."

"Perché? Guarda che la mamma lo sa che sei venuto."

Genny avrebbe fatto volentieri a meno di questo colpo di scena. Deglutisce.

"Le hai raccontato che sono entrato in casa?"

"Sì. Io cerco di dirle sempre la verità."

"E fai benissimo, ci mancherebbe altro. Lei cosa ha detto?"

"Be', un po' si è arrabbiata..."

"Ecco, lo sapevo. Dimmi bene."

"Mi ha fatto un po' di domande su di te e io le ho detto che sei una brava persona, che sei di Napoli e che tifiamo per la stessa squadra, e lei era molto curiosa. Vorrebbe parlarti, ma non ho il tuo numero. Allora ha detto che provava a rintracciarti."

Perfetto. A Genny sembra già di vedere la faccia di Visentin mentre gli comunica che è licenziato. È quasi tentato di anticiparlo, di rassegnare direttamente le dimissioni. Socchiude gli occhi, non è stata affatto una buona notizia.

"Dai, Luca, vado... ho un ritiro."

"Dove? Ti accompagno! Ho la bici."

Certo, è proprio la mossa giusta, specie dopo le breaking news che mi hai appena comunicato. Lo pensa, ma non glielo dice. Anche perché probabilmente dovrebbe spiegargli cosa sono le breaking news.

"Non è una buona idea," stempera.

"Ok. Allora ciao," taglia brusco Luca, come se fosse imbarazzato per aver espresso quel desiderio e si sentisse rifiutato. Ma subito dopo aggiunge con un filo di voce: "Spero di rivederti".

Genny ha una stretta allo stomaco, una fitta di tenerezza per quel ragazzino deluso. Ma sa di aver già infranto troppe regole.

"Lo spero anch'io," lo rassicura, dandogli un colpetto sulla spalla.

Si salutano e ognuno va verso la propria bici.

Genny si allontana spingendo sui pedali, ha bisogno di riflettere. Guarda il telefono, preoccupato di trovare un messaggio di Visentin. Ma si rende conto che il suo timore non ha senso, perché la conversazione tra Luca e sua madre è avvenuta dieci giorni fa e se lei si fosse lamentata a quest'ora lo avrebbero già licenziato. Forse ha cambiato idea, oppure voleva solo far capire a Luca che ha sbagliato a fare entrare in casa un estraneo.

Fermo al semaforo rosso, Genny sospira.

"Uanema, mica è un crimine di guerra. Stiamo parlando solo di un'amicizia tra due tifosi del Napoli: che c'è di male? Certo, uno dei due ha dodici anni..."

Un altro rider accanto a lui lo guarda stranito. Genny si accorge con imbarazzo di avere ancora una volta pensato ad alta voce e si indica gli auricolari, come a dire che sta parlando al telefono. Fa perfino finta di salutare un fantomatico interlocutore. Quando scatta il verde, riparte e subito ricomincia a pensare a Luca e a sua madre. È sempre più convinto che lei non abbia fatto reclamo, e comunque aver incontrato quel ragazzino lo ha messo di buon umore: per il momento, quella sensazione è più forte di tutto il resto.

10.
Avocado toast

C'è un bar vicino alla Bocconi dove Genny e Kalidou vanno ogni tanto a pranzo. Il motivo che li porta lì si chiama Johanna, è una cameriera moldava con i capelli cortissimi biondo platino. Per la prima volta dopo tanto tempo, Genny si è sentito attratto da una ragazza e Kalidou non fa che ripetergli: "Dille qualcosa, cassone!", ma lui non trova mai il momento giusto. Allora, quando sono lì, Kalidou lo guarda tutto il tempo con gli occhi sbarrati e gli fa evidenti cenni con la testa in direzione di Johanna, mettendolo tremendamente in imbarazzo.

"Ua', ti giuro: mi sembri un pazzo."

"Io? Sei tu che mi fai diventare passo. Veniamo sempre qui e non combini mai niente. Qual è il problema? Dille che è carina, invitala a bere qualcosa quando finisce di lavorare. Ma casso, devo spiegartelo io come si fa?"

"Kalidou, io ho bisogno dei miei tempi. Non mi devi stare addosso," dice Genny, schivando il pensiero di Claudia che balena subdolo ogni volta che immagina anche solo di avvicinarsi a una ragazza. Non ha mai raccontato niente di lei a Kalidou, non ci riesce.

"I tuoi tempi? Diventerai vecchio prima di invitarla."

"Mamma mia, oh. Sei veramente pesante."

"Dai, che oggi è una giornata di merda. Vediamo se almeno tu riesci a concludere qualcosa."

"Che cosa è successo?"

Genny smette di seguire i movimenti di Johanna, che sta prendendo un'ordinazione due tavoli più in là, e si concentra sull'amico.

"Dovevo consegnare degli avocado toast in un ufficio di corso Italia."

Genny dà una manata sul tavolo. "Sai che ho letto una storia assurda sull'avocado? Praticamente, da quando va di moda, in Europa e negli Stati Uniti se ne consuma così tanto che in Sud America e in alcune regioni dell'Africa sta succedendo un casino. Deforestano senza criterio, per aumentare la produzione."

"E ti pare che non rompono sempre il casso alla mia terra."

"Non solo: così facendo impoveriscono ancora di più le popolazioni locali, che erano già in difficoltà. Hanno poche risorse, se gli portano via pure quelle è la mazzata finale! E vuoi sapere qual è la ciliegina sulla torta?"

Kalidou pende dalle sue labbra.

"Ovviamente, i narcos hanno fiutato il business e hanno iniziato a minacciare gli agricoltori e a portargli via le piantagioni. Cos'e pazz!"

"Adesso che lo so, non mangerò mai più un avocado!"

"Vabbuò, tu sei sempre drastico. E allora? Che cosa è successo in corso Italia?"

"Arrivo e vedo subito che il tisio mi guarda male. Poi comincia a parlarmi con un tono di merda: 'Lo sai che abbiamo chiamato un'ora fa? Avrai sbagliato strada: del resto, non mi sembri proprio di Milano... Ma io dico, con tutti gli italiani disoccupati devono scegliere proprio quelli come te per fare questo lavoro?'. Io gli rispondo che si sbaglia, che ha fatto l'ordine alle 13.37 e io ho citofonato alle 14.08. Mess'ora dopo. A quel punto lui mi fa: 'Adesso vuoi anche avere ragione?'. Gli spiego che non è una questione di opinioni, e che può verificarlo sulla sua app. Ma il cassone insiste: 'Vabbè, senti: qui siamo a Milano e il tempo è denaro. Ti sei giocato la mancia'. Io gli dico: 'Non c'è problema, signore. Buon appetito'. Ma giuro che quando ha chiuso sono rimasto lì venti secondi coi pugni stretti. Poi sono sceso a piedi, che magari facendo le scale mi calmavo un po'."

"Che gente di merda."

"Figurati, ci sono abituato..."

"Io no, e non voglio abituarmi mai."

"Tu sei bianco, te lo puoi permettere. Se sei come me devi rassegnarti, sennò passi le giornate a litigare. E la tua vita diventa uno schifo."

"Maronna, ma stiamo ancora a questo? I bianchi e i neri? Ma dove cazzo siamo, in Louisiana negli anni cinquanta?"

"Cosa vuoi che ti dica, amico."

Genny è furioso.

"Che stronzo. Dobbiamo fare qualcosa!"

"Ma cosa vuoi fare? Tanto è tempo perso."

"E invece no! Questa gente deve imparare a stare al mondo: te lo ricordi l'indirizzo?"

"Lascia stare, davvero. C'è un proverbio africano che dice: 'Il carbone ride della cenere, ma non sa che lo attende la stessa sorte'."

"Bello. È un po' lo stesso concetto della *Livella* di Totò."

"Chi è Totò?"

"Un comico napoletano. Da piccolo guardavo sempre i suoi film con mio padre. *'A livella* è una sua poesia, in cui immagina che un tizio rimanga in un cimitero dopo l'orario di chiusura e sia costretto a passare lì la notte. A un certo punto, i fantasmi di due morti cominciano a litigare: uno in vita era stato un nobile, eroe di guerra, l'altro un netturbino. Le loro tombe sono una accanto all'altra e questo al marchese non gli va a genio, capisci?"

Kalidou ascolta rapito, mentre Genny continua a raccontare.

"Non gli piace, gli dà fastidio. Protesta col povero, gli urla di spostarsi da un'altra parte, perché non lo vuole vicino, la sua presenza gli rovina la reputazione. All'inizio lo spazzino cerca di giustificarsi, gli dice che non è colpa sua, non ha scelto lui di mettersi lì, ma quello continua, sempre più incazzato, e gliene dice di tutti i colori. A un certo punto lo spazzino perde la pazienza, gli dice che si è rotto i coglioni e di darsi una calmata, perché la morte funziona come una livella. Lo sai cos'è la livella?"

"Certo che lo so! Prima di fare il rider montavo mobili..."

"Ok. Il concetto è che i morti sono tutti uguali, dall'altra parte non conta chi sei stato da vivo, quanti soldi avevi e se eri laureato o analfabeta, così gli dice il netturbino. Che figo!"

"Bella questa storia, mi piace."

"Non è una storia, è una poesia. E sai come si chiama lo spazzino? Gennaro."

"Eh, eh. Sei famoso, amico."

Dopo pranzo, si fermano a salutarsi davanti al bar. C'è una luce bellissima oggi, l'aria di Milano sembra pulita e i morti possono riposare in pace, compresa Claudia. Genny non è riuscito a parlare con Johanna neanche stavolta, ma Kalidou pare più tranquillo dopo essersi sfogato.

"Comunque, quel tipo dei toast era un coglione e coglione sarà anche da morto!" scherza Genny.

"Senza dubbio: un coglione rassista." E scoppiano a ridere.

Salgono in bici e per un po' procedono appaiati. Napoli e Dakar, bianco e nero, Mediterraneo e Oceano Atlantico. Pedalano leggeri in un pomeriggio di dicembre, in mezzo al traffico di Milano, passando davanti alle vetrine luccicanti e schivando turisti giapponesi distratti. Nati a migliaia di chilometri di distanza, uniti da un destino che li ha osservati per un po' e infine ha deciso di metterli insieme.

Genny e Kalidou, professione rider. Amici per la pelle.

11.
Piadina cotto e formaggio

La bici di Genny è rossa. A forza di usarla per lavoro, è ridotta piuttosto male: ha un parafango ammaccato, il telaio pieno di graffi e diversi punti di ruggine. Dovrebbe comprarne una nuova, ma un po' per i soldi, un po' perché ci è affezionato, non riesce proprio a separarsene. Negli ultimi tempi molti suoi colleghi sono passati a quella elettrica, li si riconosce perché sfrecciano a una velocità supersonica, cavalcando con fierezza questi mostri dalle ruote gigantesche. Genny invece è ancora "old school", ma non sa quanto potrà andare avanti con quella bici sgangherata. Anche prima di diventare un rider è sempre stato quello il suo unico mezzo di trasporto a Milano: dopo l'incidente non ha mai più provato a mettersi al volante, nonostante suo padre e i suoi amici insistessero dicendogli che più il tempo passava e più sarebbe stato complicato ricominciare. Ma al solo pensiero si paralizzava dalla paura, temendo di rivivere quel trauma, quella maledetta mattina di luglio.

La decisione di trasferirsi a Milano l'ha presa anche per allontanarsi da Napoli e da quello che era successo, ma ci ha messo poco a rendersi conto che non si trattava di una questione di chilometri. Certe cose te le porti sulla pelle per sempre, come un tatuaggio.

Eppure, cambiare città un po' gli è servito, se non altro

tutti quegli stimoli nuovi gli tengono la mente occupata più che se fosse rimasto a Napoli: lì tutto gli parlava di lei.

Certe cose accadono così, all'improvviso, con una casualità beffarda. La vita non è un film, dove la colonna sonora – o anche solo un silenzio pieno di tensione – ti avverte che sta per succedere qualcosa di terribile. E così un bel giorno si è ritrovato senza la sua Claudia. Si è domandato spesso come sarebbe andata tra loro senza l'incidente: chissà se quell'amore nato sui banchi di scuola sarebbe durato. Forse no, forse si sarebbero lasciati, senza drammi né significati particolari, come succede tante volte. Invece quello che è accaduto ha dato alla loro storia un sapore imprevisto di eternità, qualcosa che Genny non aveva scelto e che da allora accompagna ogni giorno della sua vita. Anche per questo ha iniziato a pedalare e non ha più smesso: pedala sempre di più, sempre più forte. Chiede ai suoi muscoli di stancarlo, di pompargli endorfine nelle vene, in modo che gli rimanga poco tempo per pensare a Claudia. Ecco perché ha cominciato a lavorare: studiare era troppo poco, aveva bisogno di fatica fisica, di arrivare stremato alla fine della giornata. Pedalare gli è sembrata l'attività perfetta per quello scopo, come se il loop della catena della sua bici potesse scacciare l'altro loop, quello dei pensieri, e pare che funzioni.

Tanti chilometri al giorno, tante consegne, strade da trovare, citofoni da suonare, persone da incontrare: dati su dati, nel tentativo di riempirsi la memoria, di stordirsi di nomi, facce, indirizzi. Buttarsi sulle vite degli altri, per non dover pensare alla sua.

Si rende perfettamente conto che la strategia è efficace ma non è quella giusta, forse dovrebbe andare più in profondità ed elaborare quello che gli è accaduto, sovrascrivere è solo un palliativo, ma per il momento va bene così – se "bene" è uno standard che hai la decenza e la sincerità di non fissare troppo in alto.

Mezzogiorno, freddo cane. Ritiro in via Porpora, vicino a casa di Luca, consegna all'Isola.

Sono passate circa due settimane dalla sera in cui si sono conosciuti, e tre giorni dal loro incontro casuale davanti alla scuola.

Per raggiungere il posto in cui deve consegnare la piadina cotto e formaggio, al momento residente nel suo zaino cubo, Genny avrebbe potuto fare una strada più breve, invece ha deviato senza quasi rendersene conto sul percorso più lungo, quello che passa proprio da via Conte Rosso.

Ha visto Luca solo due volte, eppure ha pensato spesso a lui. Sente che c'è una ragione se le loro vite si sono incrociate, una qualche forza misteriosa che una sera lo ha scaraventato su quel divano.

Adesso è fermo davanti a casa sua, ha messo in pausa la musica e sta guardando verso la finestra illuminata come farebbe un innamorato, ma dentro quell'appartamento non c'è una donna su cui fantasticare, c'è solo un dodicenne senza padre, con la maglia di Cavani e uno smisurato bisogno di affetto.

Un minuto e Genny riparte, ai rider non è concesso sospirare d'amore e neppure intenerirsi pensando alla vita di un nuovo amico incrociato lungo la strada. C'è da far andare l'ingranaggio, il Grande Fratello non ti perde mai di vista e, non appena il puntino sullo schermo si ferma, il sistema potrebbe rilevare l'anomalia e far scattare lo stato di emergenza. A quel punto, il telefono squillerebbe entro pochi secondi.

La piadina va consegnata in via Thaon di Revel. Quando Genny raggiunge il civico, distratto dal pensiero di Luca, non ha neppure iniziato a immaginare il suo cliente, ma del resto non avrebbe mai potuto indovinarlo: davanti a lui si staglia una chiesa.

Controlla meglio sul telefono, ma non ha sbagliato, il posto è proprio quello. Accanto alla chiesa c'è un portoncino. Suona al citofono, gli risponde una voce maschile, da anziano.

"Delivery!"

"Venga. In fondo al corridoio."

Il portoncino si apre, Genny percorre pochi metri e scorge in lontananza una silhouette, dai finestroni alle sue spalle la luce entra a fiotti, e così fa fatica a mettere a fuoco il cliente. Finché non gli è davanti: l'uomo è sulla settantina, indossa l'abito talare e ha i capelli di un bianco abbagliante.

"Buongiorno, giovanotto."

"Buongiorno, signore."

Nel dirlo si chiede se l'appellativo sia giusto, o se invece non avrebbe dovuto dire "padre" o qualcosa del genere. È la prima volta che consegna a un sacerdote.

"Spero ci sia abbastanza formaggio. L'ultima volta era secca."

"Ah, mi dispiace. Comunque, se non la trova di suo gradimento, può segnalarlo."

"Ma no, si figuri. È solo che il cibo è un dono di Dio, è un peccato quando per colpa dell'uomo qualcosa non va per il verso giusto."

Per Genny non è difficile leggere tra le righe di quel ragionamento teologico.

"Guardi, io ho fatto prima che potevo."

Il sacerdote sorride: "Non era mia intenzione criticare il suo operato. La mia era solo una speranza. Sa, è importante la speranza".

Rimangono lì sospesi per un tempo che a Genny sembra lunghissimo: lui, il sacerdote, la luce alle sue spalle e la piadina, che forse è secca. Non certo per colpa del Signore.

12.
Popcorn

Non che Giulia non sia stata e non sia tuttora una buona madre: ha fatto del suo meglio per far crescere Luca senza che la mancanza del padre si trasformasse in un vuoto troppo grande, qualcosa che rischiava di inghiottire entrambi. Tuttavia, quell'assenza si è fatta sentire in un modo costante e subdolo, dando allo sguardo di Luca un'ombra di malinconia.

C'è stato un momento preciso in cui ha cominciato a fare a sua madre le domande che lei era sicura sarebbero arrivate: le stava aspettando, come fossero creditori che lì per lì ti danno tregua ma sai per certo che prima o poi ti verranno a cercare.

La prima volta che aveva notato nel suo sguardo quella malinconia, che da allora avrebbe imparato a riconoscere, era stata alla festa di Natale in casa di Tommaso, il suo amichetto preferito del nido, quando aveva tre anni: era un sabato, c'erano il popcorn, la torta di mele e i giochi, e tutti i bambini erano accompagnati dai genitori. Luca rideva, giocava, era felice.

Giulia stava parlando con un'altra mamma quando all'improvviso si era sentita tirare la giacca, si era voltata e si era ritrovata gli occhi di suo figlio puntati nei suoi.

"Perché noi non possiamo farlo?" aveva detto Luca indicando i genitori di Tommaso, che in quel momento lo tenevano per mano, sollevandolo e facendolo ondeggiare avanti e indietro, come se fosse seduto su un'altalena.

Giulia aveva fatto fatica a ricacciare indietro il nodo che dallo stomaco sentiva salire prepotente alla gola, mentre l'altalena umana diventava sempre più rumorosa, accompagnata dagli "oooh" gioiosi di mamma e papà e dagli urletti di Tommaso.

"Non è vero che non possiamo: la mamma è forte, e ha due braccia. Può tirarti su e farti dondolare quanto vuoi. Vogliamo provare?"

Luca si guardava i piedi, senza rispondere. Poi aveva detto soltanto: "Devo fare pipì".

"Ti accompagna la mamma, andiamo."

"No, ci vado da solo. Poi torniamo a casa. Non ci voglio più stare qua."

13.
Pollo e patatine fritte 2

"Non ci credo!"

Genny sgrana gli occhi mentre Kalidou racconta a bassa voce, come se il protagonista dell'aneddoto fosse seduto al tavolo accanto. Sono in un bar piuttosto anonimo in zona Lambrate, con le luci basse, i camerieri annoiati e un maxischermo per le partite.

"E invece sì, amico."

"Non ha paura che lo becchino?"

Genny gli parla e intanto cerca con lo sguardo il cameriere.

"Mah, non ci pensa e basta."

"Chi lo ha contattato?"

"Un tisio a cui ha portato la pissa: gli ha detto di entrare, che doveva parlargli. Gli ha offerto una birra e gli ha chiesto se gli andava di arrotondare con la droga. Lo sai com'è Hasani, no? Fissato con il Rolex e le scarpe firmate. Ci ha messo cinque minuti a convincerlo."

"È un pusher?"

"Sì, uno che sta in Porta Genova."

"Che coglione..."

"Te l'ho detto. Quel ragasso ha la malattia dei soldi. Ieri ha consegnato la bamba a un calciatore al Bosco Verticale, e sai cos'ha fatto il cretino? Si è fatto il selfie con lui e lo ha pure postato su Instagram!"

Genny si passa una mano tra i capelli.

"No! Ma così si farà beccare di sicuro."

"Peggio per lui. Gliel'ho detto mille volte di lasciar stare, ma è una battaglia persa."

Kalidou scuote la testa: è deluso anche più del dovuto, ma il narco-rider è senegalese e per lui è sempre una sconfitta sapere che uno di loro sbaglia, perché significa alimentare la sfiducia nei confronti degli immigrati, già abbastanza diffusa. Uno che sbaglia si fa notare molto di più di cento che vivono in pace, lavorando e comportandosi da cittadini modello. Ogni volta che qualcuno viene sorpreso a trasgredire, nell'immaginario delle persone è la reputazione di tutta la comunità che viene danneggiata. Non è intelligente fare di tutta l'erba un fascio, Kalidou lo sa bene. Ma non riesce davvero a biasimare chi lo fa, perché si rende conto che giudicare le persone da come si comportano, a prescindere da chi sono e da dove provengono, è un'operazione troppo raffinata per la maggior parte della gente.

Mentre finiscono la birra, l'attenzione di Genny è catturata dalla voce del telecronista che introduce la partita.

"Dai, dai... sta iniziando!"

Kalidou è sorpreso da tanto entusiasmo, e in generale dal comportamento dell'amico: non ricorda di averlo mai visto così preso da una partita, e in più ha notato che Genny ha controllato il telefono di continuo mentre parlavano del narco-rider.

Quello che non sa è che l'aspetto agonistico c'entra ben poco, Genny non ha raccontato di Luca all'ultima pizzata, ha ritenuto che fosse una cosa troppo personale e delicata, non adatta al clima cameratesco che si instaura quando escono a mangiare.

Fatto sta che Genny non può mentire a se stesso: tutto

ciò che vorrebbe adesso è guardare la partita su quel divano, accanto al suo nuovo amico.

Non gli è bastato sapere che sua madre potrebbe essere sulle sue tracce, la voglia di passare del tempo col suo collega di Champions League prevale sulla paura. È troppa la curiosità per quella vita che gli si è spalancata davanti, e troppa la tenerezza per quel ragazzino con cui vorrebbe parlare delle scelte tattiche dell'allenatore, suggerendo sostituzioni mentre mangiano pollo fritto e bevono Coca-Cola; per poi magari domandargli se ha fatto un po' pace con la matematica.

Infatti ha proposto a Kalidou di vedersi in quel locale dove si possono seguire le partite e che, guarda caso, è a trenta metri da via Conte Rosso: se per caso Luca ordinerà del pollo fritto, ci sono più probabilità che il sistema inoltri a lui la richiesta. Non era sicuro, certo, i rider sono tanti, ma ci ha provato: nella sua esperienza, un paio di volte l'algoritmo si è "comportato" proprio così, e spera che possa accadere anche stasera. Ha pensato che, se quell'amicizia è davvero speciale, allora forse il destino darà il suo contributo per farli incontrare di nuovo.

E infatti la notifica arriva: ritiro da Crispy World, consegna in via Conte Rosso – è lui!

Genny si alza di scatto ed è vittima ancora una volta della sua incapacità di tenere per sé i pensieri, quelli più autentici.

"Sìì! Lo sapevo!" esulta. "Devo andare, ho una chiamata," spiega a un sempre più perplesso Kalidou.

"Amico, non è che sei finito anche tu nel giro della droga? Sembri pippato. Mi fai venire qui per la partita, quando inisia sei carichissimo e adesso invece sembri contento di andare a lavorare. Mi spieghi che casso ti succede?"

Genny si infila il giubbotto. "Niente, è che all'improvviso mi sentivo un po' soffocare qui dentro, meglio se esco e prendo un po' d'aria. Magari ti raggiungo dopo se rimani qui, ok?"

"Rimango qui da solo a guardare il calcio? Tu sei passo!"

E per meglio chiarire il concetto Kalidou si batte l'indice sulla tempia. "Me ne vado a casa, sperando di non ricevere più chiamate. Ansi, sai cosa? Spengo e buonanotte, sono stanco. Per oggi basta così. Comunque, mi preoccupi..."

Genny rovista nella tasca dei jeans, trova una banconota da dieci euro, la lascia sul tavolo ed esce di corsa. Ci aveva sperato, e non si sbagliava: quando lui e Luca si erano visti per la prima volta il Napoli aveva battuto il Genk tre a uno, stasera gioca l'ultima partita della fase a gironi, contro il Galatasaray. Luca deve aver ottenuto di nuovo dalla madre il permesso di rimanere solo a casa a guardare la Champions e di ordinare il secchio di pollo, e forse spera che anche stasera sia Genny a portarglielo. Sì, dev'essere così: Genny se ne convince ancora di più quando ritira il sacchetto, perché non solo la porzione è di nuovo quella per due, ma ci sono anche due Coca-Cola. Non c'è dubbio, Luca ha fatto l'ordine pensando a lui.

Si rimette in sella e inizia a pedalare fortissimo, ma a metà strada, di colpo, un pensiero negativo smorza il suo entusiasmo. Che cosa sta facendo? È comprensibile che un dodicenne cerchi l'amicizia di un ragazzo più grande. Lo è molto meno che il ragazzo più grande sia così contento di avere un amico dodicenne. Cosa significa? Che lui, Genny, nonostante i suoi ventitré anni, è rimasto un adolescente? Oppure che prova un improvviso, inspiegabile desiderio di paternità?

I dubbi rallentano la pedalata, anche perché sono accompagnati da un'altra preoccupazione più concreta: come farà a superare il non trascurabile problema di accettare un nuovo invito a entrare a casa di un cliente? Minorenne, per giunta.

Ci manca solo che la madre scopra tutto e lo denunci, facendogli perdere all'istante il lavoro e, quel che è peggio, appiccicandogli addosso un sospetto morboso che Genny, nella sua totale innocenza, fino a quel momento non aveva ancora considerato. Ma l'ipotesi non è affatto da escludere: se ne sentono così tante, non è affatto improbabile che una madre

77

si faccia strane idee in relazione a un comportamento che comunque, a ben vedere, del tutto regolare non è.

Non accetterà, ecco cosa deve fare: è deciso. Gli darà il sacchetto e gli spiegherà con la massima dolcezza possibile che, semplicemente, non può rimanere. Proprio non può.

È piuttosto contrariato all'idea di dover fare quel discorsetto politically correct, gli sembra assurdo che la vita debba sempre essere soggetta a regole così rigide, che non tengono conto delle sfumature e dei mille percorsi dell'animo umano, ovvero di tutto ciò che, tutto sommato, rende la vita degna di essere vissuta. Ma c'è poco da filosofeggiare, come gli direbbe Visentin: farà così e basta.

Quei pensieri sono stati così ingombranti che è arrivato a destinazione quasi senza accorgersene. Lega la bici, e quando suona al citofono il portone si apre con uno scatto. In ascensore si guarda allo specchio come a voler ribadire alla sua immagine riflessa la decisione appena maturata. E prima che possa suonare il campanello, la porta si apre.

Abbassa lo sguardo, pronto a incrociare quello di Luca, e invece...

"Ciao."

La donna è sui quarantacinque, piuttosto attraente anche nella tuta di felpa grigia, e ha un atteggiamento amichevole, nonostante una certa durezza nello sguardo.

Genny la guarda negli occhi scuri, inquieti e maliziosi come quelli di chi ha vissuto intensamente, attraversando gioie e dolori senza risparmiarsi.

"Buonasera signora, ecco la consegna da Crispy World."

"SIGNORA? Andiamo bene..."

Genny vorrebbe spiegare che l'ha salutata così per educazione, non certo perché sembri vecchia. Ma non è la prima volta che gli capita, e ha imparato che in certi casi la toppa è peggio del buco. Non si può dire che sia partito col piede giusto: quella che ha davanti non può che essere la madre di Luca.

Nell'istante esatto in cui lo pensa, lui arriva in scivolata sullo zerbino: "Genny!" grida felice.

La prima reazione sarebbe di mollare lì il sacchetto e andarsene di corsa, lasciandosi alle spalle le spiegazioni del caso, Luca, sua madre e tutto il palazzo. Abbandonare la città col favore delle tenebre. Ma è chiaro da subito che non andrà così.

"È lui?" chiede la donna.

Ecco, sempre peggio.

"Certo, è Genny!"

Luca è chiaramente entusiasta di rivedere il suo nuovo amico.

"Senti, intanto spiegami com'è possibile che ricapiti proprio tu. Non credo si possa scegliere da chi farsi consegnare la cena, no?"

Genny non può certo dirle che no, non si può, ma che se ti piazzi di fronte al locale il giorno giusto all'ora giusta aumenti le probabilità.

"No signora, non si può: è del tutto casuale."

Lo dice come a voler subito rimarcare la propria innocenza.

Luca lo guarda complice. Genny, pur ritenendolo sveglissimo, non può davvero credere che sappia come funziona il sistema di designazione del rider. Eppure, quello sguardo sembra dimostrare che qualcosa deve aver afferrato. Forse ci ha semplicemente provato, sperando nel caso.

Lei lo guarda seria, ma si vede che le viene da ridere. "Incredibile: quindi è proprio scritto che voi due diventiate amici per la pelle. Roba da matti. Allora, ascoltami bene: si dà il caso che la... SIGNORA che hai di fronte sia molto giovane e di mentalità aperta, quindi non sto per fare quello che temi, a giudicare dalla faccia che hai in questo momento. Entra e rilassati, dobbiamo parlare. Dammi pure il sacchetto."

Genny tira un sospiro di sollievo. Anche se c'è senza dubbio della severità nel suo tono, nel complesso quella donna sembra venire in pace. Fa come gli dice, cerca di consegnarle il sacchetto ma non ci riesce, perché è Luca a strapparglielo dalle mani.

"Io e mio figlio ci diciamo tutto," continua lei. "Mi ha raccontato della vostra... serata insieme: è una cosa sbagliata, te ne rendi conto?"

"Certo, signora, assoluta..."

"Giulia. Mi chiamo Giulia."

Stretta di mano. Quella di Genny è sudatissima. Giulia gli spiega che lei di Luca si fida, è un ragazzino intelligente, con la testa sulle spalle. "Se lui mi dice che sei ok, io tendenzialmente sono tranquilla. Se avessi avuto il tuo numero ti avrei chiamato subito per incontrarti, ma siccome non glielo avevi lasciato, tra l'altro facendo la cosa giusta... l'unico modo per rintracciarti sarebbe stato chiedere di te al Servizio Clienti. Ma, sempre perché sono giovane, esperta delle cose del mondo e per niente SIGNORA... ho pensato che rischiavo di metterti nei guai e ho lasciato perdere, tanto era improbabile che vi rivedeste."

Genny vorrebbe sorridere, ma si trattiene: non sa ancora se Giulia abbia davvero deposto le armi.

"E invece vi siete incontrati davanti alla sua scuola! Quando Luca me l'ha detto, onestamente mi sono preoccupata. Ma poi mi ha anche detto che passavi per caso, che nemmeno lo avevi visto e che è stato lui a chiamarti. A questo punto mi arrendo, mi sembra inutile tentare di mettersi contro il destino." Giulia gli fa un cenno con la mano. "Dai, entra, mangiamo insieme questa roba frittissima che hai portato, voi guardate la partita come due bravi bambini e intanto io decido se denunciarti o consigliarti uno psicologo, qualcuno che ti aiuti a capire se quest'amicizia con un dodicenne possa indicare che hai qualcosa che non va, tipo una qualche forma di infantilismo o peggio."

"Grazie mamma, è bello sapere che mi consideri ancora un bambino..." protesta Luca.

"Tu sarai bambino fino a quando ne avrò voglia, ok?" Glielo dice scompigliandogli la cresta, proprio nel momento in cui il Galatasaray passa in vantaggio!

"Nooo!" urla Luca mentre Giulia chiude la porta alle spalle di Genny.

"Ecco, lo vedi? Non dovete guardarla insieme, porta sfiga..."

"No, l'altra volta è andata bene. Diglielo tu, Genny!" si arrabbia Luca.

Genny si limita ad annuire, gli eventi degli ultimi cinque minuti lo hanno lasciato senza parole.

Intanto si sono seduti tutti e tre sul divano. Luca oscilla tra la gioia di avere Genny di nuovo a casa e lo sconforto per come sta andando la partita.

"Luca mi ha detto che sei laureato al Politecnico," butta lì Giulia.

"Sì, ho iniziato la specialistica."

"Immagino tu faccia questo lavoro per pagarti l'affitto..."

Genny adesso si sente come Massimo Troisi in *Ricomincio da tre*, quando tutti gli chiedevano se era un emigrante e lui, stanco di spiegare per l'ennesima volta che in realtà viaggiava solo per piacere, alla fine si rassegnava ad annuire.

"Sì, i miei mi danno qualcosa, ma Milano è cara e così ho pensato di mettermi a fare il rider."

Fin qui è andata troppo bene, l'ultima cosa che gli serve adesso è spiegare la natura antropologica della sua scelta, raccontare anche a lei della curiosità che lo muove, del piacere un po' morboso di guardare attraverso gli spiragli delle mille porte davanti a cui il suo lavoro lo conduce ogni giorno. Oltre al fatto che pedalare lo aiuta a tenere lontani dalla mente i demoni del passato. Concetti che in questo momento non deporrebbero molto a suo favore, vista la situazione.

"Ma ti resta il tempo per studiare?"

La domanda, in effetti, è più che legittima. È da quando ha iniziato a fare il rider che Genny non apre un libro e non segue i corsi.

"Diciamo che non è facilissimo..."

"Be', però ti consiglierei di non mollare. Non credo che questo lavoro ti offra chissà quali prospettive, no?"

"Goal!" strilla Luca con una pepita di pollo in bocca, e così viene fuori una cosa un po' inquietante, a metà fra un latrato e un grugnito: il Napoli ha pareggiato!

"Genny, ma non la stai guardando!" protesta dopo aver inghiottito con una sorsata di Coca.

"Sto parlando con tua madre. Ma tranquillo, seguo con un occhio, sono multitasking io."

Poi si volta di nuovo verso Giulia: "Certo, figurati se mollo. Ma in questo momento sentivo di aver bisogno di fare qualcos'altro, oltre che studiare. Tu invece di cosa ti occupi?".

"Di quello lì!" dice indicando Luca. "Di quell'incrocio tra una peste e un terremoto!"

Genny sorride.

"Scherzi a parte, faccio la cuoca."

"Che figata!"

"Sì, lo so che ultimamente la parola fa subito figo, fa pensare alla tv e alle sponsorizzazioni, ma la mia è la versione base, niente di particolarmente raffinato: cucino in una mensa aziendale."

"Be', scherzi? Un lavoro socialmente molto più utile di quello che fanno quei tizi in televisione..."

"Più che altro, da me nessuno si aspetta di mangiare roba gourmet, quindi poche lamentele! Poi, come tutti, ho il mio piccolo grande sogno: mi piacerebbe aprire un ristorantino tutto mio, in riva al mare. Tipo alle Cinque Terre." Negli occhi di Giulia passa un lampo di gioia, di certo quel ristorantino lo ha immaginato mille volte nei minimi dettagli. Il lampo, però, si spegne subito. "Ma non credo ci riuscirò mai."

"Vabbè, se parti così... Io invece credo che non si debba aver paura di sognare in grande."

"E il tuo sogno, invece, qual è?"

La domanda non è da poco. Più che altro, che Genny ricordi, nessuno gliel'ha mai fatta prima, almeno non con quella schiettezza. Non sa davvero cosa rispondere, al momento vorrebbe solo fermare una volta per tutte quella maledetta giostra dei ricordi molesti che, da quando è morta Claudia, gira vorticosa nella sua testa.

Misteriosamente, in maniera quasi automatica, una frase prende forma e decide di uscire dalla sua bocca, se ne va in giro per quel salotto che comincia a sentire un po' familiare:

"Vorrei che le persone fossero più felici".

Giulia è molto colpita: quel ragazzo le piace, lo dicono i suoi occhi, il modo in cui gli si rivolge. Vanno avanti a parlare per un po', con Genny che guarda pochissimo la partita e Luca che non perde occasione di mostrare il suo disappunto. L'altra volta, senza sua madre tra i piedi, era stato decisamente meglio.

Quando si alza per portare in cucina gli avanzi della cena e Genny si offre di aiutarla, Luca la prega di lasciarlo libero, in modo che possa guardare con lui almeno il finale della partita. Lei fa cenno di sì, e due minuti dopo un difensore atterra Mertens in area: rigore!

"Sìì!!! Lo vedi che, appena siamo io e te, gira bene?"

C'è lo stesso Mertens sul dischetto, Luca e Genny hanno lo sguardo fisso sul televisore, mentre il fiato sospeso dei settantamila del San Paolo sembra uscire dallo schermo e riempire la stanza. È l'ottantaquattresimo, l'arbitro fischia, breve rincorsa... goal!

Luca salta sul divano cacciando un urlo disumano, poi si gira verso Genny e si danno un cinque.

Giulia è tornata in salotto, richiamata dall'urlo di Luca: li guarda, e non può fare a meno di sorridere. Il calcio non le piace e Genny resta un sorvegliato speciale, ma il fatto che suo figlio abbia trovato un amico in compenso le piace moltissimo.

14.
Frittura di pesce

"Come stai?"

"Bene, mamma. E tu?"

"Non mi lamento. Ho una tosse che mi sta facendo uscire scema, ma per il resto tutto ok."

"Stai prendendo qualcosa?"

"Sì, lo sciroppo. Ma tiene un sapore terribile."

"E papà?"

"E chi lo ammazza a quello? Mi devi credere: più diventa vecchio e più bisogna narcotizzarlo per farlo stare fermo."

La videochiamata della domenica è un classico dei fuori-sede.

Genny ha dovuto contrattare per ottenere di spostarla a un orario più umano: se fosse per loro, i suoi genitori lo chiamerebbero alle nove di mattina.

"Ué ué, stat parlann mal 'e me? Guardate che vi sento..."

"Eccolo qua, lui e il suo orecchio bionico. Com'è possibile che ci sente meglio mo' che quando teneva trent'anni?" prosegue Anna.

Domenico entra nell'inquadratura col piglio di una star consumata.

"Guaglione bello! Come vanno le cose?"

"Bene, papà. Mi sono svegliato da poco."

"Uanema, da poco? Nientedimeno? È mezzogiorno! Beato te, io da stamattina ho fatto già un sacco di cose."

"Secondo me pure troppe..." protesta la moglie.

Quei due hanno dei tempi comici perfetti, Genny li guarda e pensa che potrebbero essere i protagonisti di una sitcom.

"Nino e Michele oggi pranzano con voi?"

"Ma figurati, a mamma. E chi li vede più quei due? Nino è andato a Londra con la fidanzata e Michele oggi aveva le prove col gruppo."

"Ha ripreso a suonare?"

"Sì, da poco: vorrebbero registrare un disco."

"Ah sì? Figo!"

"Figo? Ormai usi termini milanesi..."

"Dai, ma': figo si dice dovunque. Pure a Napoli."

"A proposito di cose fighe," interviene Domenico. "Dimmi quale ti piace di più tra queste due."

L'espressione di Anna è rassegnata mentre il marito mostra a Genny due campioni di carta da parati.

"Quella con le foglie. Adesso va molto di moda, qui a Milano la mettono in tutti i locali."

"Hai visto? Lo sapevo, io sono sempre avanti!"

Nel dirlo, Domenico schiocca un bacio alla moglie, saluta Genny e torna a trafficare con i suoi progetti.

"Ma a te ti pare normale mettere la carta da parati di domenica?"

"E vabbè, mamma: meglio che sia energico, dai. Pensa se avessi un marito noioso."

"Scherzi? Vuless 'a maronn! Adorerei!"

Genny sorride.

"Tu mo' dici così, ma poi se fosse davvero un tranquillone ti lamenteresti lo stesso."

"Forse tieni ragione, figlio mio. Tu come stai?"

"Te l'ho detto, bene."

"Sì, ma voglio dire... overament: tutto ok?"

"Sì, mamma. Non mi lamento."

"Kalidou è in casa?"

"No, è uscito a lavorare. Tra un po' esco anch'io."

"E come va?"

"Normale, ma'."

"Ma riesci a studiare?"

"Sì, tra un mese dovrei dare un esame."

Gli dispiace mentire, ma la verità entro la prima mezz'ora dal risveglio è un atto di eroismo che davvero non può permettersi.

"Bravo. Mi raccomando, non mollare. Non voglio fare la mamma noiosa: se questa cosa di fare... comm se chiamm? Il raidèr?..."

"Sì."

"Eh, se ti rende felice io sono contenta. Però lo sai come la penso: per me prendersi tutto quel freddo e quello smog è allucinante. Ci sarebbe sempre quell'opportunità, sai quell'amico di papà che ha l'agenzia immobiliare a Sesto San Giovanni? Dici sempre che le case ti incuriosiscono..."

"Sì, ma a me nelle case piace entrarci con dentro le persone. È la vita che mi incuriosisce, non le travi e i muri."

"E vabbuò, tien semp ragion tu! Parlando d'altro... ci sono novità? Hai conosciuto qualcuno?"

Sì, un ragazzo di nome Luca. Ha dodici anni, guardiamo le partite di Champions insieme. Ho anche conosciuto sua madre. In questo momento, a ben pensarci, insieme a Kalidou è probabilmente tra i miei migliori amici. Non è incredibile? Lo pensa, ma non lo dice.

"E ja', mamma: me lo chiedi ogni volta. Conosco un sacco di gente, ma nessuno in particolare. Quando succederà sarai la prima a saperlo, vabbuò?"

"Ok, ok, non ti agitare: ti ho fatto solo una domanda. A

proposito, ieri a piazza Vanvitelli ho incontrato i genitori di Claudia."

Genny si irrigidisce. "Mamma, ma a proposito di che? 'A proposito' è un'espressione che si usa quando si dice una cosa che si riferisce a un'altra appena detta. Non mi pare che stessimo parlando di Claudia, no? Sai questo che significa? Che ogni volta che mi chiami è come se facessimo una conversazione a tre, e la terza è sempre lei: se ne sta là, in silenzio, e tu a un certo punto ti senti in dovere di tirarla in ballo. Non possiamo fare che la lasciamo lì? Anzi, non la coinvolgiamo proprio nella videochiamata: è così difficile per te?"

Genny vede la faccia di sua madre rattristarsi. Si sente in colpa per essere stato brusco, ma a volte non può proprio evitarlo, perché, nonostante i suoi sforzi per superare quello che è successo, lei è sempre puntuale nel citare Claudia, riportandola in vita all'improvviso. Quasi sempre riesce a trattenersi, perché lo sa benissimo che le parole di sua madre sono dettate soltanto dall'amore che prova per lui e dal desiderio di saperlo sereno, ma oggi non ce l'ha fatta.

Il tempismo di suo padre è perfetto: forse ha sentito qualcosa grazie al suo udito prodigioso ed è intervenuto per placare gli animi, o forse è semplice casualità. Difficile stabilirlo, perché a volte nelle famiglie funziona così: i confini sono sfumati, c'è come un flusso di energia salvifica, un collante che interviene ad aggiustare tutto e che agisce secondo meccanismi ignoti, come dotati di vita propria.

"Annaaa! Mi serve una mano."

"Uh, maronna mia. L'artigiano della qualità mi sta chiamando. Uno di questi giorni scappo mentre dorme e vengo a stare su a Milano da te. Ciao, tesoro mio. E mangia, che ti vedo sciupato."

"Ciao ma'," sospira Genny, poi chiude il computer e si stiracchia.

Cammina verso il bagno, accende la luce ed entra in doccia. Prima di aprire l'acqua, rimane a guardare la T-shirt che si è appena tolto, quella col logo degli Strokes, la sua preferita.

Ce l'aveva la sera che ha conosciuto Claudia.

Era successo in un locale dove andava sempre con i suoi amici. Si chiamava Napoli Centrale, dentro era fatto come il vagone di un vecchio treno, con le panchine e i tavolini originali di uno scompartimento. Aveva appena preso una birra e stava tornando verso il suo tavolo quando l'aveva incrociata.

"Ciao. Mi piace come sorridi: sembra che perdi completamente il controllo." Claudia glielo aveva detto con una sfrontatezza che lo aveva messo un po' in imbarazzo.

"Gra... grazie. Però non sono sicuro che sia una bella cosa. Cioè, potrebbe voler dire che rido come uno scemo."

"Ecco, vedi? L'hai fatto ancora. Ti ride tutta la faccia. Gli occhi, soprattutto."

Lui era arrossito.

"Ma ci siamo già visti?"

"Io sì. Almeno tre volte, qui nel locale. Hai sempre delle magliette fighissime."

"Vabbuò, mi hai già detto due cose carine in un minuto. Adesso come minimo devo dirtene una pure io."

Era stata solo una battuta: Genny non poteva aspettarsi la mossa successiva di quella ragazza tutt'altro che timida.

"E ja', provaci. Però impegnati, perché se me ne dici una banale, diciamo non all'altezza del tuo sorriso... hai sprecato il jolly."

Perfetto. Eccolo lì: il rigore decisivo alla finale dei Mondiali, ed era lui a doverlo tirare.

Cosa avrebbe risposto? Non poteva aspettare troppo a lungo, quella ragazza lo fissava con uno sguardo di sfida. Decise in un secondo: avrebbe detto né più né meno di ciò che stava realmente pensando in quel preciso istante. Se perdere il controllo era stato ciò che lei aveva notato di lui, era su quello che avrebbe continuato a puntare.

"Hai lo sguardo di una a cui dire sempre la verità."

Stavolta il controllo lo aveva perso lei. Di colpo sembrava meno sfrontata, come se la frase di Genny si fosse fatta strada dentro il suo stomaco, entrando senza bussare e accendendo tutte le luci.

Poco dopo avevano salutato le rispettive compagnie ed erano usciti dal locale. Avevano camminato tantissimo, fino a San Martino, un belvedere dal quale si gode una vista mozzafiato su tutta Napoli. Avevano chiacchierato senza sosta: musica, film, ricordi d'infanzia, sogni, progetti, passioni, come se entrambi avessero atteso quella serata da sempre. Poi, di colpo lei aveva taciuto e lo aveva baciato: una, due, cento volte. Sapore di birra e sigarette, le dita che si intrecciavano, mentre quella notte di maggio li avvolgeva e li teneva al sicuro tra le sue braccia.

Alle tre se ne stavano ancora lì, avvinghiati su una panchina, stremati da tutte quelle chiacchiere, felici di essere al mondo. Di colpo erano stati assaliti da un appetito devastante, Genny aveva scherzato dicendo che sembrava fame chimica, anche se non avevano fumato canne, ma forse succedeva pure dopo i baci "di un certo livello", proprio così aveva detto, e allora erano andati di corsa al Vomero, a prendersi una frittura di pesce in un posto che restava aperto tutta la notte.

Era cominciata così la loro storia, quando avevano entrambi diciassette anni. Genny ripensa di continuo a quella prima volta e all'incidente, come se tutto ciò che c'era stato in mezzo fosse un po' sbiadito, come se l'inizio e la fine del film fossero rimasti impressi nella sua mente molto più della storia vera e propria.

Certo, altri ricordi spuntavano spesso senza preavviso, nei momenti più imprevisti. Ma quando ripensava a Claudia con più calma, erano sempre quei due fotogrammi a tornargli alla memoria. L'inizio e la fine.

Perché era così che era andata, c'era stato un inizio e c'era stata una fine. Non una fine tra di loro. Una fine e basta. E per Genny era immensamente dolorosa, quella consapevolezza. Quell'assenza di un durante. Quel braccio che penzolava. Quell'istante esatto tra prima e poi, quando tutto era cambiato per sempre.

15.
Il giropizza

L'atteggiamento dogmatico di Genny nei confronti della pizza non si coniuga benissimo con l'idea del giropizza: una grande abbuffata di trancioni di vario tipo, spesso con abbinamenti discutibilmente creativi e del tutto fuori dall'ortodossia napoletana, proposti senza soluzione di continuità e a un prezzo fisso, in modalità "all you can eat". Insomma, la cosa più lontana dal concetto rigoroso che lui ha di questo piatto, che prevede al massimo quattro, cinque varianti. Ma stasera non ha voglia di creare problemi, né di sentirsi dire che è il solito snob partenopeo, così accetta di buon grado che la pizzata sia in un locale che adotta quel tipo di formula. Si chiama Pizzaland, è un cubo di cemento piuttosto impersonale in via Imbonati, periferia nord. Sono in sei: lui, Kalidou, Mohammed, Pushkar, Hasani e Pilar, l'unica ragazza della brigata, arrivata un anno prima da El Salvador.

È Kalidou ad aprire le danze.

"Allora, cominciamo? Come se non ci fosse un domani?"

"Come se non ci fosse un domani!" rispondono in coro gli altri alzando i calici.

Cinque amici su sei sono evidentemente entusiasti della serata, il sesto finge, ma non ci vuole l'abilità di uno psicologo di fama mondiale per capirlo.

Sul tavolo c'è un dado, con tre facce colorate: quando

quella verde è rivolta verso l'alto, vuol dire che i commensali sono pronti a ricevere pizze a volontà; quando lo girano sulla gialla indicano di voler passare alle pizze dessert, che per Genny equivalgono più o meno a una bestemmia; quando la faccia più esposta allo sguardo dei camerieri è quella rossa, vuol dire che si chiede il conto.

Semplice e divertente, per tutti tranne che per Genny, che sogna di ordinare una margherita e mangiarla con calma sul tavolaccio di marmo di Michele, la sua pizzeria preferita di Napoli, famosa in tutto il mondo e con un menu di una pagina sola, quattro pizze in tutto e da bere nient'altro che acqua, birra Peroni e Coca-Cola, quest'ultima introdotta solo per venire incontro ai gusti dei tanti avventori americani. Per non parlare dei quarantacinque minuti di attesa prima che chiamino il tuo numerino, che Genny spesso fa trascorrere bevendo una "birra preliminare" da Zi' 'Ndrea, il bar proprio di fronte alla pizzeria.

Rituali, scanditi da chiacchiere infinite, senza fretta, come se per quella pizza si potesse aspettare anche una vita, perché il suo sapore sarà talmente buono da ripagarti di tutto. L'opposto esatto del giropizza, dove ti siedi, giri il dado e un secondo dopo una ragazza ipertatuata si avvicina con in mano un tagliere gigante pieno di tranci e, col tono stanco di chi è alla sesta ora di lavoro e avrà già pronunciato quelle parole almeno ottanta volte, dice: "Crema di zucca, grana e salamino piccante".

La prendono tutti, tranne uno.

"Non mangi?" chiede Kalidou.

"Aspetto la prossima, non ho molta fame."

"Eccolo, comincia subito a fare lo schissinoso."

"Ma scusa, a te che te ne fotte? Potrò prendere quello che mi va, no? Ma guarda che sei forte, eh? Tu mangiati quello scherzo della natura e non ti preoccupare."

"Mamma mia, che pesantessa..."

Gli altri non fanno caso alla discussione perché distratti dall'arrivo di un nuovo tagliere, portato da un cameriere magrissimo con la barba da hipster.

"Margherita?"

"Io, io, io io, io."

Il ragazzo serve un trancio a testa, Genny li guarda sbalordito.

"Uà, mi dovete credere: sembrate dei piranha!"

Ce ne sono solo cinque, Genny è rimasto fuori. Kalidou se ne rende conto e gli porge il piatto, insiste perché la prenda e lui accetta, cominciando a mangiarla senza troppo entusiasmo.

Nel giro di dieci minuti hanno già mangiato quattro, cinque tranci a testa, e può partire l'altro elemento del "format": la gara degli aneddoti. Al primo posto della classifica all time c'è ancora il servizio fotografico di Mohammed con la signora Delia.

"Chi comincia?" chiede Pushkar.

"Io!" risponde Kalidou con in bocca un pezzo gigante di pizza con gamberetti e burrata.

Genny cerca invano di nascondere il proprio disgusto.

"Martedì sera ho portato due hamburger a un tisio sul Naviglio," ha iniziato intanto a raccontare Kalidou. "Quando mi apre, me lo trovo davanti in mutande e calsini, magrissimo, con una faccia stravolta. Mentre gli passo il sacchetto guardo dentro e mi accorgo che c'è la porta del bagno messa aperta e nello specchio vedo una signora sui quaranta, veramente molto grassa e con addosso solo le mutandine. Mi scappa da ridere, perché pensare che quei due un attimo prima stavano scopando era strano: non c'entravano un casso, dovete credermi. Il tipo forse capisce che me ne sono accorto, e allora mi saluta velocemente e chiude la porta, mentre sento la tipa che canta con una voce da gallina una cansone italiana, quella che parla della primavera..."

"Che fretta c'era, maledetta primavera?" interviene prontamente Genny.

"Esatto! La conosci?"

"Certo," risponde lui, "è famosissima."

"Be', livello molto alto," dice Pilar. "È il mio turno?"

Hanno tutti la bocca piena e si limitano ad annuire mentre masticano voracemente.

"Ho consegnato un sushi a un ragazzo cieco."

Il cambio di registro è talmente repentino che tutti si fermano e alcuni appoggiano perfino la fetta di pizza sul piatto, desiderosi di sentire il resto della storia.

"Me ne sono accorta subito, perché non mi guardava negli occhi. Allora gli ho detto ciao e, mentre gli davo il sacchetto, con l'altra mano ho preso la sua e l'ho avvicinata, in modo che potesse prenderlo facilmente. Gli ho chiesto se aveva bisogno di aiuto, ma lui mi ha risposto che era abituato e che era tutto sotto controllo. Proprio così mi ha detto."

Lo ha raccontato col suo accento sudamericano che ispira subito simpatia, e in un modo così dolce e delicato che tutti la guardano rapiti. Tanto che, quando il cameriere arriva con l'ennesimo tagliere, proponendo una delicatissima 'nduja e gorgonzola, nessuno risponde: quello gira sui tacchi e si dirige verso il tavolo accanto, dove un gruppo di cinesi lo accoglie con grande gioia.

"Chi è il prossimo?" chiede Pushkar.

"Io," risponde Hasani, l'altro senegalese del gruppo. "La settimana scorsa ho portato una poke a Bislaghi!"

"Ma chi, il calciatore?"

"Sì! Abita al diciottesimo piano del Bosco Verticale."

Genny ripensa al racconto di Kalidou sul narco-rider e fa due più due: si guardano, scambiandosi un cenno d'intesa.

"Solo la poke gli hai portato?" lo stuzzica Genny.

"Sì, perché?" risponde lui, un po' agitato.

"Da bere non ha preso niente?"

"No, forse aveva già roba in frigo."

"Spero ti abbia dato una bella mancia, con quello che guadagnano..."

"Sì, mi ha dato cinque euro."

"Cazzo, non male per una poke! Chissà quanto ti avrebbe dato se gli avessi consegnato un ordine più costoso, che ne so... una roba da tre-quattrocento euro..."

Kalidou gli lancia un'occhiataccia per fargli capire che sta esagerando con gli ammiccamenti e che, se continua così, finirà per far capire ad Hasani che sa perfettamente cosa viaggiava insieme a quella poke.

"Alla fine gli ho chiesto di fare un selfie e lui ha detto subito di sì: l'ho postato su Instagram."

"L'ho visto," risponde Pilar, "ma non sapevo chi fosse. Ho solo pensato che era un figo, ma con dei capelli assurdi. Mohammed, e tu?"

"Mi hanno offerto una canna!"

Risata generale.

"Casso, allora hai proprio la faccia da fattone! Ma chi?" commenta Kalidou.

"Dei ragazzi, credo studenti. Avevano ordinato il kebab."

"Be', per la fame chimica è perfetto!" dice Genny, mentre dà una chance a un trancio con crudo e scamorza. "Ma scusa, tu sei entrato e subito ti hanno chiesto se volevi fumare?"

"Sì, c'era la musica alta, stavano facendo una festa."

"E tu? L'hai fumata?"

"No, no..."

"Sì, sì... di' la verità."

"Ok, ho fatto un tiro e sono andato!"

Altra risata generale. Kalidou riprende la parola.

"Vabbè, per il momento vinci tu! Mancano Pushkar e Genny. Voi?"

Il primo a rispondere è Pushkar.

"Ho consegnato il gelato alla ragazza più bella del mondo."

Pilar fa il gesto del cuore con le mani, mentre gli altri sono leggerissimamente più prosaici.

"E quindi? Che è successo?" Kalidou vuole tutti i dettagli.

"Ma niente, figurati. Non mi ha nemmeno dato la mancia. Però ho pensato molte volte a lei in questi giorni."

"Non vogliamo sapere cosa facevi mentre pensavi," lo prende in giro Kalidou, provocando l'ennesima esplosione generale di risate.

Genny sa che ora tocca a lui ed è un po' in ansia, perché vuole mantenere il segreto sulla sua serata con Luca e Giulia.

"E tu?" È Pushkar a rivolgergli la domanda.

"Raga, ma sapete che io a 'sto giro non ho nulla da raccontare?"

La delusione è palpabile, parte un coretto di "buu".

Kalidou prende di nuovo la parola.

"Secondo me, il mio amico napolitano non sta dicendo tutta la verità..."

"Si dice napoletano, con la *e*," lo corregge Genny.

"Sì, sì, ma non cambiare discorso. L'altra sera il signorino qui si è comportato in un modo stranissimo: prima mi ha fatto andare a bere la birra in un posto dove c'era la partita, dicendo che voleva guardarla, poi all'improvviso ha preso una chiamata ed è uscito tutto emosionato. Per me andava da una ragassa!"

La tavolata adesso è travolta da un tripudio di urla e gesti scomposti, tutti guardano Genny sperando in qualche rivelazione piccante.

"Uagliu', vi devo deludere: ero contento di uscire solo perché all'improvviso mi era venuta una botta di caldo. Purtroppo, non c'è nessuna avventura da raccontare."

E invece sì, una ci sarebbe eccome, ma ha deciso di tenerla per sé, di proteggerla. Come se parlarne con gli amici potesse rovinarla, come se temesse che loro non capirebbero. La delusione nello sguardo dei commensali crea il primo momento di silenzio nel chiacchiericcio fitto fitto che ha accompagnato la cena. Ci pensa Hasani a interromperlo.

"Mettiamo il dado su giallo?"

Tutti accettano, e a tempo di record arriva una cameriera con un tagliere di tranci di colore marroncino.

"Pizza con tiramisù: chi la vuole?"

La perplessità sul volto di Genny è talmente evidente che la ragazza si sente in dovere di proporgli un'alternativa.

"Stasera ne abbiamo anche una con ananas e gelato alla fragola: ti va?"

"No, guarda: grazie, come se avessi accettato."

16.
Mozzarella e pomodoro

Per Giulia non è stato facile in tutti questi anni: crescere un figlio da sola le ha richiesto un'energia sovrumana. Certo, suo padre le ha dato una mano, senza di lui forse non ce l'avrebbe fatta. E anche le sue due migliori amiche, Simona e Alessandra, le sono state vicine. Ma la totale assenza del padre di suo figlio ha reso le cose sofferte, complicate. Spesso ripensa a tutte le volte che, svegliandosi di notte per la poppata, o semplicemente perché Luca piangeva, si era ritrovata a piangere a sua volta mentre lui era attaccato al seno, con le lacrime che le scorrevano lungo il viso e lei che tentava di asciugarle prima che raggiungessero la testolina del figlio, come se sentisse che avrebbero potuto contaminarlo, trasmettergli il dolore quasi come fosse un virus. Il modo di stare al mondo che lei gli aveva imposto era senza dubbio singolare, difettoso, fuori dalla norma. In quelle notti pensava a come sarebbe stato se accanto a lei ci fosse stato un uomo a sostenerla, a condividere la gioia e la fatica, ad asciugarle le lacrime. E invece no, era andata diversamente.

Non era mai arrivata a pensare che forse avrebbe dovuto prendere un'altra decisione, che avrebbe dovuto scegliere di rinunciare a quella vita che si era presentata alla sua come un miracolo, un ospite inatteso che bussa alla tua porta durante una notte di tempesta. Lei lo aveva accolto, nutrito, rassicurato, amato. Lo aveva considerato qualcosa di così importante da non poter essere messo in discussione neanche per un secondo, indipendentemente da quale fosse stato il suo percorso. Ma qualche volta ci era andata vicino a quel pensiero, quando il pianto di suo figlio era incessante e lei pensava a tutte le altre coppie del mondo, a come potevano dividersi quelle notti in bianco in parti uguali, a come potevano verificare attraverso quell'esperienza così significativa quanto il loro legame fosse saldo, quanto fossero degni di accompagnare i passi barcollanti di quell'essere venuto al mondo perché lo avevano deciso loro, in due.

Luca no. Luca era arrivato così, senza preavviso. Eppure Giulia ce l'aveva fatta, mettendoci il doppio della forza, il doppio dell'energia. Il doppio dell'amore.

Certo, c'erano stati anche un'infinità di momenti belli, così tanti che aveva perso il conto, arrivando perfino a pensare che dopotutto fosse una fortuna avere quella bellezza tutta per sé, non doverla dividere con nessuno.

La sua mente vagava spesso in cerca di giustificazioni alla sua situazione: si chiedeva, per esempio, quanto sarebbe stato peggio se avesse avuto un matrimonio infelice, o se avesse scoperto, come tante altre donne, che il padre di suo figlio non l'amava più. Che la tradiva. O se fosse stata lei, un bel giorno, a scoprire di non amare più lui.

Tutte le volte che leggeva o sentiva storie di quel tipo, era contenta di non aver mai rischiato di trovarsi invischiata in situazioni del genere: piuttosto, meglio stare da sola e crescere il suo bambino ingoiando le lacrime di notte e rimboccandosi le maniche di giorno, perfino più di tutte le altre mamme del mondo.

Quei pensieri a volte la stordivano, e quando poi, di colpo, si riprendeva, ecco che un'improvvisa, ritrovata lucidità gliene faceva percepire tutta l'inconsistenza, lasciandola in preda a un senso di abbandono che quasi la inghiottiva.

Non che non ci avesse provato, dopo avere scoperto di essere incinta, a dare una forma diversa a ciò che sarebbe stata la sua vita: non era stato facile, il mondo non era ancora entrato nella nuova era, quella in cui rintracci chiunque in quattro clic.

Giulia, per esempio, a differenza di molte sue amiche, all'epoca non aveva ancora un account sull'appena nato Facebook. Allora ne aveva creato uno, e subito aveva iniziato a setacciare pagine su pagine, incrociando i pochi dati che aveva a disposizione: Cristiano, Napoli, Bali e 1971, il suo anno di nascita.

Nel giro di qualche giorno lo aveva trovato: il suo cognome era Nizzardelli. Ma le informazioni e le foto caricate sulla sua pagina erano poche, perché agli albori dell'era dei social la gente li usava con discrezione, quasi con diffidenza, come a voler capire cosa sarebbe accaduto e quanto in là si sarebbero potuti spingere.

A Giulia è capitato di pensare a come da allora sembri passato un secolo, a come oggi, invece, le persone squarcino a mani nude il ventre delle proprie giornate e ne tirino fuori le viscere, offrendole agli altri ancora fumanti, senza pudore, in automatico, senza neppure chiedersi chi sia davvero interessato a tutta quella mole di informazioni. Ma all'epoca no, ciò che aveva scoperto non era abbastanza per farsi un'idea di chi fosse e di come vivesse quello sconosciuto amore di una notte sola, che in quel momento forse se ne stava al bar a raccontare a qualche amico di quelle due ore di passione al chiaro di luna, senza sapere che avevano generato qualcosa di così prezioso. Qualcosa che, adesso, inevitabilmente, era anche suo. Incredibile, poi, come le fosse bastato consultare l'elenco telefonico online per scoprire che quel nome e cognome corrispondevano a un'utenza telefonica fissa e a un indirizzo.

C'era un solo Cristiano Nizzardelli a Napoli, residente in via Martucci 12.

Aveva digitato il numero col cuore in gola, dopo aver nascosto il suo dalle impostazioni del telefono, e ora attendeva con ansia la risposta: ma non gli avrebbe parlato, con quella chiamata voleva soltanto capire se davvero si trattava di lui.

Del resto non gli aveva nemmeno scritto un messaggio privato su Facebook, perché affidare una comunicazione così delicata a qualche decina di parole lanciate in un mare di bit digitali le sarebbe sembrato la prima mancanza di rispetto verso la vita che stava aspettando. No, lei avrebbe fatto in un altro modo: sarebbe andata a Napoli per incontrarlo, anche fossero serviti giorni di appostamenti fuori dal suo portone. Se poi l'avesse finalmente visto, gli si sarebbe parata davanti e gli avrebbe detto che aveva bisogno di parlargli; poi, dopo avergli chiesto di portarla in un posto tranquillo, gli avrebbe dato la notizia, guardandolo dritto negli occhi per non perdersi nemmeno un dettaglio della sua reazione.

Restava da capire se quel nome sull'elenco fosse davvero il "suo" Cristiano (aveva sorriso amaramente quando si era resa conto di quanto fosse fuori luogo, quel possessivo) o soltanto un omonimo.

Uno squillo, due, tre.

"Pronto."

Uomo, timbro di voce simile, o almeno così le sembrava. Aveva bisogno di sentire qualche altra parola, per accertarsi che fosse davvero lui.

"Pronto, chi è? Chi parla?"

Giulia tratteneva il respiro, allontanando la cornetta dalla bocca. Poi, all'improvviso quell'idea, che ancora oggi si chiede come diavolo le fosse venuta in mente: "Cristiano Nizzardelli?".

"Sì, lei chi è?"

"Sono di Servizi Interbancari, ci risulta un movimento sospetto della sua carta, il 15 agosto: lei quel giorno si trovava a Bali?"

"Sì, ma cosa è successo?"

"Può attendere un attimo in linea, per favore?"

Il cuore di Giulia batteva all'impazzata, rendendole impossibile proseguire la conversazione. Ma quello che aveva saputo era abbastanza, e così aveva chiuso, sopraffatta dal tenero, ingiustificato timore che lui potesse riconoscere la sua voce.

Due giorni più tardi, ovvero una settimana esatta dopo aver scoperto di essere incinta, era salita su un aereo.

Napoli la incuriosiva, non ci era mai stata, ma non era davvero nello stato d'animo per fare la turista: non osava ammetterlo nemmeno con se stessa, ma sotto sotto sperava che Cristiano, dopo averle detto che, sì, era sconvolto, le dicesse che comunque era pronto ad affrontare la cosa gigantesca che aveva appena saputo, che ancora non sapeva come ma in qualche modo ci sarebbe stato, nella vita di suo figlio. Sperava anche che dopo quel discorso Cristiano le proponesse di fare una passeggiata, magari sul lungomare, e allora, mentre camminavano guardando quella distesa azzurra che scintillava al sole, avrebbero parlato di lui, di quel bambino che sarebbe nato in maggio.

Ma quello sarebbe successo nel migliore dei mondi possibili, e Giulia sapeva benissimo che quel modo di dire rimandava a un'utopia. E infatti aveva sentito l'ansia premerle sul petto quando, il giorno dopo, si era svegliata presto, aveva fatto colazione in albergo guardando il Golfo dominato dal Vesuvio e si era preparata per uscire, intenzionata a camminare fino a quello che ormai era certamente l'indirizzo di Cristiano, il padre di suo figlio.

La passeggiata era stata talmente veloce che era arrivata col fiatone. Erano le sette e cinquantasei, aveva deciso di arrivare presto per tentare di vederlo uscire quando, presumibilmente, si fosse avviato verso il lavoro; tra le poche informazioni disponibili su Facebook, una era relativa alla sua professione: architetto.

Quello che era accaduto circa venti minuti dopo non lo avrebbe mai dimenticato, tanto che ancora oggi, qualche volta, le capita di sognarlo: lo scatto che accompagna l'apertura del portone, una donna alta con i capelli biondi raccolti in una coda di cavallo che esce, seguita da una bambina di circa cinque anni tenuta per mano da un uomo, l'ultimo a uscire. Quell'uomo era Cristiano Nizzardelli, il padre del suo bambino. E quella aveva tutta l'aria di essere la sua famiglia.

Giulia li osservava con la bocca spalancata, immersa nel silenzio irreale che improvvisamente era piombato nella sua testa. Dov'erano moglie e figlia, quella sera a Bali? Possibile che fossero rimaste in camera mentre lui a quella festa la vedeva, si avvicinava, la seduceva, passava la notte con lei e le dava un figlio?

Quanto può essere ingiusta, assurda e sbagliata la vita, pensava Giulia mentre, dall'altra parte della strada, vedeva quei tre salire in auto e avviarsi tranquillamente verso la loro giornata, una come tante, del tutto inconsapevoli di lei, del suo dramma, di ciò che l'aspettava, della direzione nuova e imprevista che quell'uomo aveva impresso alla sua vita.

Come poteva, lui, passare la mattinata a guardare rendering e progettare ambienti, dopo aver accompagnato sua figlia a scuola e sua moglie in ufficio o chissà dove, mangiare mozzarella e pomodoro in pausa pranzo, parlare del più e del meno con un collega, mentre lei intanto si allacciava la cintura di sicurezza, seduta al posto 15B, tentando invano di cacciare indietro le lacrime, guardando i gesti meccanici di una hostess che indicava le uscite di sicurezza, sperando di addormentarsi per trovare un po' di pace in mezzo a quel tumulto di cose nuove e incredibili che avevano stravolto la sua vita?

17.
Bagel al salmone con cream cheese

L'ultima consegna è stata un sacchetto pieno di bagel al salmone con cream cheese. Sulla Darsena c'è un posto che li fa buonissimi: quando gli capita di ritirare lì, Genny prende un bagel anche per sé e dopo la consegna si ferma a mangiarlo.

Stasera ha chiamato Kalidou e gli ha chiesto se ne voleva uno, così poco prima di mezzanotte sono appoggiati al parapetto del Naviglio Pavese a raccontarsi la giornata, stanchi e affamati.

"Com'è andata?" si informa Genny.

"Normale..."

"È bello chiacchierare con te. Sei sempre così espansivo e affettuoso. Anche a me è andata bene, grazie per avermelo chiesto..."

"Avevo la bocca piena. Com'è andata?"

"Eh, troppo tardi: ormai te l'ho già detto!"

"Oh, hai sempre da ridire, tu..."

"Eccolo! Signore e signori, è tornato il senegalese imbruttito... Eppure, tutti i tuoi connazionali che conosco sono simpaticissimi: comm'è che tu si asciut accussì?"

"Cosa vuol dire?"

Genny ogni tanto si diverte a dargli qualche lezione di napoletano. Una sera, alla quarta birra, hanno riso fino alle lacrime su "scinn abbash", ovvero "scendi". Kalidou la ripeteva in

105

un modo esilarante, sembrava arabo. Adesso Genny gli spiega: "Significa 'come mai tu sei venuto fuori così?'".

"Così come?"

"Eh, taciturno. Parli poco, tien semp 'na faccia appesa."

"Questa me la ricordo: significa che sembro triste."

"Bravo!"

"Ma io non sono triste. Sorrido quando c'è da sorridere. Sei tu che hai sempre voglia di schersare. Perché tu sei stato fortunato, la tua vita è stata facile."

Genny non gli ha mai parlato di Claudia e dell'incidente. In realtà, non si è confidato con nessuno da quando si è trasferito a Milano. A volte si chiede se tenersi tutto dentro non sia peggio. Il fatto è che proprio non ci riesce a condividere quel dolore.

Il dolore, la cosa più brutta che gli sia mai capitata. L'unica davvero terribile in una vita che fino ad allora era stata gentile con lui, su questo Kalidou ha ragione.

Genny è cresciuto in una famiglia armoniosa, ha ricevuto l'affetto e l'attenzione che gli hanno permesso di diventare la persona che è, di sviluppare l'empatia che lo caratterizza.

Non c'erano tanti soldi, ma suo padre aveva ereditato dai suoi un bell'appartamento e questo aveva consentito ai Di Nola di cavarsela con il suo stipendio di insegnante di applicazioni tecniche prima e di dirigente scolastico poi.

Sua madre Anna aveva lavorato come segretaria di un notaio, ma da quando era nato il secondo figlio aveva deciso di dedicarsi completamente alla famiglia.

In casa loro c'era sempre stata un'atmosfera leggera e giocosa, soprattutto grazie allo spirito di Domenico: un uomo buono, dotato di un'ironia con cui stemperava subito i rari momenti di tensione e di difficoltà che turbavano la quiete familiare. Con la sua attitudine contagiava anche la moglie, di temperamento meno gioioso, e gli altri due figli, più riservati di Genny ma anche loro inevitabilmente sensibili all'energia di quel padre, a quella voce profonda e alla sua risata, che riempiva le stanze della casa come una musica incessante.

Per Kalidou le cose non erano state altrettanto facili: era cresciuto nei sobborghi di Dakar, in un quartiere chiamato Thiaroye, quinto di sei figli. Suo padre era un falegname, il lavoro non mancava e, pur tra mille difficoltà, la famiglia riusciva a barcamenarsi. Ma un cancro ai polmoni se lo era portato via troppo presto, e le cose avevano cominciato piano piano a complicarsi: i tre figli maschi, compreso Kalidou, avevano tentato di mandare avanti la piccola bottega del padre, con alterne fortune. Dopo qualche anno erano stati costretti a chiuderla, e Kalidou aveva cominciato a lavorare come guida turistica: faceva base sull'isoletta di Goré, famosa per la Maison des Esclaves, il luogo dal quale migliaia di uomini e donne erano stati comprati e mandati nelle Americhe ai tempi della schiavitù.

La scelta dell'itinerario non era casuale: raccontare ai turisti l'orrore di quel mercato di esseri umani era perfettamente nelle corde di Kalidou, la fierezza nel rivendicare i diritti dei più deboli è un tratto fondamentale della sua personalità, lo stesso che mostra quando parla con Genny della loro situazione lavorativa. Il suo percorso di vita, insomma, lo ha portato a diventare una persona concreta, di poche parole, a tratti ruvida. La solarità, la socievolezza, il sorriso largo tipico della gente della sua terra Kalidou li riserva alle persone di cui si fida.

Genny è senza dubbio tra queste, e infatti vorrebbe restituirgli quella fiducia, aprirsi a sua volta, raccontargli di Claudia, di quell'evento che ha cambiato per sempre la sua vita. O almeno di Luca e di sua madre. Ma sembra quasi che, quando gli accadimenti diventano davvero importanti, dentro di lui scatti un blocco, un meccanismo che lo spinge a custodirli gelosamente dentro di sé, a tenerli chiusi in una cassaforte alla quale neanche gli amici più cari hanno accesso.

Se pensa di aprirla, ed è capitato molte volte, c'è sempre qualcosa che lo ferma, che gli inchioda le parole sulle labbra, e lui allora si sente perfino un po' in colpa, gli sembra assurdo che Kalidou l'ombroso gli racconti tutto della sua vita, mentre lui, Genny il chiacchierone, il battutaro, non abbia mai condiviso una cosa così importante della sua.

"Mamma mia, è passesco. Me ne mangerei dieci."

"Chiama un rider e fatteli portare."

Sorridono. È passata da poco mezzanotte, è giovedì sera e fa piuttosto freddo: il Naviglio si sta spopolando, c'è ancora qualcuno in giro ma il silenzio è quasi totale.

Genny va a gettare carta e lattine in un cestino poco più in là, poi torna da Kalidou ed entrambi si appoggiano di nuovo alla balaustra, stavolta però con lo sguardo rivolto verso l'acqua.

"A che pensi?"

"A mia moglie e al mio bambino."

Lo sguardo di Kalidou si è fatto malinconico.

"Quant'è che non li vedi?"

"Troppo. Ieri Hasika mi ha mandato una foto: Taye è diventato altissimo, ha cambiato faccia. Mi sembra che sto perdendo delle cose presiose."

"Non puoi farli venire qui?"

"Ci sto provando, ma c'è il problema di mia suocera: è ansiana e malata. È una situazione difficile."

"Mi dispiace, amico."

Genny gli mette un braccio sulla spalla, restano in silenzio per un po'. Poi l'idea.

"Sai cosa pensavo?"

"Cosa?"

"Che mi dispiace anche per un'altra cosa..."

"Quale?"

"Averti umiliato."

"Quando?!"

"L'ultima volta che ti ho stracciato durante... una gara!"

Nel dirlo, Genny scatta verso la sua bici, si mette in spalla

lo zaino e monta in sella, cominciando a pedalare forsennata-
mente. Kalidou sorride e fa lo stesso, gettandosi all'insegui-
mento.

Percorrono un pezzo di Naviglio contromano, è tardi e
non ci sono macchine. Schivano un paio di passanti che gli
urlano contro insultando Kalidou, lui chiede scusa con una
voce resa affannosa dalla pedalata. Dopo circa un chilometro Genny frena e aspetta l'amico che sopraggiunge. Si guardano, ansimanti. C'è la luna piena e fa freddo, il respiro che
esce dalle loro bocche disegna nuvolette a mezz'aria.

"Ho il salmone che mi esce dalle orecchie..." dice Kalidou.

Genny torna serio, vuole rassicurarlo.

"Non devi preoccuparti. Presto li riabbraccerai. Domani
ti aiuto a cercare i voli."

"Grasie, ma lo sai qual è il problema..."

"I soldi? Te li do io."

"Ma va', non se ne parla."

"E invece sì. Mi fa piacere."

Kalidou è in imbarazzo sull'argomento denaro. Non ne
parla mai, ma il modo in cui Genny glielo ha detto gli è sembrato così sincero che non può non accettare almeno di discu-
terne.

"Grasie, fratello. Ti voglio bene."

18.
Basilico

"Dai, che ti costa?"

"Allora, vediamo: il lavoro, quel minimo di fiducia che mi ha concesso tua madre... Continuo?"

"Ma scusa, chi lo saprà mai? Pedalerò dietro di te, tutto qui. Non è vietato dalla legge!"

"No, ma è pericoloso."

"Ti prego..."

Luca, quando ci si mette, sa essere davvero insistente. Genny ormai l'ha capito, del resto è stato così fin dal loro primo incontro. Sono passati due mesi da quella sera, e si sono visti spesso. Dopo la cena improvvisata sul divano, durante la quale Giulia gli ha fatto un terzo grado in piena regola, seppure travestito da amabile conversazione, Genny è andato a prenderlo qualche volta a scuola e lo ha "scortato" fin sotto casa o hanno pranzato insieme al parco.

Giulia tutto sommato è contenta che suo figlio e quel ragazzo si siano trovati: Genny non è un mentore, né un surrogato di quella figura paterna che è sempre mancata nella vita di suo figlio. Nemmeno un fratello maggiore. È piuttosto una bizzarra forma di compagno di classe ultraripetente, qualcuno che, se da un lato si prende cura di lui, dall'altro impara a sua volta da quel ragazzino cose che aveva perso per strada: si direbbe quasi che quella strana coppia funzioni per una sorta di "osmosi emotiva", grazie alla quale ognuno sopperisce alle carenze dell'altro, quelle che i loro percorsi di vita hanno inevitabilmente determinato.

"E va bene, dai," cede Genny. "A che ora devi rientrare in classe?"

"Alle tre."

"Allora andiamo al parco, mangiamo il panino e, se nel frattempo arriva una chiamata e non è troppo lontano, vieni con me. Ma non dirlo a tua madre."

"Grande! Grazie, Genny!"

Luca slega la bici, monta in sella e indossa lo zaino. Genny fa lo stesso, come se fosse una coreografia. Visti di spalle sembrano la stessa persona a distanza di anni, come in quei fotomontaggi in cui un bambino ha in mano un pesce grande quasi quanto lui e accanto c'è sempre lui ma da adulto, nella stessa posizione e con in mano un pesce che, nonostante sia grande come quello della prima foto, all'improvviso sembra piccolo.

I loro zaini non seguono la stessa proporzione: sono entrambi giganteschi. Per il resto, invece, non potrebbero essere più diversi: lo zaino di Luca è tutto colorato, pieno di scritte e con un ciuccio azzurro, la mascotte del Napoli, appeso al cursore della lampo; quello di Genny è monocolore, impersonale, con un logo enorme proprio nel mezzo a sancire il suo essere uno strumento di lavoro e nulla più.

A vedere quella scena, si direbbe che non è poi così vero che l'età adulta è quella della selezione, delle scelte consapevoli. Luca se ne va in giro con uno zaino che assomiglia alla sua vita, a quello che gli piace; Genny invece trascina una scatola che contiene roba scelta da altri, che lui si limita a recapitare, con gesti ripetitivi e meccanici. E forse è proprio per questo che cerca sempre di fare conversazione, in piedi su quegli zerbini, mentre passa sacchetti a degli sconosciuti: forse, tutto ciò che vuole è strappare quei gesti al loro destino, restituire loro un po' di calore, renderli un'occasione, un'opportunità. E forse non è un caso che ci sia riuscito proprio con Luca, dodici anni.

Luca, che gli ha aperto la porta con più fame negli occhi che nello stomaco, perché quello era uno dei suoi primi delivery, una delle prime sere della sua vita in cui aveva ottenuto il permesso di stare da solo in casa a guardare la partita. Le prime volte. Momenti memorabili. La cosa più lontana da un gesto meccanico.

"Eccola, è arrivata la notifica. Ritiro in via Pecchio, consegna in via Stradivari. È qui vicino. Sei pronto?"

"Sì!" La risposta non si è fatta attendere.

"Ma hai ancora un pezzo di panino..."

Non fa in tempo a dirglielo che Luca con un sol boccone lo finisce, butta in un cestino la carta stagnola e i tovaglioloni e monta sulla bici, pronto a seguirlo. Ora sembra di colpo molto più piccolo, i suoi gesti sono quelli di un bimbo. Genny è affascinato da questa specie di "bipolarismo generazionale" di Luca, molto tipico di quella fase della vita: un attimo prima può essere scontroso e di poche parole come un adolescente, un attimo dopo entusiasta e impacciato come un bambino. Quell'età è una terra di mezzo, sospesa tra ciò che si fa fatica a non essere più e la nuova persona che si ha fretta di diventare.

"Andrò piano: tu stammi attaccato e fai attenzione, ok?"

"Non ti preoccupare. Guarda che sono capace di andare forte."

"Non è questione di capacità. È pericoloso."

"Mamma mia, oh! Anch'io sarò così palloso da vecchio?"

Genny accenna un sorriso, mentre tutti e due cominciano a pedalare.

Milano oggi è tranquilla: poco traffico, una strana rilassatezza per le strade. Luca segue Genny come un'ombra; Genny si volta a guardarlo e riconosce nel suo sguardo la gioia e l'eccitazione di quando hai dodici anni o poco più.

Si rende conto di quanto la vita poi te lo porti via, quell'entusiasmo. Vorrebbe averlo fermato per sempre quando l'ha sperimentato anche lui, aver mantenuto la capacità di farsi travolgere, di emozionarsi senza ritegno, senza parsimonia. Senza pensare, come gli succede adesso, che i bei momenti passeranno, e tornerà la solita vita di tutti i giorni – l'ansia, l'insicurezza, il pensiero di Claudia.

Negli occhi di Luca, che lo segue pedalando, non esiste "tutti i giorni", non esiste la differenza rispetto a ieri, né l'aspettativa del domani. C'è solo la felicità di quell'attimo, c'è solo lui che pedala più forte che può per stare dietro al suo amico.

Genny pensa a tutte queste cose mentre pedala, insolitamente silenzioso, e di colpo un'immagine riaffiora dalla sua memoria, talmente nitida da farlo sbandare. Una domenica di fine estate di tanti anni fa, tutta la famiglia riunita in campagna, nella grande casa dello zio Ciccio, per il rito della conserva di pomodoro.

Genny aveva il compito di manovalanza più umile in quella catena di montaggio: mettere la foglia di basilico in ogni bottiglia di vetro, prima che fosse riempita di passata. Un gesto da ripetere decine e decine di volte, sempre perfettamente identico.

Eccolo lì, in piedi davanti al tavolone di legno grezzo, con la maglietta blu e i jeans più consumati che ha, quelli che la mamma gli diceva di indossare per fare "il lavoro". Davanti una scodellona piena di basilico, lui con la mano cicciotta che affonda in quel mare verde profumatissimo, intorno gli alberi carichi di limoni e i cani che scodinzolano, eccitati da tutto quel trafficare. Suo padre qualche metro più in là gira la manovella del passapomodoro, con la canottiera bianca e la sigaretta che penzola all'angolo della bocca. Lo guarda, gli fa l'occhiolino, a Genny sembra che gli stia dicendo che è fiero di lui, e allora ha il cuore che va a mille, anche se sta solo mettendo basilico dentro una bottiglia, niente di speciale, una cosa piccola e facile e stupida, una cosa che potrebbe fare anche un robot. Ma la sta facendo lui, e il suo papà lo sta guardando, e c'è un'aria leggera, un sole sfacciato, un odore fortissimo di pomodori e una canzone di Alan Sorrenti che esce dal radiolone sul davanzale della finestra.

Quella cosa che sente non la conosce ancora bene. Gli è già successo, ma oggi è diverso, è più chiaro, è più forte. Forse è quello che i grandi chiamano felicità.

19.
Spaghetti alle vongole

"Ma tu pedali in modo diverso a seconda di quello che porti?"

"Eh? Ma in che senso?"

La diffidenza di Kalidou si legge chiaramente sul suo volto, insieme a un accenno di indignazione: non può credere che Genny gli abbia davvero fatto quella domanda.

Stanno mangiando un hamburger al volo, nella paninoteca in cui vanno quando hanno voglia di cibo tutt'altro che sano: si chiama The Spot, ma per loro quel posto è semplicemente Il Lurido.

Genny, come sempre, non smette un secondo di parlare.

"Certo! Devi adattare lo stile di guida al carico di ogni missione!"

Lo dice con un tono volutamente solenne, gli piace provocare l'amico, leggere le emozioni sul suo volto: gli occhi già in partenza enormi che si dilatano ancora di più, le mani gigantesche che Kalidou si appoggia sulla testa, come a proteggerla dalla nuova assurdità che sta uscendo dalla bocca di Genny.

"Ma che significa? Io non ti capisco, sembra che ci provi gusto a complicarti la vita!"

"Non si tratta di complicarsi la vita. È solo che mi piacciono le cose fatte bene."

"Ok. Spiegami. Ma ti giuro che, se è una delle tue solite cassate, fingo di avere un ritiro a cento chilometri da qua."

"Tu lo sai cos'è successo a Pushkar?"

"No. Cosa?" sospira Kalidou, le pupille che roteano in direzione soffitto.

"Gli hanno fatto un culo così."

"Perché?"

Il cameriere intanto appoggia le birre sul tavolo, eseguendo l'operazione con lentezza, incuriosito dai discorsi dei due amici. Ci pensa Kalidou a dissuaderlo, teleguidandolo con lo sguardo verso il bancone. Quando vuole, sa essere minaccioso.

"Aveva nello zaino degli spaghetti alle vongole, due porzioni. Aveva ritirato in largo La Foppa e doveva consegnare in zona City Life. Un'ora dopo lo hanno chiamato dall'ufficio, il cliente aveva sporto reclamo."

"Che stronso!"

"Certo che è uno stronzo. Però un po' aveva ragione: la pasta era arrivata 'destrutturata'."

Genny simula le virgolette con le mani, imitando gli chef televisivi.

"Che vuol dire?"

"Che gli ingredienti se ne stavano ognuno per i fatti suoi, come prima di averli cucinati! Una specie di brodo primordiale, un big bang degli spaghetti a vongole. Sembrava che nello zaino fosse esplosa una bomba."

Non dice "alle vongole" stavolta, dice "a vongole": a Napoli è così che si chiamano.

"Che cosa è successo a Pushkar?"

Kalidou è molto più interessato all'aspetto sindacale della questione che all'aneddoto in sé.

"Ma no, niente di che: gli hanno fatto un cazziatone, al cliente hanno rimborsato l'importo dell'ordine e morta lì. Però capisci che non è una fesseria? È importante. È per questo che ho deciso di farti un regalo, in nome della nostra amicizia e dell'affetto che ci lega. Ho deciso di condividere con te il mio capolavoro, quello che i rider di tutto il mondo mi invidiano: la mitica *Tabella di Genny*!"

"Che cos'è?"

Kalidou lo chiede col tono annoiato di chi sa che quella domanda è ciò che il suo amico si aspetta.

"Un foglio excel con la velocità consigliata per ogni cibo che trasporti."

L'entusiasmo e la fierezza di Genny messi di fronte alle espressioni via via più perplesse di Kalidou renderebbero quella conversazione gustosissima agli occhi di un osservatore.

"È il risultato di uno studio che ho fatto. Una cosa grossa. Per esempio: gelato, diciotto-venti chilometri orari. La vaschetta è chiusa ermeticamente, e in più devi andare veloce per evitare che il gelato si sciolga. Anche con la cotoletta puoi pedalare forte, perché è compatta, e pure se ha le patatine come contorno è tutto abbastanza secco, non ha sughi o altre robe che possano spargersi. La pizza comincia a essere più delicata: infatti la mia tabella riporta dodici all'ora, al massimo. Se vai più veloce, la pummarola e la mozzarella se ne vanno in giro, per non parlare di quelle con altri condimenti. Il sushi è di difficoltà media. I panini, in generale, abbastanza easy. Poi non c'è solo la velocità: devi considerare anche le curve e le frenate."

Kalidou lo guarda allibito.

"Ma stai schersando o sei serio?"

"Serissimo. Perché?"

"Perché mi sembra una cassata. Con quello che mi pagano, devo farmi tutti questi calcoli? Tu sei passo, amico."

Forse Kalidou ha ragione, ma Genny è sempre stato così. Fin da bambino. La sua propensione alla meticolosità sfiora il disturbo ossessivo-compulsivo. Lo faceva anche con le macchinine, disposte per grandezza e tipo di carrozzeria, e anche con gli albi dei fumetti, rigorosamente in ordine decrescente di altezza. Ha sempre fatto elenchi e tabelle per tutto, era scientifico nel conservare i doppioni delle figurine Panini, gli adesivi e i dischi di suo padre. Un giorno gli aveva perfino chiesto di poterli riordinare, e a Domenico non era sembrato vero che un figlio si offrisse per un lavoro del genere.

"In ordine alfabetico va bene?" gli aveva chiesto Genny.

"Perfetto."

Meno male, aveva pensato il Genny dodicenne. Se suo padre avesse risposto che li voleva per genere sarebbe stato un po' più complicato: di musica non ne sapeva ancora un granché.

Ricorda ancora benissimo quel giorno passato in mezzo a vinili, cd e musicassette, già allora sparite dai negozi. Gli sembrava meraviglioso starsene seduto sul pavimento, al centro esatto della musica. Prima di riporre nuovamente i dischi negli scaffali bianchi del corridoio, aveva chiesto precisazioni al padre circa il criterio da seguire:

"Alfabetico per nome o per cognome?".

"Cognome," gli urlò lui dal bagno mentre finiva di radersi. Poi lo raggiunse, con la canottiera bianca e mezza faccia coperta di schiuma da barba. Aveva un profumo fortissimo quella schiuma, a Genny piaceva un sacco: un giorno si era chiuso in bagno e se l'era spalmata su tutto il viso, guardandosi allo specchio e fingendo di radersi per la prima volta. "Scusa," gli disse il padre, "ma per farti fare meglio il lavoro dobbiamo metterne su uno: hai qualche preferenza?"

"Mi piacerebbe quello che dura tantissimo, con quei tipi che continuano a parlare sulla musica."

Domenico capì al volo. "*Rapper's Delight*! Giusto?"

"Non lo so se si chiama così..."

"Cercalo e passamelo, dai."

"Come si chiama il gruppo?"

"The Sugarhill Gang," rispose suo padre, mentre sollevava il coperchio di plexiglas del giradischi.

"Ah, mi è passato sott'occhio un attimo fa. Eccolo!"

Genny lo prese, si alzò di scatto e glielo porse. Suo padre lo mise sul piatto e lo fece partire, ma senza ancora appoggiare la puntina, soltanto per spolverarlo con la pezzuola. In quel momento passò la mamma, osservò la scena e borbottò qualcosa sul fatto che, come al solito, quei due stavano facendo casino e sporcizia. Domenico guardò suo figlio e alzò le spalle, come a dire che avrebbero continuato a fare quello che andava fatto. Poi posizionò finalmente la puntina sul solco, e dopo il fruscio ecco partire le percussioni e il pianoforte, seguiti subito dopo da quel giro di basso pazzesco, rubato a un pezzo degli Chic. Poi, al secondo diciassette, eccolo lì, il primo di "quei tipi che continuano a parlare sulla musica":

I said a hip hop the hippie the hippie to the hip hip hop, a you don't stop the rock it to the bang bang boogie say up jumped the boogie to the rhythm of the boogie, the beat...

Suo padre faceva il playback, conosceva il brano a memoria, accompagnando l'esecuzione con gesti da rapper, e considerando che aveva ancora mezza faccia ricoperta di schiuma, la canottiera e le mutande bianche, l'effetto era irresistibilmente comico. E quando sua madre, passando di nuovo dal corridoio, si fermò a guardarli, con le pantofole e il mocio in mano, Domenico senza tanti complimenti la tirò a sé, tentando di coinvolgerla in un ballo. Lei rideva e si divincolava, dicendogli quella frase che gli ripeteva tutti i giorni da vent'anni:

"Né, ma tu tien semp 'a capa fresc?".

Anche Genny rideva, e si godeva lo spettacolo: era domenica mattina, era seduto in mezzo a una marea di dischi, i suoi genitori stavano ballando e lui sentiva il profumo di schiuma da barba misto a quello del detersivo per pavimenti e a quello del ragù che arrivava dalla cucina.

"Che dicono, papà?" gli chiese quando la mamma riuscì a scappare e loro rimasero di nuovo soli.

"Non sono cose importanti: parlano di quanto sono bravi a rappare. Però questo disco è fondamentale nella storia della musica, perché è il primo di questo genere mai registrato al mondo. È una prima volta, capisci? Sono importanti le prime volte, vero?"

"Verissimo. Secondo te quando potrò farmi la barba per la prima volta?"

"Presto, guaglio': prima di quanto immagini. Quel giorno, sai che facciamo?"

"Cosa, pa'?"

"Ci piazziamo tutti e due davanti allo specchio, rimettiamo su questo disco e ci facciamo la barba insieme, e la canzone la cantiamo tutta, dalla prima parola all'ultima: ti piace l'idea?"

Il sorriso di Genny era ben più di una risposta affermativa.

"Ua', bellissimo! Spero che mi spuntano presto i peli!"

"Non essere impaziente. Intanto sai che fai? Impari il testo! Guarda che è lunghissimo, eh."

Mai dire una cosa così a un ragazzino come Genny: per un mese studiò le parole della canzone ogni sera, dopo aver finito i compiti. Quando le seppe a memoria, cominciò a scrutarsi ossessivamente allo specchio per controllare se i peli spuntavano o no. Fu l'attesa più snervante della sua vita.

20.
Toast farcito

Dopo aver scoperto di essere incinta, Giulia aveva subito iniziato a chiedersi che comportamento tenere col padre di suo figlio. Se pensava a Cristiano in quei termini, le sembrava strano definirlo così: uno diventa padre anche quando non sa di esserlo? Oppure la "qualifica" scatta solo se e quando se ne ha contezza? Fosse stato per lei, tutto sommato avrebbe perfino evitato di dirglielo. Quando lo aveva visto sereno e perfettamente a suo agio con la sua famiglia, aveva provato il dolore più acuto della sua vita, ma dopo averlo elaborato si era detta che mai e poi mai si sarebbe trasformata in una di quelle donne che impongono un figlio e i doveri a esso correlati a un uomo che non ne vuol sapere. Certo, il fatto che lui l'avesse amata con tanta passione su quella spiaggia di Bali, dimentico del suo matrimonio, non era una cosa che la lasciava indifferente, e al tempo stesso rafforzava il convincimento che crescere un figlio con un tipo del genere, anche qualora Cristiano ne avesse mostrato l'intenzione, non era una buona idea. Ma era abbastanza intelligente e libera da non considerarlo uno stronzo in senso assoluto, ché queste cose accadono, e dopotutto se non fosse rimasta incinta avrebbe archiviato il file di quella notte nella cartella delle esperienze eccitanti e un po' proibite: non era stata la prima, e non sarebbe stata l'ultima.

Giulia non era una moralista, tendeva a non giudicare le scelte altrui, anche quando erano fuori dall'ordinario, bizzarre o addirittura estreme. Ma la decisione da prendere non riguardava soltanto lei, e questo le era stato chiaro fin da subito: non puoi negare a un bimbo il diritto di conoscere suo padre, né a un uomo quello di sapere che gli nascerà un figlio. Quindi? Che fare? Quando farlo? Come?

Dopo averci pensato fino all'esaurimento, dopo essersi confrontata con le amiche nel corso di estenuanti chiacchierate – scherzando sul fatto che, visto il suo stato, erano dovute passare dai loro proverbiali aperitivi alcolici ai tè pomeridiani –, aveva deciso di aspettare che Luca nascesse. Non conosceva nessuno con quel nome, le si era affacciato alla mente e da subito le era suonato giusto. Suo figlio si sarebbe chiamato così e basta. Sì, avrebbe aspettato, intanto perché non era affatto sicuro che sarebbe andato tutto bene. Magari Luca non sarebbe mai nato, e allora lei non avrebbe avuto niente da dire a Cristiano: a che sarebbe servito, del resto, a quel punto? Nell'istante stesso in cui aveva formulato quel pensiero, però, aveva sentito un conato di vomito salirle in gola: era stato allora che aveva capito che essere una madre non è una decisione. È una cosa che ha una sua propria essenza, una sua natura ferina e incomprensibile, qualcosa che non puoi spiegare, a cui non puoi dare una connotazione razionale. L'idea di poter perdere suo figlio le era passata nella mente soltanto per un secondo, eppure le aveva procurato una sofferenza indicibile. In quel momento aveva saputo che non avrebbe amato nessuno al mondo come il suo bambino, mai. Amare così tanto qualcuno che non esiste ancora: Giulia non crede ai miracoli, ma come fai a dire che questo non lo è?

Quando nacque, Luca era piccolo e stropicciato. Glielo misero in braccio e lei pianse, senza sapere bene se fossero lacrime di gioia o di dolore. Per un mese non pensò a nient'altro che a lui, a loro, a quella cosa incredibile di cui parlavano le sue amiche con figli e che adesso stava capitando a lei. Una cosa delicata eppure violentissima, che si prende tutto il tuo spazio e ti lascia sempre esausta, che sia giorno o notte, giovedì o domenica, sole o nuvolo. Poi, una mattina, seppe cosa fare. Come farlo. Scattò una foto col cellulare a Luca nella culla, accese il computer e cercò il nome del padre di suo figlio su Facebook.

Ciao, spero ti ricordi di me. Ti presento Luca. Lo abbiamo fatto noi due, quella notte, a Bali. Non voglio nulla, ma pensavo dovessi saperlo.

Allegò l'immagine, inviò il messaggio, richiuse il pc e decise di prepararsi un toast. Ma dopo due bocconi iniziò a piangere, prima piano piano, poi sempre più forte, cercando di soffocare i singhiozzi per non svegliare Luca che nel frattempo si era addormentato. Non ci riuscì, e quando cominciò lui, smise. Non si può piangere in due, bisogna fare i turni: era una delle prime cose che aveva imparato.

Andò a prendere il bambino e cominciò a camminare per la stanza cullandolo, per tentare di farlo riaddormentare, mentre il televisore col volume a zero trasmetteva una vecchia puntata della *Signora in giallo*, il toast lasciato a metà sul tavolo della cucina. All'improvviso immaginò Cristiano, la sua espressione mentre apriva il messaggio e vedeva per la prima volta Luca, il suo secondo figlio. Piccolo e stropicciato.

21.
Tacos con chili e carne

Non ne hanno mai parlato. Genny è stato sul punto di chiederglielo mille volte, ma si è sempre fermato un attimo prima. Dove sia finito il padre di Luca, dunque, rimane una faccenda totalmente avvolta dal mistero.

Non che non abbia formulato delle ipotesi. La sua innata predisposizione al profiling lo ha portato a osservare i dettagli quando è stato in casa Marchetti: le foto, per esempio. Non gli è sembrato di vederne una di tutti e tre insieme, mentre ne ha viste almeno due di Luca e sua madre. E non ha notato tracce che rivelassero quantomeno l'avvenuto passaggio di una terza persona in quella casa. Una borsa, una racchetta da tennis, un cappello. Niente di niente. Luca, poi, non ha mai nominato né il padre né eventuali amici della madre, rendendo il mistero sempre più fitto.

Anche quando ha parlato con Giulia, Genny si è guardato bene dal fare domande, cercando piuttosto di intuire qualcosa dai suoi discorsi, perfino quando non riguardavano esattamente l'argomento in questione. Una volta, per esempio, lei ha espresso un giudizio sui comportamenti maschili in riferimento alle relazioni sentimentali.

Erano al parco, una domenica pomeriggio: capita spesso che facciano delle passeggiate tutti e tre insieme. Luca è contento che sua madre si fidi sempre di più del suo amico, li vede in sintonia, chiacchierano volentieri, tanto che qualche volta, per scherzo, li prega di smetterla di fare discorsi da vecchi e di parlare di cose che possano interessare anche a lui.

Quel giorno il tema era un'insegnante di Luca che era stata lasciata dal marito, e Giulia ha detto che le sembrava veramente triste il cliché dell'uomo sempre a caccia di avventure. Quel dettaglio non è sfuggito a Genny, gli è sembrato di cogliere un rancore personale, qualcosa che poteva avere a che fare con la sua storia.

Tuttavia, nonostante ormai tra loro ci sia una certa confidenza, l'argomento resta tabù. Genny ne è sorpreso, ma l'idea di fare domande nemmeno lo sfiora: è convinto che quell'omissione così totale nasconda un vissuto molto doloroso, sul quale né Giulia né Luca hanno voglia di aprirsi. E lui, di questo genere di blocchi, se ne intende. Si è limitato, un paio di volte, ad accennare al suo, di padre: come quando ha raccontato a Luca la storia della funivia della nonna. Lui ascoltava come sempre con gli occhi sgranati dalla curiosità e ogni singola cellula pronta a incamerare il minimo dettaglio. È anche per questo che sono subito entrati in sintonia, Genny in quel ragazzino rivede qualcosa di sé. La fame delle cose, gli piace chiamarla così.

"Che cos'è?"

Quando glielo ha chiesto, mentre pedalavano poco lontano dalla scuola, Genny ha dovuto pensarci prima di rispondere.

"Hai presente quando hai giocato a calcio o studiato tanto e a un certo punto ti rendi conto di avere lo stomaco vuoto, e tutto ciò che vorresti è un panino con la mortadella?"

"Certo, mi succede sempre. Magari non con la mortadella. Meglio il cotto."

"Sì, cambia poco. Ecco, la fame delle cose è uguale, solo che devi sostituire al panino le parole, le storie, le emozioni. È quando un altro parla e tu lo guardi fisso, lo ascolti e intorno tutto scompare, perché l'unica roba al mondo che ti interessa in quel momento è quello che sta dicendo. È questa la fame delle cose."

"Ah, allora quando parli tu io ce l'ho SEMPRE."

Si guardano, poi Genny gli porge il pugno, e Luca ci appoggia contro il suo.

"Martinelli invece no."

"Cosa?"

"Lui non me la fa venire per niente la fame delle cose."

"Chi è Martinelli?"

"Il mio professore di storia. Quando parla lui, non vedo l'ora che smetta."

Genny sorride.

"Perché? È molto noioso?"

"Sì, noiosissimo. E poi fa quella cosa veramente schifosa."

"Cosa?"

"Mentre spiega si gratta sempre la testa, e sembra che prenda qualcosa, tipo un pidocchio o una crosticina. E poi, con aria indifferente, pensando che noi non ce ne accorgiamo, lo scaglia via con due dita."

"In effetti fa piuttosto schifo."

"Non abbiamo mai capito se si gratta davvero per staccarsi qualcosa o se è quella roba che fai di continuo e non riesci a smettere. Come si chiama?"

"Un tic?"

"Sì, quello. Quando lo fa, io e Mattia stringiamo gli occhi per vedere se c'è qualcosa o no."

"E?"

"E niente, in effetti non abbiamo mai visto volare pidocchi o altre schifezze."

"Vabbè, ma anche se ci fossero sarebbero così piccole che non potreste vederle, non credi?"

"Forse hai ragione."

"Comunque, sentiamo: perché è così noioso Martinelli?"

"Perché quando parla si capisce benissimo che quelle cose le ha già dette a un miliardo di altre persone prima di noi. È tipo un documentario, una cosa che chiunque accende Netflix e se la guarda."

"E non va bene quand'è così?"

"No. Cioè sì, per un documentario sì. Ma quando uno ti parla, la figata è rendersi conto che ti sta dicendo una cosa che non ha mai detto prima. Come se l'avesse pensata apposta per te, solo per te. Quando tu mi parli, a me sembra che sia così."

Genny lo guarda, ed è come se le parole di quel ragazzo lo attraversassero da parte a parte, come una lama gentile che trafigge la carne ma non fa male. Non lo sa perché succede, quando se lo chiede non ha una risposta. Non ha mai pensato di essere padre, ha due fratelli, ha sempre avuto tanti amici. Luca non riempie nessun vuoto, se non quello lasciato da Claudia. Ma cosa c'entra? No, Luca non gli piace perché inconsciamente gli ricorda qualcuno. Luca gli piace perché è Luca.

"Allora, prima di parlarti devo riflettere bene. Mi toccherà contare fino a dieci."

"Perché?"

"Perché magari sbaglio e ti dico una cosa che ho già detto a qualcuno."

"Ma tanto a me la diresti in un modo diverso."

Il sole sta tramontando e Genny deve andare a ritirare in un ristorante messicano. Un posto in cui fanno i tacos più buoni della città, con chili e carne.

"Facciamo un pezzo insieme e poi vai verso casa, ok?"

"Ok!"

Stavolta è Luca a pedalare davanti. Genny lo guarda, intorno gente che corre, mamme con passeggini e gli alberi spogli del parco Sempione, e un febbraio freddissimo che però sembra avere tutte le intenzioni di trattarli bene.

22.
Pizza Bismarck 2

Non se n'è reso conto subito. È l'odore dell'ascensore che fa riaffiorare tutto, e allora mette insieme le tessere del puzzle: stessa pizzeria, stesso indirizzo. La signora Vigoreni.

A parte Luca, non gli capita spesso di "ritornare sul luogo del delitto". Gli si era riaffacciata alla mente un paio di volte: lei, la sua pizza Bismarck, la sua solitudine composta. Certi dettagli, soprattutto: funziona così la mente di Genny, i ricordi prendono vita all'improvviso, decontestualizzati. Nessuna coerenza, almeno non in modo consapevole. Gli succede con le cose belle e purtroppo anche con il dolore.

Una sera era andato alla festa di un compagno di università, stava parlando con una ragazza in balcone, era luglio, fumavano e bevevano birra. Era uno di quei momenti in cui senti che va tutto bene, l'alcol amplificava le sensazioni e a Genny sembrava di galleggiare, concentrato sulle labbra rosa di quella ragazza, mentre lei gli parlava della sua vita, di musica, di esami. Cose così, argomenti da prime chiacchiere, come in quel film di Woody Allen in cui lui e Diane Keaton conversano del più e del meno, ma i sottotitoli raccontano cosa stanno pensando davvero e quanto si desiderano, mentre fingono di essere interessatissimi a quei "preliminari dialettici".

A un certo punto lei gli aveva parlato dell'Erasmus, stava

valutando se fare un anno a Barcellona, e a lui, senza nessuna logica, nessun collegamento plausibile, era tornato in mente il momento esatto in cui Claudia era salita in macchina, la mattina dell'incidente: le Converse color panna, soprattutto. Quando aveva ripreso i sensi dopo lo schianto, una era sporca di sangue e lui aveva ripensato a quello che si erano detti pochi minuti prima.

"Ua', che nuove: le hai appena prese?"

"No, mia madre me le ha lavate: hai visto come sono venute bene?"

"Perfette. Io una volta ci ho provato con le Nike Silver, ma ho fatto un casino."

"Cioè?"

"Mia madre mi aveva rotto le palle, ''ste scarpe fanno schifo!'. Un giorno che lei non c'era ho provato a metterle in lavatrice e le ho sfasciate."

"In che senso sfasciate?"

"Eh, si erano tipo scomposte!"

Lei era scoppiata a ridere, ma lui era serissimo.

"Hai presente i pezzi di un kit? Ho dovuto tirarli fuori uno per uno. Avevo pure cercato di rimetterli insieme, e quando i miei hanno visto le scarpe ricomposte mio padre è morto dal ridere. Mia madre ovviamente no, mi ha fatto un cazziatone."

"Ma scusa, a quanti gradi le hai lavate?"

"Che ne so. Quelli che c'erano già impostati. Tipo... novanta?"

"Ma sei pazzo?! Ci credo che si sono spatasciate: troppo caldo! La prossima volta devi lavarle a trenta, massimo quaranta gradi," aveva detto lei asciugandosi gli occhi per il troppo ridere.

"Tranquilla, non ci sarà una prossima volta."

Così aveva detto. Subito dopo, l'incidente. Non l'avrebbe più dimenticata quella frase, col senno di poi sembrava un presagio. Ricordava ogni singola parola di quella conversazione, così come quelle scarpe pulitissime, la macchia di sangue. E tutti quei dettagli adesso erano lì, piazzati nella sua testa come una famiglia di squatter, mentre chiacchierava con quella ragazza alla festa.

Quando lei gli aveva detto "Ehi, tutto ok?", si era reso conto di essere rimasto in silenzio per un pezzo.

"No, sai? In effetti non mi sento troppo bene," aveva detto cogliendo la palla al balzo. "Credo di aver mangiato o bevuto qualcosa che mi ha fatto male. Vado un attimo in bagno. Mi sciacquo la faccia e torno. Ok?"

Era uscito di corsa senza salutare nessuno, il giorno dopo l'amico che aveva organizzato la festa gli aveva detto che la ragazza aveva chiesto di lui e quando aveva scoperto che era andato via senza salutare nessuno non l'aveva presa proprio benissimo, aveva detto che avrebbe dovuto farsi vedere da un bravo psicologo, perché uno che fa così non sta bene col cervello.

Il rumore delle chiavi che girano lo riporta bruscamente al presente. La signora Vigoreni si trova davanti Genny e lo sguardo le si illumina.

"Buonasera. Sbaglio o lei è già venuto qui? Quand'è stato?"

"Sì, signora, non è la prima volta. Credo fosse dicembre. Come sta?"

"Eh, mio caro. Cosa le devo dire? Tiriamo avanti, anche se sola soletta non è facile..."

"Se ricordo bene, mi aveva raccontato di una figlia," le dice porgendole la scatola della pizza.

"Sì, ma vive a Parigi. La sento tutti i giorni e un paio di volte a settimana facciamo una videochiamata. Però non è la stessa cosa..." sospira la signora Vigoreni.

"È molto che sta lì?"

"Tre anni. È successo tutto insieme, fu un anno maledetto: lei si trasferì e sei mesi dopo morì mio marito."

"Mi dispiace molto..."

"Senta, ma non vuole entrare?"

Genny le fa un bel sorriso. "No, grazie signora, purtroppo non si può. A parte che le si fredda la pizza... non possiamo fermarci a casa dei clienti," dice con una fitta di senso di colpa al pensiero di Luca.

"Davvero? E perché mai?"

"Be', loro sanno sempre dove siamo. Se vedono che siamo fermi in un posto ci contattano subito..."

"Mio Dio, 'loro' chi? Ma cusa l'è? Nemmeno sotto il duce..."

"Quelli della società per cui lavoro."

"E la pagano bene, almeno?"

"Il giusto."

Non ha voglia di parlare dei suoi problemi. Non con lei.

La signora Vigoreni si stringe nella vestaglia a scacchi. "Allora mi faccia una promessa: una volta che non lavora viene a trovarmi? Le preparo un bel tè coi biscotti e facciamo due chiacchiere."

La prima reazione di Genny sarebbe abbracciarla e dirle che va tutto bene, che non deve preoccuparsi e che sì, accetta volentieri l'invito. Ma cerca di contenersi e le fa una controproposta.

"Grazie, è molto gentile. Facciamo così: scambiamoci il numero: la prima volta che consegno in zona le faccio uno squillo e, se non è occupata, vengo su e stiamo un po' insieme. Ok?"

"Benissimo!" Gli occhi della signora brillano dietro gli occhiali dalla montatura dorata. "Si figuri, non sono mai occupata, io. Sono in pensione già da quindici anni! Guardi, mi fa proprio piacere se passa. Poi, quando si annoia me lo dice e se ne va, eh? Non si faccia problemi."

Genny le assicura che non se ne farà.

"Io però non son mica buona con questi aggeggi," dice

lei passandogli il telefono. "Ci metta il suo numero. Aspetti, torno subito." E si allontana.

Genny digita sulla tastiera e si fa uno squillo. Nel frattempo lei torna e fa per porgergli una moneta da due euro.

"No, signora: la ringrazio ma lasci stare. Già verrò a scroccare il tè! Io comunque mi chiamo Genny."

"Io sono Maria, molto piacere, neh."

"Come mia nonna! Piacere tutto mio. Allora a presto, signora Maria. Buona serata, e buon appetito."

L'ultima cosa che vede prima di uscire è il televisore acceso su un quiz: ci sono una faccia concentratissima in primo piano e tre possibili risposte in grafica. Si sente la voce del conduttore che elenca le opzioni al concorrente.

La signora Maria richiude la porta e Genny scende le scale pensando a lei, al suo quiz in tv, alla sua pizza Bismarck. Forse adesso starà sorridendo, mentre taglia le fette con lentezza, contenta alla prospettiva di quel tè. Lo racconterà a sua figlia in videochiamata, le dirà che un giovanotto le ha promesso di andare a trovarla. Quando monta sulla bici e comincia a pedalare, pensa a tutte le piccole cose, ai gesti minimi, ai pensieri delicati che tengono insieme il mondo, che gli permettono di non collassare, di non accartocciarsi su se stesso. A tutte le signore Maria che se ne stanno da sole a mangiare la pizza, mentre scelgono tra le risposte A, B e C.

23.
Plancton

"Dov'è papà? Perché non sta con noi?"

Non c'era stato un avvicinamento progressivo a quella domanda, né c'erano stati indizi che potessero mettere in guardia Giulia. Anzi, dopo la storia dell'altalena alla festicciola con gli amichetti del nido, Luca non aveva mai più accennato alla questione. Non che lei non la stesse aspettando quella domanda, con un inevitabile misto di ansia e timore. Eppure, quando arrivò non si sentì affatto preparata. I bimbi, del resto, non conoscono altri modi di comunicare. È sempre un'entrata a gamba tesa, ti spiazzano, ti gettano addosso la loro franchezza innocente. Non usano strategie, non conoscono la diplomazia: e così quel mercoledì sera, mentre sembrava già sul punto di addormentarsi, Luca all'improvviso riaprì gli occhi e sganciò la bomba.

Aveva compiuto da poco quattro anni. Giulia qualche risposta aveva provato a prepararsela nel corso del tempo, ma sentì comunque l'ansia morderle lo stomaco, come quando al liceo lo sguardo del prof di chimica scannerizzava tutta la classe in cerca di qualcuno da interrogare.

Gli diede la risposta che le sembrava più plausibile e più adatta alla sua età, quella che aveva superato le eliminatorie mentali che aveva fatto ogni volta che ci aveva pensato.

"Papà fa un lavoro bellissimo in un posto tanto, tanto lontano da qui. Ma ti pensa sempre e ti vuole bene."

"Che lavoro?" chiese Luca accigliato.

Giulia era pronta anche a questa eventualità.

"Lui dà da mangiare alle balene."

Luca adorava le balene fin da quand'era piccolissimo, lei gli aveva regalato un album da colorare dove ce n'erano di tutte le dimensioni. Con quella risposta sperava di spostare la sua attenzione. La strategia funzionò, lo sguardo di Luca passò dalla diffidenza alla meraviglia.

"Quelle grandissime che ci sono nel mio album?"

"Certo. Proprio quelle."

"Quindi, se guardiamo bene dentro, forse c'è anche papà? E io lo posso colorare?"

"Uhm... non credo, sai? Lui non ha tempo per stare nel libro, ha molto da fare: le balene spesso non hanno fame e lui deve insistere tanto."

"Quand'è che viene? Io voglio colorare le balene con lui," disse Luca col pianto nella voce e con uno sguardo difficile da sostenere.

Giulia infatti dovette abbassare gli occhi, che stavano implacabilmente diventando umidi. Non era agitata, adesso: piuttosto, sentiva sul petto tutto il peso di aver scelto per lui.

Aveva passato notti insonni a pensarci, arrivando sempre alla stessa conclusione: avrebbe avuto il suo bambino nonostante tutto, perché la decisione di farlo stare al mondo senza un padre era sì complicata, ma nulla al confronto di ciò che sarebbero stati il dolore e il rimpianto di avervi rinunciato. Adesso, però, erano uno di fronte all'altra, e Luca le aveva fatto per la prima volta LA DOMANDA, e le aveva detto che voleva colorare quelle balene con il suo papà, la guardava con degli occhi che la prendevano e la sbattevano contro tutti i muri della casa, e la sollevavano fino al soffitto lasciandola cadere di colpo.

Deglutì, fece un respiro profondo e rimise gli occhi dentro quelli di suo figlio.

"Sai cosa facciamo? Lo disegniamo noi papà in quel libro! Scegli la balena che ti piace di più e ce lo mettiamo accanto. Gli facciamo anche un mega-cucchiaione, uno fatto apposta per dare da mangiare alle balene: che ne pensi?"

Sembrava funzionare.

"E possiamo disegnare anche me e te?"

"Certo."

"Però facciamolo adesso."

"Va bene, cucciolo: prendi il libro delle balene e i pastelli. Corri!"

Luca schizzò fuori dal letto e corse a prendere l'album e i colori che aveva lasciato sul suo tavolino, con quell'eccitazione scomposta che guida i bimbi quando iniziano un gioco nuovo. Giulia lo guardava e nel frattempo si asciugava gli occhi, ingoiando la tristezza e sistemandosi nervosamente i capelli dietro le orecchie. Non aveva scelto una strada facile, lo sapeva. Ma quella sera sentì di essere arrivata a un punto di svolta, come se la prima parte del libro della sua vita si fosse conclusa, come se adesso stessero per arrivare i capitoli più intensi, quelli che leggi fino a notte fonda, combattendo contro le palpebre che si chiudono; con la differenza che questo libro non potevi appoggiarlo sul comodino e metterti a dormire, per riprenderlo la sera dopo. Quando Luca aprì l'album, che tra le sue mani sembrava gigantesco, Giulia cercò di dissimulare, pronta a quella piccola messinscena che si era inventata ma che adesso non la convinceva più tanto: disegnare il padre di suo figlio, quindi in un certo senso farli incontrare per la prima volta. Di quanti disegni si sarebbe accontentato Luca prima di chiederle di andare a vedere quelle balene più da vicino?

24.
Cassœula

Alle otto in punto è davanti al citofono, una bottiglia di primitivo di Manduria in una mano e una vaschetta di gelato nell'altra. Pistacchio e nocciola, ovviamente.

È mercoledì, è la sera di Napoli-Liverpool, ottavo di finale di Champions League, e le preghiere di Luca sono state così insistenti che Giulia si è decisa a invitare ufficialmente Genny a cena.

Quando Kalidou gli ha chiesto la ragione di quella serata off, gli ha detto di dover portare fuori un cugino di passaggio a Milano.

"Sono io, Genny," si annuncia al citofono.

"Secondo piano," risponde Giulia aprendogli il portone.

Come se non lo sapessi, pensa lui. Forse glielo ha detto per rimarcare che, nonostante si sia mostrata comprensiva e indulgente nei confronti di questa bizzarra amicizia tra lui e suo figlio, non lo considera ancora così "di casa" da immaginare che si ricordi a che piano abitano. Ma Genny non ha dubbi, figuriamoci: la sua memoria e la sua curiosità gli permettono di tenere a mente particolari molto meno rilevanti di quello.

Decide di fare le scale, sperando che un minimo di movimento possa dissipare la lieve ansia che quell'invito gli procura. Mesi prima, quando consegnando il pollo per la seconda volta si era trovato di fronte Giulia, lei era stata cordiale seppure un po' severa, lo aveva accolto mettendolo a suo agio, in una cena improvvisata condita da una sorta di "interrogatorio amichevole" che tutto sommato gli aveva dato buone vibrazioni. È passato da loro un altro paio di volte, con Giulia sempre intenta a studiarlo. Ma stasera è diverso: stavolta è ufficialmente invitato, entrerà "in borghese", senza la protezione della divisa da rider e di una casualità che attenua l'ansia da prestazione. Stasera sarà più come un esame vero e proprio: da come risponderà, dall'impressione che farà, dipende il prosieguo di quell'amicizia, la definitiva accettazione di Genny in quella famiglia, il passaggio da "rider amico" ad "amico rider".

Genny visualizza quelle parole come in una grafica, vede l'inversione di aggettivo e sostantivo. L'apertura della porta lo ridesta, la voce di Giulia rimbomba nel pianerottolo.

"Ciao! Benvenuto, entra. Grazie per la bottiglia."

Genny riconosce subito l'odore di quella casa. Un misto di pulito e cibo appena cucinato.

"Sei venuto in bici?"

"No, ho preso i mezzi," risponde togliendosi il giubbotto. Non le spiega perché, ma usare la bici stasera lo avrebbe fatto sentire "in servizio", di nuovo con la parola "rider" prima di "amico". Nella sua mente, il passaggio di grado necessitava di un mezzo di locomozione diverso.

"Dammelo, te lo metto di là in camera."

"Ho preso anche il gelato."

"Ma non bastava il vino?"

"Be', quello Luca non lo beve..."

"Chi te l'ha detto che non posso bere il vino? Ciao, Genny," interviene Luca, con la sua inconfondibile voce preadolescenziale e la solita maglia di Cavani. Si danno un cinque, contenti di rivedersi.

"Ma cosa devi bere tu? Solo quello ci manca... va' a lavarti le mani, va'," scherza Giulia. "Genny, se sei d'accordo mangiamo subito, il signorino ha già iniziato a rompere: dice che se guardiamo la partita seduti a tavola porta sfiga, dobbiamo stare sul divano. Quindi, secondo lui dovremmo ingurgitare tutto di corsa, tipo assatanati. Gli ho detto di sì, ma magari quando è l'ora lui si alza e noi finiamo con calma, se per te va bene."

"Certo, figurati. Che buon profumo..."

"Ho fatto la cassœula. Sai cos'è?"

"Certo. L'ho consegnata diverse volte."

"Non ci credo: c'è gente che fa il delivery di cassœula?"

"Sì, mi è capitato."

"Ma no, dai: senza offesa, eh, ma è una roba che ti cucini a casa, con gli ingredienti giusti. Tu l'hai mai mangiata?"

"Sì, una volta, ma se ti dico dove non mi parli più."

"McDonald's? Sarebbero capacissimi di vendere il Cassœula Burger!"

Genny sorride. Nel frattempo si sono spostati in cucina, e Giulia è di spalle mentre prepara le porzioni per portarle in tavola. L'appartamento non è grande, ma è molto accogliente e curato. Le altre volte aveva visto solo il salotto, stasera ha modo di osservare tutto il resto. Si vede che lo ha arredato una donna, senza la mano di un uomo: Genny se ne accorge da tanti piccoli dettagli, tocchi femminili sparsi in ogni angolo, senza alcun elemento maschile a bilanciare. La locandina incorniciata di *Il favoloso mondo di Amélie*, un attaccapanni con cappellini e vestiti, una piccola macchina da cucire d'epoca accanto a una lampada vintage. Non c'è niente, insomma, che possa "inquinare" con una dose di pragmatismo maschile quell'egemonia estetica tutta femminile.

"Non proprio McDonald's, ma non sei andata così lontano: sotto casa mia c'è un bar dove fanno un aperitivo molto sostanzioso, e una sera tra i vari assaggini c'era anche la cassœula."

Giulia si gira di scatto, quasi indignata.

"Vabbè, ma non ci credo! Avevano messo la cassœula in mezzo a quei vassoi giganti di pizza al trancio e tocchetti di würstel?"

"Esattamente. Lo so, per te sarà blasfemo..."

"Guarda, voglio sforzarmi di essere comprensiva. Però è troppo, dai! A parte che già il concetto di apericena non si può sentire. Sarà che sono vecchia, ma trovo orribile anche la parola. Mangiare cose completamente diverse nello stesso piatto è proprio la fine della civiltà!"

È evidente che Giulia parla da addetta ai lavori, rimarcando la sua distanza ideologica da quella filosofia. C'è un che di simpaticamente isterico nel suo modo di argomentare, Genny stasera lo nota più dell'altra volta, segno che anche lei è un po' tesa. Ci pensa Luca a stemperare.

"Ti sta già rompendo con i suoi discorsi, vero?"

Genny non vuole sorridere troppo, gli sembrerebbe poco rispettoso verso le opinioni di Giulia.

"A me invece piace un sacco riempirmi il piatto tipo montagna, con tutta quella roba gratis!" rincara Luca.

"Sì, infatti," racconta Giulia. "Quando capita di andarci devo staccarlo a forza dal bancone, prima che esploda come il tizio dei Monty Python."

Né Luca né Genny sanno di cosa parli, è evidente dallo sguardo che si rivolgono. Giulia è ancora di spalle a preparare i piatti, ma dal loro silenzio capisce quello che non dicono.

"Non li conoscete, immagino... Sono dei comici inglesi, in un loro film si vedeva un tizio che mangia fino a scoppiare."

Luca è una statua di sale, Genny accenna un sorriso.

"Lo so, raccontato non fa così ridere, ma se ve lo faccio vedere scommetto che vi scompisciate."

"Sì, come no..." sospira Luca.

"Ma taci, va'. Faranno ridere quelle robe che guardi tu su YouTube! A tavola, forza. Genny, puoi portare tu i primi due piatti? Occhio, sono molto caldi."

Si siedono, la tavola è apparecchiata con un'eleganza sobria, tutto è molto curato senza essere pretenzioso. Intanto arriva Giulia col terzo piatto e la bottiglia di vino portata da Genny.

"La apriamo, ti va?"

"Volentieri, l'ho presa apposta. Spero ti piaccia."

"Il primitivo di Manduria è uno dei miei vini preferiti."

Luca ci prova: "Ma io non posso averne un goccio? Dai...".

"E va bene: vai di là e prendi un altro calice, te ne versiamo un millimetro, così possiamo brindare. Ma fai con calma, senza rompere nulla."

Prima che finisca la frase Luca è già schizzato verso la cucina, mentre Genny stappa la bottiglia.

"Non sta fermo un attimo. Anche noi eravamo così?"

Giulia lo chiede a Genny come se avessero la stessa età, non vent'anni di differenza. A Genny piace quel tentativo di accomunarli nel mondo degli adulti, in contrapposizione a Luca: gli sembra quasi un implicito atto di fiducia nei suoi confronti.

"I ragazzi di oggi mi sembrano avanti in tutti i sensi: più intelligenti, più autonomi, ma anche più inquieti. Poi non lo so, quando si fanno questi discorsi è difficile vedere le cose in modo chiaro, senza pregiudizi. Sembra sempre di dire dei luoghi comuni. Ma tu che sei mamma ne saprai sicuramente più di me..."

Luca ritorna a tavola. "State dicendo le cose noiose che dicono i vecchi?" E porge il bicchiere per ricevere il vino che sua madre gli ha promesso. Genny serve prima Giulia e poi lui, infine versa per sé. Alzano i calici guardandosi negli occhi, Luca è raggiante. A Genny sembra strano essere in quella casa senza zaino cubo, senza orari da rispettare. La sensazione gli piace.

"A cosa brindiamo?"

"Al nostro viaggio a Napoli!"

La frase di Luca coglie Genny e Giulia totalmente di sorpresa. Si guardano, e l'occhiata interrogativa di Giulia è piuttosto eloquente. Ma la smorfia che Genny le restituisce in risposta è inequivocabile: non ne ha la più pallida idea.

"Che dici, amore? Sei ubriaco prima ancora di bere?"

"No, perché?"

Riappoggiano i calici, evidentemente non è ancora il momento.

"Di cosa stai parlando?" ripete Giulia.

Genny non sa che dire, si sente al centro di una scaramuccia tra madre e figlio.

"Allora: stasera c'è l'andata degli ottavi di finale, giusto?"

Genny annuisce, Giulia si fida di lui, anche se i meccanismi della Champions e il calcio in generale sono pianeti a lei totalmente sconosciuti.

"Se passiamo il turno andiamo ai quarti e, se superiamo anche quelli, ad aprile potremmo trovare il Barcellona in semifinale. Ho visto il tabellone su internet."

Genny teme di aver capito tutto. Giulia invece capisce sempre meno, un po' per l'argomento a lei non familiare, ma soprattutto perché suo figlio le sembra posseduto. Lo guarda e gli chiede:

"Non ti seguo tanto, Luca. Arriva al dunque".

"Allora, io volevo chiedervi... se succede questa cosa... non è che io e Genny potremmo andare a vedere Napoli-Barcellona al San Paolo?"

Ecco, Genny non si sbagliava. Giulia si rivolge direttamente a lui:

"Mi spieghi cosa sta dicendo mio figlio, ammesso che tu lo abbia capito?".

"Be', credo ti stia chiedendo il permesso di mandarlo a Napoli con me per vedere quella partita. Vero, Luca?"

"Sì, esatto."

"E tu?" chiede Giulia a Genny.

"E io... cosa? Vuoi sapere se lo sapevo o se accetterei?"

"Tutt'e due."

"No, non lo sapevo."

"Non ne avevate mai parlato?"

"Assolutamente no."

"Scusa Luca, ma come ti è venuto in mente?"

"Boh!"

"Boh? Lo sai che non mi piace quando rispondi boh."

"Ma che ne so, mamma. Non c'è un motivo: vedere una partita al San Paolo è un mio sogno, lo sai. Se arriviamo in semifinale col Barcellona sarebbe una figata andarci insieme a Genny, anche perché a te il calcio fa schifo. No?"

"No, Luca. No. Cioè, sì, capisco che a te sembri un'idea fantastica. Ma 'no', nel senso che non funziona così. Non è una cosa da dire senza averne parlato prima, non credi?"

"Mamma, ma scusa: prima quando? Mi è venuto in mente ieri sera e te ne sto parlando adesso!"

Giulia è agitata, la schiettezza di suo figlio è totale. Deve dire sì o no, e deve anche fare attenzione a come lo dice, per non urtare la suscettibilità di Luca, per non mostrarsi una madre rigida e al tempo stesso per non dare l'impressione di non fidarsi completamente di Genny. Insomma, quel ragazzino l'ha messa con le spalle al muro. Non sa che dire: lo guarda con gli occhi sbarrati, come quando è veramente fuori di sé. Poi si rivolge a Genny:

"E tu, in tutto questo?".

Anche la situazione di Genny è molto delicata: nemmeno lui sa bene come muoversi su quel terreno minato, e l'ultima cosa che avrebbe voluto stasera è un colpo di scena del genere.

"Io... io cosa, signora?"

"Signora? Ma siamo tornati indietro?"

"Mi scusi. Cioè... scusami, Giulia. Sono un po' confuso..."

"Intendo dire: tu ci andresti?"

Eccolo lì: Genny da Napoli, rione Camaldoli. Rider di

professione, appassionato di calcio ed esseri umani e preco-
cemente affezionato a Luca, dodici anni. A cena con lui e sua
madre Giulia, che gli ha appena fatto la domanda da un mi-
lione di dollari.

Passano non più di cinque secondi, anche se a lui sembra
mezz'ora. Poi, senza averci davvero riflettuto, con la sua solita tendenza a verbalizzare i pensieri prima di averli elaborati,
anche quando sarebbe opportuno farlo, risponde: "Sì, Giulia. Mi piacerebbe molto".

25.
Il ragù della domenica

Quando aprì gli occhi erano passate da poco le otto. Un tempo, quando era più giovane, la domenica poteva tirare dritto fino a mezzogiorno, beato come un bambino. Ma adesso no, adesso era un padre, un architetto di successo e un capofamiglia, tre cose che si coniugano piuttosto male con le maratone di sonno.

Tastò la sua parte di letto in cerca del telefono, si era addormentato guardando delle foto. Quando le sue dita toccarono la superficie liscia e fredda dell'apparecchio, capì che il nuovo giorno era ufficialmente iniziato.

Schiacciò il tasto laterale per illuminare il display e guardare l'orario, era quasi tentato di rimettersi giù ma si impose di resistere: fece luce sull'altra metà del letto, con molta cautela perché sua moglie, accanto a lui, dormiva profondamente.

Guardò nella penombra la sua gamba liscia e affusolata che sporgeva dal lenzuolo, forse in un momento di caldo improvviso nel dormiveglia. Ne seguì la forma con lo sguardo, dalla coscia tornita al ginocchio spigoloso, e più giù, dove si andava affusolando, fino alla caviglia sottile e al piede dalle dita lunghe, con le unghie smaltate di rosso.

Fu quell'ultimo dettaglio a dargli un impeto di eccitazione, a fargli crescere il desiderio di accarezzarla, quella gamba, prima più delicatamente e poi in maniera più rude, di spostare il lenzuolo e risalire su fino alle cosce, percepirne il calore e continuare a farsi strada, fino a sentire i gemiti ancora incoscienti trasformarsi in un godimento ormai consapevole, e a quel punto scivolare decisamente su di lei con tutto il corpo, per entrare a darle il buongiorno.

Succedeva così quasi ogni sabato e domenica mattina quando erano da soli, ma dopo la nascita di Cecilia l'assetto familiare era un po' cambiato e spesso, invece di assecondare la passione del risveglio, Cristiano Nizzardelli finiva per alzarsi e andare a controllare che la figlia dormisse tranquilla nel suo lettino, nella camera a fianco.

Si fece strada col telefono illuminato, aprì piano la porta e vide la bambina nella penombra, abbracciata all'orsacchiotto. Il suo respiro era tranquillo e regolare, così uscì, accostò anche la porta della sua camera per permettere alla moglie di dormire ancora un po', e si avviò lungo il corridoio che separava la zona notte dal resto dell'appartamento. In cucina accese la macchina del caffè e nel frattempo andò in bagno: la voglia di far l'amore con sua moglie era ancora impressa sul suo volto nello specchio e, associata ai capelli arruffati, gli dava un po' l'aria di un satiro. Sorrise, mentre urinava lungamente con una mano appoggiata al muro. Era sempre stato un bell'uomo, Cristiano: alto, spalle larghe, una faccia da mascalzone latino che gli aveva permesso di sedurre, se non tutte le donne che voleva, una buona parte. Almeno fino a quando non aveva conosciuto Stefania, che aveva sposato dodici anni prima. Le era stato abbastanza fedele: ma "abbastanza" è una parola fluida, e nel suo caso scritta con le lettere ben distanziate, in mezzo alle quali si erano inserite tre o quattro digressioni – qualcosa per cui, tutto sommato, non si sentiva nemmeno troppo in colpa, se le paragonava alle tante altre a cui aveva rinunciato. Peccati veniali, insomma, che non faceva fatica a perdonarsi.

Quando tornò in cucina, la spia della macchina del caffè

era diventata blu, segno che era pronta. Inserì una capsula, posizionò una tazzina sotto l'erogatore e, una volta piena, decise di portarsela sul terrazzo, insieme al pc e al pacchetto di sigarette con l'accendino. Abitavano in cima alla collina di Posillipo, e nelle giornate di giugno il mare di prima mattina era uno spettacolo straordinario.

Accese il pc, ma proprio quando stava per bere il primo sorso di caffè si ricordò che Stefania gli aveva detto di tirare fuori dal frigo, nel caso si fosse alzato prima di lei, gli ingredienti per il ragù della domenica, tradizione irrinunciabile di ogni famiglia napoletana che si rispetti.

Rientrò, aprì lo sportello, prese le cipolle, le carote, il sedano, l'alloro e la carne, e appoggiò tutto sul tavolo. Poi tornò a sedersi in terrazza sulla sua sedia di vimini e, guardando il mare, assaporò finalmente il primo sorso di caffè.

Il computer nel frattempo si era acceso, e Cristiano vide subito la notifica delle mail: ce n'erano undici non lette, alcune delle quali da cestinare senza nemmeno scorrere il testo. Lo fece, infatti, risparmiando solo quelle di lavoro, più una con la newsletter del portale di orologi, sua grande passione, e un'altra da Facebook, che gli apparve subito misteriosa: c'era un nome – Giulia Marchetti – che non gli diceva nulla.

Si sforzò di ricordare se tra i clienti del suo studio ci fosse qualcuno con quel nome, ma non gli sembrava. Era troppo presto per impegnarsi ulteriormente, così ruppe gli indugi e aprì il messaggio:

Ciao, spero ti ricordi di me. Ti presento Luca. Lo abbiamo fatto noi due, quella notte, a Bali. Non voglio nulla, ma pensavo dovessi saperlo.

In allegato la foto di un neonato, un po' sfocata ma non abbastanza da non mostrare i suoi occhietti già vispi, nonostante sembrasse avere un mese o poco più.

Cristiano sentì la testa girare, anche se era seduto. Il suo respiro si fece affannoso, gli sembrava perfino di avvertire un lieve tremore ai polsi. Non capiva, o meglio non ricordava. Uno spam? Un destinatario sbagliato? Rilesse la frase, tornò con lo sguardo su quel nome: Giulia. Giulia. G-I-U-L-I-A.

Di colpo l'immagine si materializzò, ed eccoli là: due corpi su una spiaggia di Bali, l'estate dell'anno prima. Le sue labbra, quel profumo buono. Non che quella serata non gli fosse mai tornata in mente, ma una volta rientrato da quella vacanza con gli amici si era ributtato a capofitto nella sua vita e non se n'era preoccupato troppo.

Si passò la mano sinistra tra i capelli; l'altra, quella che reggeva il caffè, perse di colpo tutta la forza, e così la tazzina cadde, frantumandosi in mille pezzi con un frastuono che irruppe con violenza nel silenzio della domenica mattina.

"Amo'! Che succede? Tutt'a posto?" Stefania aveva sentito qualcosa nel dormiveglia.

Cristiano deglutì, provò a parlare ma la voce non gli usciva. Quando ritentò emise un suono stridulo, talmente più acuto del solito che quasi non lo riconobbe.

"Tranquilla, teso': ho fatto una cazzata. Sistemo tutto io." E chiuse il computer.

26.
Yogurt alla fragola con cereali

"Cucciolo. Vieni, dai, che facciamo merenda. Ti ho preparato lo yogurt alla fragola con i cereali, quello che ti piace tanto."

Luca era nella sua cameretta. Era un mercoledì, due giorni dopo il suo sesto compleanno. Giulia gli aveva organizzato una festa bellissima. Il nonno gli aveva regalato una bici nuova, e lui aveva voluto subito provarla in cortile, lasciando gli amichetti con gli altri regali ad aspettarlo. Per un bimbo che cresce senza il papà i nonni possono fare la differenza. Luca aveva solo il nonno Alberto – la madre di Giulia se n'era andata due anni prima che lui venisse al mondo – ed era sempre stato un punto di riferimento per lui, presente e premuroso. Lui, la sua voce roca, le mani grandi e quell'acqua di colonia che Luca aveva imparato a riconoscere, tanto che una volta al reparto profumeria della Rinascente l'aveva sentita nell'aria e aveva esclamato con occhi sognanti: "Il nonno!".

Ma quel pomeriggio la gioia della festa sembrava di colpo evaporata. Giulia stava facendo la lista per la spesa settimanale della mensa. Il sole entrava dalle finestre della sala, appena smorzato dalle tende. Un disco dei Kings of Convenience in sottofondo.

"Luca! Mi hai sentito?"

Nessuna risposta. Giulia si alzò e raggiunse la porta accostata.

"Piccolo. Dormi?" chiese senza entrare.

"No."

Quel tono lo conosceva, voleva dire che qualcosa non andava. Ma lei era bravissima, in genere riusciva a fargli tornare subito il sorriso.

Aprì la porta, le tapparelle erano abbassate.

"Amore, che fai al buio?"

Luca se ne stava rannicchiato sul letto, immobile.

"Niente. Non ho fame, non voglio fare merenda."

"Hai male al pancino? C'è qualcosa che non va? Vuoi parlarne con la mamma?"

"No. Voglio stare da solo. Torna di là."

"Uhm, mi sa che qualcuno qui mi sta raccontando una... piccola bugia!"

Nel dirlo saltò sul letto e cominciò a fargli il solletico, parlandogli con la vocina strana che normalmente gli piaceva. Ma i bambini a volte sembrano aver scaricato l'aggiornamento mentre tu eri nell'altra stanza: una cosa che li faceva ridere un'ora prima, di colpo li irrita. E così il Luca che quella mattina era uscito per andare a scuola se n'era andato via per sempre, lasciando il posto a un'altra persona, che di anni sembrava averne almeno cinque di più.

"Smettila, dai... Mi dà fastidio!"

Giulia capì che c'era sotto qualcosa: suo figlio si era divincolato con uno scatto nervoso, una reazione scomposta che non era da lui. Si scostò dal suo corpo irrigidito e si sedette sul bordo del letto.

"Che c'è, piccolo mio? Non vuoi proprio dirmi perché sei di cattivo umore?"

"Perché tu mi racconti un sacco di bugie!" aveva piagnucolato lui.

Il cuore di Giulia sembrò fermarsi per un istante. "Bugie? Ma che dici, cucciolo? A proposito di che?"

"Del lavoro di papà."

Silenzio.

"Perché pensi questo?" chiese lei sforzandosi di usare un tono normale.

"Perché oggi a scuola è successa una cosa."

"Una cosa brutta?"

"Sì." E Luca iniziò a singhiozzare.

"Hai voglia di raccontarmela?"

"La maestra ci ha fatto scrivere un tema sul papà," disse il bambino tenendosi le mani sugli occhi. "Poi lo abbiamo letto, e quando toccava a me e ho detto delle balene, Mattia ha cominciato a ridere."

"E perché rideva?"

"Perché mi ha detto che non esiste un lavoro come quello, nessuno si mette lì col cucchiaione. Le balene mangiano da sole."

Giulia lo avrebbe volentieri preso a schiaffi, quel Mattia. "E che ne sa lui? Magari si sbaglia, no?"

"No!" gridò Luca col viso inondato di lacrime. "Perché lui guarda sempre i documentari col suo papà e ha visto come fanno. Le balene nuotano e intanto aprono la bocca, e tutta quella roba che mangiano, il plancton, gli entra dentro. Ecco come fanno! Quindi tu non mi hai detto la verità! Papà non sta qui con noi perché è morto... Oppure perché non ci vuole bene."

Giulia sapeva che era solo questione di tempo: si era portata avanti, negli ultimi due anni si era consultata spesso con uno psicoterapeuta specializzato in problemi dell'infanzia. Il dottore le aveva consigliato di continuare con la storia delle balene fino a quando Luca non avesse cominciato a dubitarne. Il che sarebbe certamente accaduto, prima o poi. Diciamo entro i sei, sette anni. A quel punto, quando le domande

150

si sarebbero fatte più pressanti, avrebbe dovuto cominciare a dirgli piano piano la verità, facendo attenzione prima di tutto a non parlare male del padre, a non metterlo in cattiva luce, perché avrebbe soltanto acuito il senso di colpa latente che un bambino tende a provare in situazioni come quella. Il ragionamento sembrava non fare una piega, la rassicurava, e la voce profonda e il tono empatico del dottore le facevano sembrare quell'impresa alla sua portata. Ma davanti alle lacrime di suo figlio, raggomitolato al buio in quel pomeriggio di maggio, tutte quelle parole sembravano perdere di colpo ogni significato, e lei si ritrovò completamente sola.

27.
Tè e biscotti

Genny ha appena ritirato per consegnare dietro casa della signora Maria, così ha deciso di allungare e di passare a trovarla, come le aveva promesso. Quando l'ha chiamata, lei non stava nella pelle.

Gli apre la porta e Genny riconosce subito l'odore di quell'appartamento: solo le case delle sciure profumano così. Sanno di legno massello, quello delle vecchie credenze, di lavanda per i cassetti della biancheria e di quel misto di fiori secchi dei pot-pourri. Lo stesso odore che sentiva quando andava a trovare i suoi nonni, la domenica, ma solo nell'ingresso e in parte della sala, perché quando invece si avvicinava alla cucina quel mix veniva sostituito dal profumo di ragù e polpette al sugo.

"Genny! Che piacere vederla. Venga, venga... si accomodi."

"Le va di darmi del tu?"

"Però allora anche tu!"

Genny si schermisce, dice che preferirebbe continuare a darle del lei, e quando la signora Maria scoppia a ridere, accusandolo di volerla fare sentire proprio una vecchietta, le fa notare che a Napoli le darebbero tutti del voi.

"Davvero? Pensavo non si usasse più. Appoggia pure lo zaino. Certo che è bello grande, eh?"

"Be', per forza, devono poterci stare tante ordinazioni."

"Immagino. C'è tanta gente che si serve di questo sistema a Milano?"

Gli fa strada verso il piccolo soggiorno. Tutto è in ordine, l'arredamento è piacevolmente desueto, risalente a un'epoca in cui i mobili svedesi a basso costo non erano ancora disponibili, almeno in Italia.

"Sì, specie negli ultimi due anni. E soprattutto a Milano e a Roma. Questo perché sono le due città con più famiglie mononucleari."

"Sembra una malattia!"

Genny sorride e prende posto su una vecchia poltrona verde, lei va in cucina a preparare la teiera. Quando torna, dopo aver chiesto a Genny se il tè lo preferisce forte o leggero e se vuole latte o limone, riempie con cura le tazze già disposte sul vassoio, sopra una tovaglietta ricamata. I suoi movimenti sono rapidi e sicuri, nonostante l'età. Nell'osservarla, Genny riflette sul fatto che le uniche due volte che ha superato la soglia della casa di un cliente è stato con un dodicenne e con una signora che naviga verso gli ottanta. La cosa gli sembra bizzarra. "A Milano e a Roma ci sono molte famiglie composte da una sola persona."

"Come la mia..."

"E infatti lei ordina su internet. Altrimenti, non ci saremmo conosciuti."

"Si chiamano *singol*, no?"

"Sì."

"Quindi, io sono una *singol*." La signora Maria ridacchia. "La parola giusta è vedova, comunque. Non è proprio la stessa cosa. I *singol* magari hanno scelto di esserlo, io l'Ezio lo avrei voluto con me per un altro po'. Diciamo per sempre. Era proprio un bravo marito, sai?"

Nemmeno Genny l'ha scelto. Ma questo lei non può saperlo. Vedovo. Genny si chiede se quella definizione si possa adattare anche a un ragazzo di diciannove anni. Non aveva mai pensato a se stesso in quei termini.

"Lo immagino, signora. Da quanto eravate sposati quando è mancato?"

Genny non usa quasi mai la parola morto. Da quando Claudia se n'è andata, poi, l'ha accantonata del tutto, insieme a tante altre cose. Guidare. Andare al pub Napoli Centrale. Frequentare una ragazza, provare a mettere da parte il passato ed entrare in una nuova relazione. Alla fine, la sua condizione e quella della signora Maria non sono poi così diverse. La sola differenza è che se restare da soli a ottant'anni è un'eventualità piuttosto frequente, nel suo caso invece è molto singolare. Per non dire patologico. Pensa a tutte queste cose in un secondo, torna di colpo alla realtà quando la signora ricomincia a parlargli.

"Da tutta la vita. Avevamo appena festeggiato le nozze d'oro quando è morto. Se aggiungi anche cinque anni di fidanzamento..."

"Come vi eravate conosciuti?"

La signora Maria sorride, ricordare le piace. "Mio papà era un artigiano, faceva scarpe nella sua piccola bottega dietro via Torino. Io ogni tanto andavo ad aiutarlo, dopo la scuola. Il negozio era all'angolo tra due stradine. Il tavolo su cui lavoravo dava su una vetrina, l'Ezio un pomeriggio è passato, mi ha visto e mi ha sorriso. Vuoi zucchero?"

"Sì, grazie."

"E poi, lo sai come vanno queste cose, no? Da quel giorno ha cominciato a passare sempre più spesso. Finché mio papà se n'è accorto. Allora ha mollato quello che stava facendo, si è alzato, si è tolto gli occhialini e gli ha detto: 'Giovanotto! Va' che ti ho visto, eh? Passi sempre di qua e butti l'occhio. Cos'è che vuoi? Vai via, va': hai proprio sbagliato posto. Qui non c'è niente da rubare!'. E sai cos'ha risposto quel mascalzone?" Negli occhi della signora Maria brilla una luce un po' commossa.

Genny fa di no con la testa.

"'Si calmi, signore, sono uno studente! Anche se, in realtà, una cosa che ruberei nel suo negozio c'è: quella bellissima signorina che ogni tanto lavora all'altro tavolo.'" Sorridono entrambi. "L'Ezio non poteva sapere che ero la figlia, ci ha provato. Mio papà, ussignur: apriti cielo! Era gelosissimo di me, ero la sua bambina! Quindi figurarsi..."

"Ammazza, che bravo! Io non avrei mai saputo dirla una cosa del genere."

"In effetti ha avuto una bella faccia tosta," conviene la signora Maria.

"E suo padre cosa gli ha risposto?"

"Gli ha detto di filare via subito, che la signorina in questione era sua figlia ed era troppo piccola per quelle cose."

"Quanti anni aveva lei?"

"Diciassette."

"E poi cos'è successo?"

"Quella tiritera è andata avanti per un paio d'anni, solo che l'Ezio era diventato più furbo: arrivava direttamente dalla via sulla quale dava la mia vetrina, senza farsi vedere da mio papà. E poi aveva imparato i giorni in cui andavo, così evitava di passare quando non c'ero."

"Cioè, vi siete guardati da lontano per due anni?"

"Eh sì, eh! Non è mica come oggi, sai? Non c'era mica Feisbuk. Un bel giorno lui si è fatto coraggio ed è entrato con un mazzo di lillà che gli copriva tutta la faccia. Quando l'ha spostato, mio papà lo ha riconosciuto e gli ha detto: 'Ancora tu? Ma non ce l'hai una casa?'. 'Certo che ce l'ho. Ma a casa mia una cosa bella come la sua figliola non c'è.' Lo ha detto in un modo così sfacciato che mio papà non ha potuto fare altro che sorridere."

"Che meraviglia. Un grande, Ezio!"

"E poi da lì, piano piano, abbiamo cominciato ad andare al cinema, a fare qualche passeggiata... sempre accompagnati da mio cugino, eh! E in un attimo sono passati cinquantacinque anni."

La signora Maria socchiude gli occhi sospirando. Sembra si stia sforzando di trattenere un'inevitabile commozione. Genny la guarda, provando a immaginare che effetto faccia avere tanti ricordi incamerati nella memoria. Si chiede come ci si debba sentire a raccontare così tanta vita in un minuto, a quale velocità debbano girare le immagini nella testa. Cinquantacinque anni di sguardi, di abbracci, di serate storte e di traguardi, di delusioni e di scampagnate, di parole, sospiri, traslochi e telegiornali, di raffreddori e compleanni, di figli che crescono e cene da preparare.

La signora Maria si protende appena verso di lui, come per incoraggiarlo a ricambiare la confidenza. "E tu, invece? Ce l'hai una fidanzata?"

"Non più."

"Vi siete lasciati?"

"In un certo senso, sì. È lei che se n'è andata."

"E non c'è modo di riparlarne?"

Genny sente nella voce di lei una nota di sincero dispiacere. "Temo di no," risponde in fretta.

La signora Maria appoggia la tazza sul vassoio, lo guarda negli occhi e gli sorride. Cala tra loro un breve silenzio, ma non c'è imbarazzo, semmai una tranquilla intimità. In tv sta andando in onda la pubblicità di un dentifricio.

"A volte il destino si mette di traverso, sai?" dice alla fine la signora Maria con un sospiro. "Però sei talmente giovane e forte che, se pedali veloce, non riesce più a starti dietro."

Quando Genny esce, fa freddo e sta diventando buio. Monta sulla bici e comincia a pedalare, pensando a Ezio e alla sua faccia dietro al mazzo di lillà.

28.
Vongole fujute

"Cecì, jamme ja': lavati le mani che stiamo per metterci a tavola. Stasera spaghetti a vongole fujute!"

"Che cosa sono, papà?"

"Spaghetti alle vongole senza le vongole! Come se fossero fujute dal piatto!"

Cecilia, seduta sulla sua seggiolina rosa, guardava il padre con la faccia seria che fanno i bambini quando riflettono su qualcosa di molto importante.

"Forse sono scappate perché hanno capito che stavano per cucinarle? Per salvarsi?"

Cristiano non aveva previsto questo sviluppo narrativo, che lo convinse una volta di più di quanto fosse fervida la fantasia della figlia.

"Forse hai ragione tu, amore. Comunque, questa ricetta ha una storia bellissima: l'ha inventata Eduardo De Filippo."

"E chi è?"

"Il più grande attore di teatro napoletano! Quando finiva lo spettacolo, andava sempre a cena con i suoi fratelli, perché recitavano insieme. Ma una sera, dopo la centesima replica, era stanchissimo e disse che preferiva ritirarsi. Solo che, quando tornò a casa e si mise il pigiama, gli venne voglia di un bel piattone di spaghetti a vongole, come quelli che fa la mamma."

"Che buoni!"

"Il problema, però, era che Eduardo le vongole non ce le aveva."

Cristiano raccontava con un piglio da cantastorie, adattando il tono della voce e l'espressione alle varie fasi della storia, con Cecilia che puntualmente cambiava faccia a sua volta, sempre più rapita e ansiosa di sapere come andasse a finire.

"E allora? Come ha fatto? Li ha ordinati su internet come facciamo noi con la pizza?"

"No, tesoro: a quel tempo internet non esisteva. Allora sai che s'inventò? Si mise a cucinare la ricetta con tutti gli altri ingredienti, tranne le vongole. Ci mise l'olio, l'aglio, il prezzemolo e un po' di peperoncino."

"E com'erano?"

"Buonissimi! Si rese conto che, siccome ci aveva messo tutto il resto, manco se lo ricordava più che le vongole non c'erano! Era riuscito a ingannare il cervello... a prenderlo un po' in giro, capisci?"

Cecilia adesso aveva un'espressione piuttosto perplessa.

"Sembravano veramente spaghetti a vongole?"

"Proprio così, piccerè! Allora: fai il primo boccone con gli occhi chiusi e dimmi se non ti sembra di sentire il sapore delle vongole..."

Dopo mangiato mise a letto la bimba e guardò un po' la tv con Stefania, e come a volte succedeva, lei a un certo punto gli fece scivolare una mano sulla coscia, cominciando ad accarezzarla piano, per poi spostarsi via via verso l'interno. Cristiano normalmente era molto reattivo, quel sesso un po' clandestino era un rituale che entrambi trovavano eccitante: ma quella sera era pensieroso, di fare l'amore non aveva tanta voglia. Tuttavia, il senso di colpa che gli si era insinuato dentro quando gli era arrivata la mail, insieme alla volontà di evitare casini, gli fecero decidere di lasciarsi coinvolgere.

Stefania gli si mise sopra e iniziò a baciarlo, sfilandosi velocemente i pantaloni della tuta, mentre lui sentiva il suo sesso crescere: lo fecero con un certo trasporto, ma Stefania non sapeva che, mentre suo marito era dentro di lei, la sua mente era altrove, sovrapponeva al suo viso, che vedeva nella penombra del salotto illuminato soltanto dalla luce del televisore, quello di Giulia, la donna che aveva amato una notte sola e che adesso sosteneva di aver partorito suo figlio.

Ciò che Cristiano non aveva previsto era che la cosa potesse procurargli un certo perverso piacere, come se proprio il tumulto di sensazioni contrastanti funzionasse da amplificatore.

Quando finirono, Stefania si lasciò cadere sfinita sul divano, ancora mezza nuda, mentre lui si tirò su rapidamente i pantaloni e si rimise a guardare la tv. Quella frettolosità nel ricomporsi non passò inosservata.

"Ah, però... ti è piaciuto proprio assai."

Sentendosi scoperto, Cristiano abbozzò un sorriso.

"Certo, lo sai che mi eccita farlo sul divano, un po' di nascosto."

Stefania lo fulminò con lo sguardo. "Sì, come no, lo vedo: ti sei rivestito in un secondo. Evidentemente sei molto preso da... quella pubblicità delle assicurazioni."

"Ma no, è che oggi al lavoro mi hanno fatto incazzare." Cristiano cercava di recuperare. "Quelli delle pizzerie sono dei tirchi maledetti, continuano a chiedermi sconti sul progetto. Mi devi credere, sono veramente pesantissimi."

"E io non sono riuscita a farti pensare ad altro?"

"Certo, amore mio. Tu ci riesci sempre," disse mettendole un braccio intorno al collo e tirandola a sé per darle un bacio sulle labbra.

"Sai che sono a pezzi?" sussurrò lei dopo un po', ammansita. "Me ne vado a letto. Mi raggiungi presto?"

"Forse. Prima finisco due cose di lavoro. Tu dormi tranquilla, se quando arrivo sei sveglia ti do il bacio della buona-notte."

Non appena Stefania si fu ritirata in camera, Cristiano si alzò dal divano, appoggiò il pc sul tavolo della cucina, si ver-sò un dito di rum e aprì il messaggio di Giulia, soffermandosi in particolare sulla foto di quel bimbo.

Aveva riflettuto a lungo. Non conosceva quella donna, non sapeva chi fosse, come vivesse, quanto attendibili fosse-ro le sue affermazioni. Certo, ne aveva conosciuto l'intimità fisica, aveva sentito il profumo della sua pelle e i suoi gemiti, ma per il resto avrebbe potuto essere chiunque.

Si rendeva conto che pretendere di capire se ci fosse una somiglianza tra lui e Luca non aveva molto senso: un bimbo di un mese ha un viso tutt'altro che definito, al di là dei giu-dizi di parenti e amici che, al contrario, si sforzano di trovare subito affinità e differenze. Eppure, ingrandendo l'immagi-ne, gli sembrò che qualcosa di familiare quel faccino ce l'a-vesse, non tanto col se stesso di oggi, quanto piuttosto con le foto di lui bimbo che sua madre teneva ancora sparse in giro per casa. Ma era tardi, aveva avuto una giornata pesante e la stanchezza, insieme al liquore che era già entrato in circolo, ci metteva del suo a creare una certa suggestione. Non voleva essere sgradevole nella risposta, né in generale nella gestione dell'intera faccenda: ma al tempo stesso riteneva necessario stabilire con certezza una serie di cose, prima tra tutte la rea-le paternità di quel bambino.

Buttò giù un altro sorso di rum e si accese un sigaro, il suo piccolo peccato serale. Sua moglie lo pregava sempre di non farlo in casa, ma stavolta non l'avrebbe accontentata, il momento era troppo complicato.

Aprì la finestra, sperando che bastasse. Cercò le parole

giuste, cominciò a scrivere ma cancellò, una, due, tre volte. Infine, digitò:

Ciao.

Certo che mi ricordo, anche se – come immaginerai – il tuo messaggio mi ha colto totalmente di sorpresa.

Intanto, spero che tu e il tuo bambino stiate bene.

Credo sia molto meglio parlarne a voce, che ne pensi?

Se sei d'accordo, potremmo sentirci domani pomeriggio verso le tre: ti scrivo qui sotto il mio numero.

Buonanotte.

Cristiano

Rilesse due volte, gli sembrava che andasse tutto bene. Inviò.

Si portò il bicchiere e il sigaro in terrazza, in cerca di un po' di pace, e finì entrambi guardando il riflesso tremulo della luna sul mare.

Intanto il suo messaggio viaggiava in un altro mare, quello di miliardi di bit digitali, arrivando in un secondo a Giulia, la madre di Luca. Il *suo* bambino, il bambino di Giulia, come lui le aveva scritto.

Non lo aveva rimarcato volontariamente, rileggendo non ci aveva nemmeno fatto caso. Ma le parole sono importanti, soprattutto quando a sceglierle è la parte più profonda e nascosta di un essere umano. Proprio com'era accaduto quella sera a Cristiano, che di Luca era il padre. Nonostante quel "tuo".

29.
Insalatona

L'ultimo figlio di una famiglia napoletana non solo non cucina: non ha proprio idea delle operazioni necessarie a prepararsi da mangiare. Quando rientra da un weekend a casa dei suoi, è talmente carico di vasetti, contenitori e pacchettini che potrebbe aprire una gastronomia di specialità napoletane. Sua madre gli ficca la roba in valigia a tradimento, e così capita che nel disfarla lui si ritrovi una salsiccia in un calzino o un vasetto di ragù nel beauty-case. Nella catena di produzione di casa Di Nola, Domenico è l'addetto alle etichette da apporre su ogni singola vaschetta di cibo. Una volta Kalidou ne aveva tirata fuori una dal freezer ed era scoppiato a ridere.

"Che c'è?" gli aveva chiesto Genny.

Il suo amico gli aveva mostrato il coperchio e allora a ridere erano stati in due. Suo padre ci aveva attaccato un'etichetta con scritto: *Puttana*.

Quando Genny, più tardi al telefono, gli aveva chiesto spiegazioni, lui aveva risposto: "È sugo alla puttanesca, ma la parola era troppo lunga per lo scoccettino, e allora l'ho abbreviata. Ho pure pensato che era un po' volgare, e allora ho cercato di capire in quale altro modo potevo abbreviarlo. L'unico era *Nesca*, ma poi non si sarebbe capito...".

Insomma, sembra quasi che trasportare cibo fosse in qualche modo scritto nel destino di Genny Di Nola.

L'accumulo massiccio di scorte materne, insieme alla scoperta del pianeta "aperitivo milanese", riducono a un numero irrisorio le sue performance tra i fornelli. Lo chef di casa è Kalidou, che qualche volta si diletta nel proporre ricette del suo Paese. Genny spesso gli chiede di preparare il Thiebou Jen, a base di riso, pesce e verdure, molto speziato e saporitissimo. Ogni volta che lo cucina, il profumo si diffonde in tutto il pianerottolo e perfino in ascensore: una volta il signor Grilloni, il loro vicino, aveva chiesto a Genny cosa fosse, e così gliene avevano portato un piatto per farglielo assaggiare. Quando si erano incontrati in ascensore il giorno dopo, aveva detto che non era male, "ma la cucina italiana, senza offesa, è tutta un'altra cosa...".

Le rarissime volte che Genny prova a cucinare scatta il tutorial telefonico, qualche volta perfino in versione video: sua madre è molto contenta di spiegargli le varie fasi delle ricette, anche se sa già che il risultato sarà discutibile.

Il piatto più elaborato in cui ha provato a cimentarsi è 'a frittat 'e maccarun, un timballo di pasta, uova, formaggio e salumi, spesso preparato usando la pasta avanzata dal giorno prima, che viene fritta in padella. In Campania è senza dubbio il pranzo al sacco più gettonato. Una mattonata ipercalorica ma buonissima, per la quale Genny va matto. Anche a Kalidou piace, nonostante non capisca il senso di quella strana via di mezzo: una pasta che si taglia a fette. Genny ovviamente non perde l'occasione per prenderlo in giro, rimarcando la sua proverbiale, e a suo dire eccessiva, razionalità.

L'ultima volta che ha preparato il timballo, sempre in collegamento con la mamma, qualcosa non ha funzionato: la frittatona non si è rappresa abbastanza; per usare le parole di Anna, non si è creata la "scurzetella", quella superficie croccante che rende squisito il piatto.

Quando Kalidou, su richiesta di Genny, ha provato a ripetere "scurzetella", è venuta fuori una cosa esilarante, con Anna che dallo schermo del pc non riusciva a smettere di ridere. A quel punto Kalidou li ha sfidati, chiedendo loro di provare a dire *deedet jëre jëf*, che significa "grazie mille". Sono andati avanti mezz'ora a tentare di pronunciare frasi nelle rispettive lingue, ridendo fino alle lacrime.

Insomma, Genny in cucina è un disastro. Il più delle volte, se mangia a casa, si prepara un classico della pausa pranzo dei milanesi: l'INSALATONA.

Quando la descrive a sua madre, lei è perplessa almeno quanto Kalidou rispetto alla frittata di pasta:

"Ma che senso ha mettere il tonno, le pummarole e le uova nell'insalata? Quello è un contorno, si mette a fianco della bistecca o del pesce. Sta cosa che ci buttate tutto dentro nun 'a capisc! Sarebbe come mettere il pollo dentro le patate, o la costatella dentro le zucchine alla scapece. Boh!".

E invece l'insalatona continua ad avere un grande successo: ne stanno preparando una proprio davanti a Genny e Luca in un takeaway di corso Como.

Luca è in piedi accanto a lui, di fronte al banco, lo sguardo fisso sulle mani veloci del cuoco. È appena uscito da scuola, sua madre è stata trattenuta al lavoro e il nonno Alberto è andato a fare una visita, così Giulia ha mandato un whatsapp a Genny per chiedergli se per caso potesse andare a prenderlo e fargli mangiare qualcosa in giro, in attesa che lei si liberi.

È la prima volta che si affida a lui per qualcosa che riguarda suo figlio: Genny ne è lusingato e Luca, dal canto suo, è entusiasta del cambio di programma. Arrivati al ristorante, Genny ha ordinato l'insalatona, Luca un hamburger ciccionissimo.

"E allora? Mi spieghi come ti è venuta in mente quest'idea assurda di andare a Napoli?"

"Be', ho detto che mi era venuta lì per lì, ma in realtà ci stavo pensando da un po'. Sarebbe bellissimo. Immagina quando lo dirò ai miei compagni di classe. Dai, alla fine che c'è di male?"

"Uhm, vediamo... per esempio, il fatto che hai dodici anni?"

"E quindi? Mica ho detto che vorrei andare nel quartiere a luci rosse di Amsterdam!"

"E tu che ne sai di queste cose?"

"Vabbè, ho dodici anni, non sei! Io e Mattia lo abbiamo letto su internet. Ci sono le tipe nude in vetrina. Ma non mi sembravano bellissime."

"Ah, le hai pure viste?"

"Sì, c'erano un botto di foto."

"E cos'avevano che non ti piaceva?"

"Boh, erano vecchie..."

"Cosa vuol dire 'vecchie'?"

"Trent'anni."

"E una a trent'anni è vecchia?"

"Per me sì."

"Che età devono avere le ragazze per piacerti?"

"Più o meno la mia. Al massimo tredici. Come Petra."

"Chi è?"

"La figlia di un'amica di mia madre. Lei è la mia ragazza ideale."

"Ma sentilo... E perché proprio lei?"

"Che ne so. Mi piace."

"Cosa ti piace di lei?"

"Tutto. Come parla, come cammina, come si veste."

"E com'è che si veste?"

"Ha sempre delle Nike fighissime."

"Glielo hai mai detto?"

"Delle scarpe?"

"Ma no, che ti piace."

"Sei matto?"

"Perché, scusa? Quando si tratta di organizzare viaggi a Napoli sei pieno di iniziativa, invece con le ragazze fai il timido?"

"Che c'entra la timidezza? Lei sta con uno che ha quattordici anni. Fa sempre i video con lui su TikTok. A me nemmeno mi vede."

Nel dirlo Luca abbassa lo sguardo, tra le mani quell'hamburger più grande della sua faccia, con la carne e il pomodoro che stanno per debordare, e lui che cerca goffamente di ricacciarli dentro. Genny non può fare a meno di sorridere.

"Dobbiamo decidere l'orario dei treni," dice poi Luca a bocca piena, tornando sull'argomento che gli sta più a cuore.

"Ah, siamo già alla prenotazione?"

"Ma scusa, l'altra sera, quando la mamma ti ha chiesto cosa ne pensavi, hai detto che ti piacerebbe andare, no?"

"Sì, è vero: mi è scappato un pensiero ad alta voce, lo sai che mi succede spesso e faccio molte figuracce. Ma poi, come avrai notato, ho cambiato discorso. Comunque, chissà per quale miracolo tua madre ha cominciato a fidarsi di me, e tu te ne vieni fuori con il viaggio a Napoli... Ma ti sei accorto di com'era tesa? Dovresti ringraziarmi per aver cambiato argomento, sennò sai che cazziatone!"

Il suono delle notifiche di lavoro è inconfondibile, Genny ne ha scelto uno piuttosto fastidioso proprio per non rischiare di non sentirlo.

"Ho un ritiro qui vicino: ti va di accompagnarmi?"

"Certo! Anche perché la mamma mi ha scritto che non è ancora a casa."

Capita sempre più spesso che Luca lo segua nelle "missioni": ormai sembrano i Batman e Robin del delivery.

"Facciamo così, oggi mi voglio rovinare: se mi danno la mancia la cedo a te, ok?"

"Grazie! Così comincio a mettere via i soldi per il biglietto. Dai, guardiamo subito gli orari!"

"N'ata vota? Non correre. Intanto, dobbiamo ancora qualificarci."

"Ma figurati: abbiamo battuto il Liverpool, ti rendi conto? Adesso chi ci ferma più?"

"Sì, ma due a uno. C'è ancora il ritorno, a casa loro. E poi dobbiamo vedere chi becchiamo ai quarti..."

"Potremmo trovare una squadra BLASONATA?" dice Luca, roteando gli occhi.

"Bravo! Comunque, non mi sembra che tua madre ti abbia ancora dato il permesso."

"Fidati, la conosco: era arrabbiata, ma non tanto. Per me, se insistiamo alla fine si convince."

"Insistiamo? Quand'è che è diventato un progetto comune? Io l'ho scoperto l'altra sera a cena, non è che ne avessimo mai parlato prima."

"Vabbè, ma sei di Napoli: prima o poi saresti andato dai tuoi, no?"

"Mamma mia, oh. Ma quanto parli? E va bene, diciamo di sì. Sei contento?"

"Sìì! Guarda che se prendiamo i biglietti in anticipo, li paghiamo meno."

"Ma mi spieghi come fai a sapere tutte queste cose? Io alla tua età non capivo niente di prezzi. Di soldi in generale. Per non parlare di biglietti del treno."

"Certo, perché tu sei di un'altra epoca."

"Sono vecchio come tua madre?"

"No, non esageriamo. Lei è anziana, tu sei di mezza età."

"Monta in bici, va', piscitiell 'e cannuccia!"

"Che significa?"

"Te lo spiego un'altra volta."

"E quindi? I biglietti?"

"Quando ci rivediamo, diamo un'occhiata sul sito. Ok?"

"Grande!"

Salgono in bici, Batman davanti e Robin dietro. Missione insalatona.

Al semaforo rosso Luca si volta verso di lui: "Guarda che comunque quando sei andato via me l'ha fatto".

"Che cosa?"

"Il cazziatone."

30.
Branzino al sale

"Pronto."

"Sono Giulia."

Il tono asettico, appena appena severo. Ma senza rancore. Almeno, questo era l'effetto che lei voleva ottenere.

Per Cristiano quella telefonata non era certo una sorpresa, eppure si sentì comunque preso alla sprovvista.

"Ah, ciao. Co... come stai?"

Il primo pensiero di Giulia fu quanto poco familiare le suonasse la voce del padre di suo figlio.

La persona con cui era al telefono era di fatto uno sconosciuto. Non sapeva quasi niente di lui. Non sapeva che musica ascoltava, cosa gli piaceva mangiare. Non conosceva le sue idee politiche, e nemmeno se preferisse i cani o i gatti. L'unica cosa che avevano in comune era una notte d'amore a Bali, poco meno di un anno prima. E Luca, che di quella notte era il frutto. Un frutto di quasi cinque chili.

"Bene, grazie. Dormo poco, come puoi immaginare."

"Quanto ha adesso?"

"Ha compiuto un mese due giorni fa."

"Sta bene?"

"Sì, per fortuna sì."

"Sono contento."

"Nella mail hai scritto 'il tuo bambino'. Tecnicamente non è proprio così..."

Cristiano tentò di ricordare con precisione il messaggio che le aveva inviato.

"Non era voluto. Mi è uscito così..."

"Capisco."

"Senti, Giulia, è inutile girarci intorno: questa è una situazione molto imbarazzante."

"Imbarazzante? Trovi che sia l'aggettivo più adatto per definirla?"

"Non so se sia il più adatto. È quello che mi è venuto."

"Un po' come quando hai scritto 'il tuo bambino'?"

"Ok, vedo che sei ostile."

"Non sono ostile: ho un bambino. *Abbiamo* un bambino."

Giulia intanto si stava torturando una pellicina sul mignolo.

"Forse però avresti dovuto contattarmi prima."

"Prima di cosa? Di farlo nascere? Avrei dovuto chiederti il permesso?"

"Il permesso no, assolutamente. Ma almeno cosa ne pensassi, non credi?"

"Sono venuta a cercarti."

"Quando?"

"Poco dopo aver scoperto di essere incinta."

"Dove? Dove sei venuta?"

"Davanti al tuo portone."

"Ah, perfetto. Come una stalker!"

"Senti, non provarci nemmeno! Ho scoperto di aspettare un figlio da te, e visto che quella sera non ci eravamo scambiati neanche il numero ho fatto qualche ricerca, ti ho trovato e sono venuta a Napoli per parlartene di persona, mi sembrava la cosa più giusta: hai appena detto che avresti voluto saperlo, no?"

"Ok, scusami: hai ragione. Ma allora perché poi non l'hai fatto?"

"Perché ti ho visto uscire dal palazzo con una donna e una bambina. Immagino siano la tua famiglia."

"Sì."

"Cosa dovevo fare? Farti una scenata davanti a loro? Quello sì che sarebbe stato imbarazzante, non credi?"

"È vero. Anzi, ti ringrazio per non averlo fatto."

"Cristiano, guarda che non sono una matta. E nemmeno una stronza. Però, se a trentacinque anni rimango incinta, io mio figlio lo faccio nascere."

"Lo capisco. Cioè, non fino in fondo, credo che solo una donna possa capirlo."

"Ecco, questa è una cosa intelligente da dire."

"Cosa intendi? Che finora ho detto solo stupidaggini?"

"Che c'è, hai la coda di paglia?"

"No, però avevi un tono un po' saccente..."

"Comunque, te l'ho già scritto nel messaggio: non voglio niente. Pensavo solo che fosse giusto fartelo sapere. E capire che cosa pensi di fare."

"Certo che era giusto. Io invece una cosa devo chiedertela. E spero tu comprenda."

Giulia strinse gli occhi, aveva già capito dove voleva andare a parare.

"Senti, Luca è tuo, fidati. E comunque, se vuoi fare il test del Dna, sono pronta."

"Come faccio a fidarmi? Io non ti conosco."

"Che motivo avrei di coinvolgerti se poi non ti chiedo niente? Non ti sembra già una garanzia?"

Cristiano rimase in silenzio per un po'. Giulia lo sentiva respirare.

"Ok. Senti, a me dispiace..."

"Cosa ti dispiace?"

"Tutta questa situazione. Non doveva andare così."

"Se non volevi che andasse così, avresti potuto scegliere di andare in vacanza con la tua famiglia. Dov'era tua moglie quella sera?"

"Scusami, ma non ti riguarda."

"Ok, allora però facciamo che tu non dici 'non doveva andare così'. Questo me lo devi concedere. Perché, se conosci una e ci fai sesso senza usare precauzioni, può capitare che lei rimanga incinta."

"Non mi sembra che tu mi abbia chiesto di usarne."

"Ma io non sono sposata."

"Che vuol dire? Che tutte le volte che scopi con uno prevedi di poter restare incinta?"

Giulia si impose di contare fino a dieci prima di rispondere. Si avvicinò al forno per controllare la cottura del branzino al sale che avrebbe mangiato per cena con suo padre.

"Normalmente non faccio sesso non protetto. Per la verità, non mi succede nemmeno di fare sesso col primo che capita, anche se mi rendo conto che dirlo a te non ha molto senso. Anzi, suona quasi ipocrita, visto che tra noi quella sera è andata proprio così. Te lo ricordi in che condizioni eravamo, no? Però, se permetti, almeno io ero libera. *Sono* libera."

Un altro silenzio, scandito dai respiri di entrambi. Poi Cristiano ricominciò a parlare.

"Io invece no. Io sono sposato, ho una figlia. Sono felice con la mia famiglia. Non posso permettermi di mandare tutto all'aria."

"E chi ti ha chiesto di farlo? Cristiano, te l'ho già detto due volte: non voglio niente da te. Devi deciderlo tu, che ruolo avere in questa storia."

"Che ruolo avere? Ci siamo visti una volta sola! Mettiti nei miei panni."

"*Io* mi devo mettere nei tuoi panni? Questa è bella. Io crescerò un figlio da sola. Lo sai cosa vuol dire?"

"Ok, però sei tu che hai deciso di tenerlo. Se mi avessi

informato prima ti avrei detto la mia opinione sul da farsi, e se fossi stata d'accordo con me ovviamente ti avrei dato tutto l'aiuto necessario."

"Il 'da farsi'. Mi piace come ci giri intorno. Dici le cose senza dirle."

"Lo faccio per delicatezza. Nemmeno io sono uno stronzo, Giulia."

"Chissà cosa ne penserebbe tua moglie..."

Cristiano sbuffò. "Ecco, sei di nuovo ostile."

"Va bene. Senti, non voglio giudicarti. Non è morto nessuno. Anzi, è nato qualcuno. Luca, mio figlio. Che è bellissimo, e spero sarà felice. Tutto qui, non credo abbiamo altro da dirci."

"Aspetta..."

"Cosa?"

"Posso... posso fare qualcosa per te? Contribuire in qualche modo?"

"No, grazie. Non voglio soldi. Ho un lavoro, sono in grado di provvedere a me e a lui."

"Se non sbaglio sei una chef, vero? Questo me lo ricordo."

"Cuoca. Faccio la cuoca."

"Davvero, se hai bisogno io ci sono, almeno da quel punto di vista."

"Almeno..."

"Mi dispiace. In questo momento non mi sento di dirti molto più di così. La cosa non mi lascia indifferente, credimi, sono abbastanza in paranoia. Non riesco più a dormire da quando ho ricevuto la tua mail."

"Be', per essere uno in paranoia mi sembri molto deciso."

"Non sono deciso. Sono spaventato."

"Sei spaventato? *Tu* sei spaventato?"

"Sì."

"Va bene. Va bene così. Posso farti un'ultima domanda?"

"Certo."

"Che cosa devo dirgli quando mi chiederà dov'è suo padre?"

Un altro silenzio ancora, questa volta più lungo. Era la domanda più difficile di tutta la telefonata.

"Non lo so. Non so risponderti. Secondo te?"

"Non so risponderti neanch'io. Ciao, Cristiano."

31.
Pizza napoletana

Di tutto il progetto di andare allo stadio San Paolo con Luca, la parte più divertente è che Giulia, dalla sera in cui suo figlio lo ha solennemente annunciato durante il brindisi con colpo di scena, è stata costretta a imparare tutto sul meccanismo della Champions e a seguirne le partite.

A Luca non lo confesserà mai, ma ha anche chiesto al suo collega Andrea Valente, tifosissimo dell'Inter, quante probabilità avesse il Napoli di arrivare in semifinale. Dopo che lui, col suo accento da milanese imbruttito, le ha detto: "Ma va', figurati! Quelli fan come tutti gli anni, arrivano lì lì e alla fine non quagliano mai", lei ha preso da parte il figlio e gli ha detto che, dopo averci riflettuto bene, ha deciso di accontentarlo, perché è bravo e se lo merita, e "la mamma è così contenta di farti vivere questa esperienza col tuo amico".

Un piano diabolico: farà la figura della madre moderna, comprensiva e generosa, che ha dato il permesso al figlio di realizzare il suo sogno, ma siccome il Napoli sarà eliminato, si risparmierà l'ansia di saperlo a ottocento chilometri di distanza, allo stadio, con settantamila persone che urlano, spintonano, sparano petardi e, per quanto ne sa lei, come minimo scatenano una rissa dopo tre minuti dall'inizio della partita.

Ma il ritorno dell'ottavo di finale, Liverpool-Napoli, finisce tre a due per gli inglesi, un risultato che, sommato al due a uno per il Napoli dell'andata, lo qualifica. Quando Giulia vede Luca rotolarsi sul tappeto, non capisce subito il motivo di quella felicità. Ha guardato il risultato finale, ed è già pronta a fingersi addolorata, mentre in cuor suo è decisamente sollevata nel vedere svanire il "progetto San Paolo". Sta addirittura già pensando al regalo che comprerà a Luca per consolarlo e, soprattutto, per placare il proprio senso di colpa per essere stata così ipocrita. Ma poi, quando lo vede esultare come un forsennato, capisce di essersi persa un pezzo.

"Luca... Luca!" gli urla, ma tra il volume del televisore e le grida disumane del figlio, lui non la sente neppure.

"Oh! Sembri un matto."

"Mammaaaa!!! Sììì!!!"

"Ma scusa, non hanno perso?"

"I goal fuori casa!"

In effetti le aveva spiegato quel meccanismo nel corso di una sofferta lezione di un'ora, così Giulia si mette a contare mentalmente.

Se il Napoli ha vinto due a uno all'andata e ha perso tre a due stasera, in tutto fa quattro a quattro. Ma siccome il Napoli ha fatto due goal fuori casa, mentre il Liverpool uno solo, e siccome i goal in trasferta valgono doppio... *Oh cazzo!*, pensa, e invece riesce a dire: "Luca, ma che bello: sono contentissima per te".

Se lui non si accorge della falsità di quelle parole è solo perché continua a far capriole, col televisore a palla.

Due settimane dopo, nell'andata dei quarti di finale, il Napoli pareggia due a due a Monaco, contro il Bayern, con un goal pazzesco di Insigne all'ottantaseiesimo. Luca quella sera fa il solito spettacolino, urlando così forte che quelli del piano di sotto battono sul soffitto con la scopa.

Quando spiega a sua madre che ormai manca solo una partita alla qualificazione alle semifinali e che anche il Barcellona ha vinto la sua partita di andata contro il Manchester

City, Giulia inizia a sentire il terreno mancarle sotto i piedi: il viaggio con Genny sta diventando molto più di un'ipotesi.

La sera della partita decisiva Luca invita Genny a cena, ma lui rilancia con la proposta di andare in una pizzeria di amici, dove c'è lo schermo e si può seguire la Champions. Lo fa un po' perché gli sembra giusto ricambiare e un po' perché gli piace l'idea di portare Luca e Giulia in un posto in cui si mangia la vera pizza napoletana.

Giulia inizialmente si mostra titubante: l'eventualità che il Napoli ce la faccia la turba, e immaginare di ritrovarsi con una smorfia di disappunto disegnata sul viso in mezzo a un tripudio di tifosi la fa sentire ancora peggio. Alla fine, tuttavia, si decide ad accettare.

"Genny per tre, giusto? Prego, ragazzi."

Bruno ha la tipica faccia da napoletano simpatico. Li accoglie con un sorriso largo, si presenta a Giulia e a Luca e chiede subito cosa può portare da bere.

"Per me una birra, per favore, e per Luca immagino una Coca. Giulia, tu cosa bevi?" si informa Genny.

"Vorrei un bel bicchiere di vino rosso," risponde lei per farsi coraggio.

"Signorina, ha mai assaggiato il Gragnano?"

Se a Giulia Bruno aveva già fatto una buona impressione, con "signorina" è diventato definitivamente il suo idolo.

"È una specie di Lambrusco," prosegue lui, "ma un po' più punk. Non so se mi spiego." E strizza l'occhio a Luca, che gli sorride.

Quella in cui sono seduti, più che una pizzeria sembra la curva di uno stadio, con tanto di bandiere e buona parte degli avventori, se non tutti, con la maglietta del Napoli.

"Com'è qui la situazione tifoseria? Genny lo conosco, ma chistu guaglione e la signorina?"

"Lei è mia madre," specifica Luca.

"Uanema, tua madre? Ma com'è possibile? Al massimo sembrate fratello e sorella!" Il cameriere forse vuole fare il galante, ma è davvero un po' sorpreso. "Anzi, non vorrei essere indiscreto, ma quando vi ho visti entrare mi sono subito immaginato la composizione del tavolo. Mi dovete perdonare, ma lo faccio sempre, è una specie di deformazione professionale. Onestamente pensavo che fosse un appuntamento galante di Genny, con fratellino al seguito!"

"E jamme, adesso stai esagerando!" Giulia si è sforzata di pronunciare la frase col suo miglior accento napoletano.

"Ah, ma allora i complimenti devo farglieli pure per l'ottima padronanza della lingua!" ride il cameriere. "Genny, dici 'a verità: gliel'hai insegnato tu?"

Genny sorride, anche se è un po' in imbarazzo. Giulia invece si diverte a stare al gioco.

"Ma poi, scusa: anche ammesso che a Genny piacciano le donne di mezza età come me, perché mi sarei portata dietro mio fratello?" lo stuzzica.

"Perché è tifoso del Napoli!"

"Ecco, su questo non ci sono dubbi. Fargli togliere la maglia di Cavani per lavarla è una lotta."

Il cameriere si congeda: "Signori, non voglio essere invadente: vi lascio le liste e torno tra qualche minuto".

Luca ha fretta di concentrarsi sulla partita, così ordina subito una margherita. Inoltre, Genny gli ha fatto il lavaggio del cervello sulla necessità assoluta di attenersi alla tradizione quando si tratta di pizza. Anche Giulia non ha dubbi, sceglie una marinara. Genny si limita a guardare Bruno e a dire "Il solito", col piglio di una vecchia mosca da bar. Intanto, la lettura delle formazioni è accompagnata dagli "olé" dei clienti. Il loro tavolo è in pole position, come stare nella tribuna vip dello stadio. Sono raccomandati, non c'è dubbio: la cosa rende Luca molto orgoglioso, Giulia invece è un po' imbarazzata.

Palla al centro, fischio d'inizio: partiti! Napoli-Bayern, ritorno dei quarti di finale di Champions League.

"Mi ricordate come deve andare perché il Napoli si qualifichi?" si informa Giulia cautamente.

"Ho paura che al fischio finale non avrai dubbi su com'è andata..." le risponde Genny sorridendo. "Comunque al Napoli basta anche uno zero a zero."

"E se invece perde?"

Un signore anziano seduto al tavolo accanto si volta di scatto: "Signora, non lo dite nemmeno pe' pazzia'".

"Vuol dire scherzare," traduce Genny.

Luca non parla da dieci minuti, è concentratissimo. Quando arrivano le pizze, quasi non se ne accorge.

Genny si sente un po' il padrone di casa. "Ti piace la pizza napoletana?" chiede a Giulia.

La domanda è accompagnata da un filo di preoccupazione. È fatto così, Genny: quando prende un'iniziativa che implica il giudizio altrui, è sempre un po' teso. Non solo se si tratta di cibo, accade anche se presenta due amici: l'eventualità che non si trovino simpatici lo agita. Ma Giulia gli dà una risposta che lo rassicura.

"La adoro. Non mi piace quella sottile e croccante, che a Milano va per la maggiore."

"Oh, che meraviglia. Sai che mi rendi felice?"

Giulia annuisce e poi si rivolge al figlio:

"Quindi, Luca, ricapitoliamo: se finisce zero a zero si qualifica il Napoli, giusto?".

"Sì, mamma. Ovviamente anche se vinciamo, con qualsiasi risultato. E se invece dovesse finire due a due, cosa che non succederà..." dice cercando lo sguardo del signore anziano del tavolo accanto, che stavolta risponde con un'occhiata densa di orgoglio, "si va ai supplementari, e poi eventualmente ai rigori."

"Ah, mi piacciono un sacco i rigori. C'è tutta quella tensione drammatica, i primi piani sui volti dei giocatori... È il mio momento preferito delle partite."

La frase di Giulia risuona improvvisamente forte durante una pausa del telecronista, in un momento in cui anche il vociare all'interno della pizzeria si è attenuato. L'occhiataccia di suo figlio e i gesti scaramantici degli altri tifosi-clienti, con tanto di cornetti rossi che sbucano all'improvviso dalle tasche di camicie e pantaloni, la inducono a rituffarsi nella marinara.

"E invece come deve finire perché vada bene all'altra squadra?" sussurra all'orecchio di Genny, sentendosi come se avesse intorno degli ufficiali della Stasi.

"Il Bayern deve vincere, con qualsiasi risultato." Anche Genny parla a bassa voce, il suo sforzo di non farsi sentire è aiutato dal brusio costante che accompagna la cena.

Non è una partita spettacolare, la posta in gioco è troppo alta. Il Bayern attacca, fa un buon possesso palla, ma a parte una traversa di Lewandowski e una parata del portiere tedesco su una conclusione di Callejón in contropiede, fino al sessantesimo non succede moltissimo.

Giulia passa in rassegna i volti contratti intorno a lei, il vero spettacolo dal suo punto di vista è quello. Poi, quando di colpo le torna in mente il viaggio a Napoli di Luca e Genny, diventa più tesa di loro. Sembra una tifosa tra i tifosi, invece è soltanto una mamma in tensione per tutt'altro motivo. Certo, si sente in colpa a sperare nella sconfitta della squadra per cui tifa suo figlio – che ha già avuto una vita complicata, anche se certamente non per colpa sua –, ma le sue "gufate" non sono legate solo alla generica preoccupazione dovuta a quella trasferta. Fin dal brindisi durante il quale è saltata fuori di punto in bianco quella proposta, sospetta che Luca abbia in mente qualcosa.

Qualcosa che riguarda suo padre.

Il momento della verità era arrivato quando Luca stava per compiere otto anni. Era estate, avevano preso una casa in Puglia per tutto il mese di agosto e lui era contento di quella vacanza con sua madre e il nonno Alberto. Un giorno, mentre dopo pranzo si era appisolato sul divano, stravolto da tuffi, schizzi e racchettoni, si era svegliato all'improvviso sentendo la madre e il nonno chiacchierare. Parlavano di un certo Cristiano. Quel nome non l'aveva mai sentito, ma fu il tono preoccupato del nonno a incuriosirlo: quindi rimase con gli occhi chiusi, fingendo di dormire.

"Si fa vivo, ogni tanto?" stava chiedendo il nonno.

"Papà, me l'hai già chiesto. Mi avrà chiamato dieci volte in tutti questi anni. Mi fa sempre le stesse domande. Come sta Luca, se ha chiesto di lui e se mi servono soldi. Io rispondo 'Bene, no, no' e finisce lì."

"Be', su una delle tre non è proprio così: mi hai detto che Luca comincia a farti sempre più domande, no?"

"Sì, per il momento riesco ancora a tenermi sul vago, ma mi sa che non durerà ancora a lungo. Secondo il dottore, prima o poi dovrò dirgli la verità."

"A me gli strizzacervelli non piacciono per niente, lo sai. Sono buoni solo a spillarti i quattrini," aveva concluso il nonno.

"Che significa strizzacervelli, mamma?" chiese Luca quella sera, quando lei passò a dargli la buonanotte.

Per Giulia fu facile mettere insieme i pezzi. Cercò di non mostrarsi tesa, sperando che avesse sentito la conversazione solo da lì in poi.

"È un dottore, cucciolo."

"Stai male?"

"No. Uno strizzacervelli è uno psicologo, un signore che dà dei consigli alle persone in difficoltà."

"E tu sei in difficoltà?"

"Sì, amore mio. Un po' sì."

"È per quella cosa di papà, vero? Quella di cui parlavi col nonno?"

Aveva sentito tutto. Giulia ebbe la netta sensazione di trovarsi in un momento cruciale della vita. Riuscì solo a mormorare un debole sì.

"Mamma, io l'ho capito che tu mi racconti delle cose che non sono vere..." disse piano Luca. "Però... adesso almeno so che non è morto."

"Tu... tu pensavi che papà fosse morto?"

"Sì."

Giulia gli accarezzò la fronte. "Lui ti vuole bene, Luca. Ma purtroppo non può stare con noi."

"Perché?"

"Perché io e lui ci siamo voluti bene, ma quando l'ho conosciuto era già sposato. E aveva una figlia."

"Ma se era già sposato come faceva a volere bene anche a te?"

Il fatto che Luca si mostrasse così quieto, che non fosse arrabbiato, che non piangesse, era qualcosa che la colpiva profondamente, forse la prova che il suo bambino stava diventando grande.

"Quando crescerai, capirai che può capitare. I grandi a volte fanno cose sbagliate. Però da quella cosa sbagliata sei nato tu, che invece sei una cosa bellissima. La più bella dell'universo. Quella che amo di più."

Avevano dormito insieme, anche se Giulia non aveva chiuso occhio: quella notte non lo avrebbe lasciato solo per nessuna ragione al mondo. Gli aveva detto che avrebbe potuto incontrare il padre in qualsiasi momento e che lui non vedeva l'ora di conoscerlo. Non riusciva a capire quanto fosse scioccato da quelle novità e quanto, invece, assonnato dalla giornata in spiaggia, fatto sta che Luca era crollato quasi subito e aveva dormito fino alle otto del mattino successivo.

Giulia aveva raccontato l'episodio allo psicologo e lui le

aveva detto che probabilmente Luca avrebbe rimosso quella conversazione per un bel po', un meccanismo di difesa del suo inconscio. E andò proprio così.

La volta successiva che le chiese di suo padre, invece non fu così semplice: urlò che voleva incontrarlo, che la sua vita faceva schifo, che voleva andare subito da lui. Quando Giulia gli rispose che non era possibile, perché Cristiano viveva a Napoli, disse che, se non glielo avesse fatto incontrare al più presto, sarebbe scappato per andare a conoscerlo. Giulia tentò di calmarlo, ma non ci fu verso: Luca tirò un pugno al vetro di una loro foto appesa al muro, procurandosi un taglio piuttosto profondo alla mano sinistra. Giulia telefonò a Cristiano, gli raccontò tutto e gli disse che non si poteva più aspettare: dovevano incontrarsi. Lui rispose che ci avrebbe pensato, magari si sarebbe inventato un viaggio di lavoro a Milano. Ma passarono quasi due anni, e Cristiano continuava a temporeggiare, a dire che organizzare una finta trasferta a Milano non era così semplice. Giulia era furiosa. Come poteva mostrarsi così insensibile verso i sentimenti di suo figlio?

Per fortuna, Luca sembrava aver nuovamente rimosso la questione. E quando ritornò alla carica con le domande era cresciuto abbastanza da poter sentire il resto della storia: Giulia una sera gli aveva raccontato tutto, di loro a Bali, della famiglia di Cristiano, e lui sembrava averla presa, se non bene, meno peggio di quanto lei aveva temuto.

Due giorni dopo lo aveva portato dallo psicologo per una seduta congiunta, durante la quale era parso abbastanza in controllo: se suo padre non voleva vederlo, allora forse non era un bravo papà.

"Non voglio vederlo nemmeno io. A me basta il nonno. E poi adesso ho anche conosciuto Genny."

Quando Giulia aveva spiegato al dottore chi fosse, lui aveva detto che poteva trattarsi di un buon appoggio emotivo per Luca. Ma lei era ben lontana dall'essere serena. Ecco perché, la sera in cui Luca aveva rivelato di voler andare a Napoli, aveva subito pensato che avesse in mente qualcosa.

Mancano quattro minuti alla fine della partita, nella pizzeria c'è un clima da stadio. Il risultato è ancora zero a zero.

Qualche minuto prima, quando Müller si è trovato da solo davanti a Ospina, sbagliando clamorosamente un goal già fatto, di colpo la piccola folla si è ammutolita. Se avesse segnato, il Bayern sarebbe stato a un passo dalla qualificazione, invece in virtù di quell'errore è il Napoli, al momento, a passare ai quarti. Ma mancano quei quattro minuti, più il recupero.

Giulia ha finito il suo bicchiere di vino, nella pizzeria fa caldo, e intorno la tensione dei tifosi è alle stelle. Genny nota che è pallida.

"Tutto bene?" le domanda preoccupato.

"Sì, è solo che mi manca un po' l'aria."

"Vuoi che usciamo un attimo?"

"Forse sì, sai?"

Genny non impazzisce all'idea di perdersi il finale, ma non può fare altrimenti.

Quando escono, il cronometro segna ottantanove.

"Mi dispiace farti perdere gli ultimi minuti," si scusa Giulia. "Rientra pure, vi raggiungo non appena mi riprendo."

"Figurati, ci mancherebbe. Come va?"

Sono appena fuori dal locale, appoggiati al muro. Intorno a loro, Milano si muove indifferente alle ansie dei tifosi del Napoli. "Mi sento già meglio."

"Sei preoccupata, vero?"

"Per la partita, intendi?" chiede Giulia voltandosi verso di lui con un mezzo sorriso.

Genny sa benissimo cosa sta cercando di nascondere.

"Guarda che non devi per forza lasciarlo partire se non sei convinta."

"Genny, ti conosco da poco. Se avessi dovuto decidere razionalmente, puoi immaginare che l'unica cosa da fare sarebbe stata bocciare quest'idea folle di mio figlio. Inoltre," aggiunge un po' a disagio, "devo essere sincera: gli ho detto di sì anche perché pensavo che il Napoli non si sarebbe qualificato..."

"Be', non è ancora detto: non so quanto recupero abbiano dato, ma direi che tra cinque minuti al massimo sapremo la verità. In tutto questo, diamo per scontato che il Barcellona passi il turno. Mi sembra di ricordare che l'accordo riguardasse solo quella partita in particolare, giusto? Non il Napoli in semifinale, a prescindere dall'avversario..."

"'L'accordo.' Siamo finiti in un film di spionaggio..." dice Giulia con un tono un po' beffardo. E poi riprende: "Credo di sì, mi sembra proprio che avesse parlato di Napoli-Barcellona".

"Alla fine del primo tempo ho controllato e stava pareggiando uno a uno col Manchester. All'andata hanno vinto tre a uno. Aspetta che guardo." Genny tira fuori il telefonino dalla tasca. "Mancano due minuti e sono due a due. Mi sa che la previsione di Luca si sta avverando."

"Ecco, perfetto," sospira Giulia, "ho fatto un figlio paragnosta. E giornalista sportivo. Guarda," riprende poi rivolta a Genny, "tu mi ispiri fiducia, e quando l'istinto mi dice di stare tranquilla io lo ascolto... In genere non sbaglio. E poi gliel'ho promesso: credimi, se c'è una cosa che non voglio è deluderlo. Un giorno parleremo e capirai meglio: non so cosa ti abbia detto Luca su suo padre, ma ci sono tante cose che dovresti sapere. Penso che qualche domanda tu te la sia fatta, no?"

Genny non vuole sembrare indiscreto, ma si rende conto che se rispondesse di no non sarebbe credibile.

"Se andrete, mi prometti che farai molta attenzione, vero?" prosegue Giulia.

"Certo. Puoi contare su di me."

"Io... ecco... io ho la sensazione che se Luca tiene tanto ad andare a Napoli non è solo per la partita."

Genny ovviamente è molto curioso, ma non crede sia il caso di darlo a vedere. Sente che Giulia ha voglia di aprirsi, che forse sta per farlo, ma col tempismo di certi incastri perfetti, in quel preciso istante nel locale esplode un grido assordante. I primi a uscire sono due uomini grossi, sudatissimi, in preda a una specie di delirio. Subito dietro di loro Luca, con addosso la maglia di Cavani, corre ad abbracciare sua madre fugacemente, e poi è su Genny che si tuffa, quasi atterrandolo. La partita è finita, zero a zero. Il Napoli è in semifinale.

Giulia è stordita, non sa bene cosa pensare. Dovrebbe essere delusa, preoccupata, è successo proprio quello che temeva: quei due andranno a vedere Napoli-Barcellona al San Paolo. Ma tutto quello che prova adesso, mentre guarda suo figlio con le braccia in alto, pazzo di felicità, è una gioia strana, inedita, liberatoria. Qualcosa si fa strada dentro di lei e viene a dirle che, nonostante tutto, quella sua vita un po' sbilenca non la cambierebbe mai, con nessun'altra al mondo.

32.
Le birre

La carovana avanza compatta. In testa c'è Pilar, ai ragazzi piace che il capo sia lei. È sabato sera, si sono scritti sulla chat "DeLOVEry", nome inventato da Genny. Tutti hanno fatto l'ultima consegna intorno a mezzanotte, così si sono dati appuntamento in Porta Romana e adesso procedono verso uno spiazzo in fondo a via Ripamonti, il loro posto preferito per l'International Rider Festival, come lo ha battezzato Pilar. Lo fanno appena possono, quando gli orari si incastrano.

È un luogo isolato, circondato da palazzoni anonimi: i ragazzi arrivano, parcheggiano le bici contro un muro pieno di graffiti, Hasani tira fuori dallo zaino la cassa bluetooth e si comincia.

Ad aprire le danze stasera è Pushkar: fa partire *Mundian To Bach Ke* di Panjabi Mc e non poteva fare una scelta migliore. Kalidou inizia a muoversi come un ossesso, con quelle gambe chilometriche che disegnano traiettorie imprevedibili nella notte. Gli altri lo circondano, cercano di imitare i suoi passi.

"Pompa, fratello!" lo incita Mohammed, e Hasani ci dà dentro.

Le case sono lontane, hanno scelto il posto con cura. Il primo pezzo sta per finire, adesso tocca a Pilar: Pushkar le passa il telefono, lei cerca velocemente su YouTube e dopo pochi secondi parte *La Vida Es Un Carnaval* di Celia Cruz.

Genny le si avvicina e iniziano una coreografia a due, con gli altri rider che li circondano, applaudendo e incitandoli. Kalidou tira fuori le birre dallo zaino e comincia a passarle agli altri. C'è la luna piena, è Pushkar a farlo notare, e così i ragazzi sollevano al cielo le bottiglie, nel tripudio generale.

"Chi è il prossimo?" chiede Pilar.

Hasani non se lo fa ripetere due volte. Le prende il telefono di mano e fa partire *Ye Ke Ye Ke* di Mory Kanté, cominciando a saltare come se fosse posseduto, le braccia che si muovono in tutte le direzioni.

Genny prova a fare altrettanto, ma lo sanno tutti che stare dietro ad Hasani non è facile: in Senegal faceva il ballerino a tempo perso, ha anche partecipato al videoclip di un rapper piuttosto famoso in patria. Una sera al giropizza l'aveva mostrato agli altri e, nonostante fossero tutti pronti a prenderlo in giro, avevano dovuto ricredersi.

Il pezzo sta sfumando, tutti si girano verso Genny: adesso tocca a lui.

Hasani gli passa il telefono, lui digita qualcosa e subito dopo, in un silenzio irreale, si sentono in assolvenza delle note malinconiche. I ragazzi sono perplessi, quello che è partito non sembra un pezzo da ballare, ma Genny fa segno di sedersi a terra in circolo e di aspettare.

Fanno come dice, ha l'aria di essere una cerimonia, un rituale di qualche religione misteriosa. Dopo una breve intro, la voce risuona nel silenzio generale.

"Napule è mille culure."

Tutti fissano Genny, che canta tutto il testo parola per parola. Gli altri non lo conoscono, ma la canzone è così intensa che ammutoliscono, ondeggiando lentamente mentre ascoltano quelle parole che non comprendono, ma di cui sembrano cogliere la dolce malinconia.

Da quando ha iniziato a cantare, Genny ha tenuto gli occhi socchiusi, l'emozione si mostra chiarissima sul suo volto. Il pezzo finisce, parte un applauso, e i rider si abbracciano.

"Ma è meravigliosa. Di chi è?" domanda Pilar con un filo di voce, emozionata.

"È Pino Daniele, il più grande musicista napoletano di tutti i tempi."

"Di che cosa parla la cansone?" Kalidou è molto curioso.

"Parla della mia città, fratello: di quanto sia bella e al tempo stesso difficile. Ma parla anche di voi, di tutti quelli che sentono la mancanza di casa. È la nostra canzone, e io ve l'ho dedicata."

Una lacrima scende lungo il viso di Pilar. Kalidou l'abbraccia. I ragazzi guardano Genny, come per ringraziarlo di quel momento speciale.

Eccoli tutti insieme, i rider. Seduti per terra sul cemento freddo della periferia milanese, la loro amicizia come una coperta appoggiata sulle gambe, lontani da casa ma vicinissimi l'uno all'altro, in quella notte italiana che li avvolge, tentando di farli sentire a casa.

33.
Frittata di pasta

Il treno parte alle 14.00 da Milano Centrale. Genny è arrivato mezz'ora prima. Se già normalmente odia essere in ritardo, nel caso ci siano da prendere treni o aerei l'anticipo con cui si muove è addirittura eccessivo.

Nonostante la flessibilità del suo lavoro, tre giorni interi senza rendersi disponibile sono un'anomalia che il Grande Fratello non potrà non notare: Visentin gli scriverà una mail per chiedergli il motivo di quel blackout fingendosi interessato all'aspetto personale. Lui risponderà che è dovuto andare a Napoli per una questione familiare, peraltro una mezza verità, almeno per quanto riguarda la meta del viaggio.

Per il momento non ha detto niente ai suoi genitori, farà loro una sorpresa: andrà a trovarli insieme a Luca, dirà che è il figlio di un'amica che gli ha chiesto di accompagnarlo allo stadio. Troppo complicato preannunciare il suo arrivo e raccontare tutta la storia dell'amicizia con Luca, sua madre andrebbe in ansia da prestazione sull'organizzazione del pranzo e suo padre farebbe mille domande.

Staranno da Gino, un amico che vive da solo, non lontano dallo stadio: si è trasferito da qualche tempo in questo appartamento, di proprietà della sua famiglia, e quando Genny gli ha chiesto ospitalità è stato felicissimo di accontentarlo.

Giulia ha insistito per occuparsi dei biglietti, quelli del

treno e anche quelli della partita, che ha ottenuto non senza fatica, grazie all'intercessione di un amico giornalista e nonostante Genny le abbia ripetuto mille volte che non doveva. Lei ha risposto che si sentiva già abbastanza in imbarazzo per la pazzia in cui è stato trascinato da quella peste di suo figlio, quindi era il minimo che potesse fare per sdebitarsi. Allora Genny l'ha convinta a permettergli di provvedere almeno al pranzo: si è svegliato presto e ha preparato le frittate di pasta, che stavolta per fortuna sono venute bene, con la scurzetella croccante al punto giusto. A un certo punto si è chiesto se fosse davvero il caso di portarsi in viaggio un cibo così ruspante, se non fossero meglio dei sobri panini che sicuramente avrebbero dato meno nell'occhio, ma alla fine ha deciso di fregarsene del giudizio dei businessmen del Frecciarossa: Luca avrebbe assaggiato quel pranzo al sacco tipicamente partenopeo per meglio entrare nel mood della trasferta. Ne ha fatta anche una più piccola per Giulia, gliela darà quando si vedranno in stazione.

Lei e Luca arrivano quindici minuti prima delle due e Genny nota subito che, mentre il suo giovane amico è il ritratto della felicità, Giulia è visibilmente tesa: gli ricorda sua madre quando lo accompagnava al pullman della gita scolastica e gli parlava con un tono stranamente solenne, più adatto a salutare un soldato in partenza per il fronte che un ragazzino in visita alla Reggia di Caserta.

"Le mamme alla fine so' tutte uguali, pure a distanza di quindici anni."

Il pensiero si trasforma in parole prima che possa trattenerlo, come al solito.

"Cos'hai detto?" chiede Giulia.

"No, niente," risponde Genny. "Stavo ripetendo le parole di una canzone che ascoltavo in cuffia venendo qua."

La bugia per fortuna passa inosservata, Giulia ha altro a cui pensare. "Siamo in ritardo, vero?"

"No, manca un quarto d'ora. Come state?" la rassicura, cercando di metterla a suo agio.

"Abbiamo perso tempo, il tamarro voleva partire con la maglia di Cavani: ma ti pare normale? Mi sono opposta!"

"Che palle che sei, mamma..."

"Luca! Non mi piace quando mi parli così, quante volte te lo devo dire? Guarda che questa cosa che stai facendo non è mica poco, sai? Credi che le mamme dei tuoi compagni di classe li avrebbero lasciati andare?"

"Ma scusa, i miei compagni di classe non fanno il tifo per il Napoli."

"Non essere sciocco, lo sai cosa intendo."

Genny finge di leggere un messaggio sul telefono, per far capire che non sta ascoltando. Poi Giulia gli porge una busta.

"Qui ci sono i biglietti del treno e quelli per lo stadio."

"Grazie, Giulia!" E intanto le allunga la vaschetta di alluminio che ha estratto dallo zaino: "Ho preparato la frittata di pasta per il pranzo mio e di Luca, ne ho fatta anche una piccola per te".

Giulia sorride di fronte a quel dono bizzarro e affettuoso, lo ringrazia e gli dice che non vede l'ora di assaggiarla. Ma subito dopo torna seria. "Genny, ascoltami: ce lo siamo già detti, mi dispiace fare la rompiscatole, però davvero... non so bene perché ho deciso di accettare. Guarda che non è per te, lo sai che mi fido."

Eccolo, il discorso. Genny sapeva che prima o poi sarebbe arrivato e cerca di rassicurarla. Ma con la coda dell'occhio vede che Luca sta mimando l'atto di spararsi in bocca e deve sforzarsi di restare serio.

"Tienilo d'occhio sempre, ok? Specialmente quando sarete allo stadio. Vedendo il cinema che fa quando guarda le partite a casa, non oso immaginare cosa potrebbe fare lì, se il Napoli dovesse segnare..."

"Se il Napoli dovesse segnare? Certo che segnerà, te lo

assicuro!" la interrompe Luca facendo le corna per scaramanzia, con entrambe le mani per maggiore sicurezza.

"Non preoccuparti, Giulia: i posti che ci hai preso sono bellissimi, saremo in tribuna. Lì normalmente è tutto molto tranquillo. Il casino è in curva. Grazie ancora di tutto."

"Figurati... Il tuo amico allora viene a prendervi in stazione?" chiede lei per l'ennesima volta. Genny la rassicura: le ha mandato un whatsapp col suo numero e il suo indirizzo, per ogni evenienza.

"Perfetto." Poi Giulia si rivolge al figlio: "Luca, mi ascolti un attimo?".

"Mamma, me lo hai già detto..." sbuffa lui.

"Ma cosa ne sai di quello che voglio dirti?"

"Ti conosco. È da quando sono nato che mi fai lo stesso discorso..."

Giulia combatte contro la commozione.

"Mi raccomando: non fare il pazzo, stai attaccato a Genny e soprattutto non farti venire strane idee. Intesi? Ricordati cosa ci siamo detti ieri sera."

"Va bene, mamma. Adesso però dobbiamo andare."

"Vieni qui."

Giulia abbraccia Luca, che reagisce irrigidendosi per l'imbarazzo, poi anche Genny.

I due si avviano verso il binario trascinando i rispettivi trolley mentre a Giulia, ferma sul limite della zona consentita agli accompagnatori, vengono gli occhi lucidi.

A parte un paio di gite scolastiche e qualche weekend col nonno, è la prima volta che si separa dal figlio per due giorni e quel momento significa molto: ha il sapore di un rito, di un passaggio fondamentale della loro vita. Una vita che non è stata semplice, che li ha costretti ad affrontare situazioni complesse, giorni di tensione e sofferenza.

Genny non può non notare quanto quell'istante sia carico di emozione e non sa bene che fare. Se da un lato è tentato di rivolgere un ultimo sguardo a Giulia, per rassicurarla e insieme ringraziarla della fiducia che gli sta accordando, dall'altro sente di doverne stare fuori. Lui e Luca camminano a passo spedito verso il treno, e gli sembra di sentire sulle spalle lo sguardo di Giulia che quasi tenta di arpionarli, di trattenerli, come se sapesse che suo figlio non sta solo salendo su un treno, forse sta partendo per una nuova stagione della sua vita, in cui lei dovrà parlargli con parole nuove, che ancora non conosce, perché tutto sarà diverso.

Una volta saliti, Genny scruta i volti degli altri passeggeri: gli sono sempre piaciuti i momenti che precedono la partenza del treno, quell'attimo in cui sembra che il tempo si fermi. Ogni volta non può fare a meno di osservare il ritegno composto di chi parte, attento a non mostrare troppo le sue emozioni, e immaginare la malinconia di chi rimane, mentre quel bestione di acciaio si allontana, sgusciando via indifferente.

34.
Chewing-gum

Il treno non fa in tempo a lasciare la stazione che Luca si è già tolto la maglietta e ha indossato quella numero sette del Matador. È eccitatissimo, non sta fermo un secondo. Continua a fare domande su Napoli, lo stadio, la casa dell'amico di Genny, quella dei suoi genitori... Vuole sapere tutto: strade, indirizzi, distanze e percorsi.

Genny si mette le mani sulle orecchie con un gesto teatrale. "Uanema, Lucarié! Di questo passo, in due giorni il sindaco ti farà cittadino onorario. Nemmeno un tassista sa tutte queste cose a memoria. Non hai fame? Assaggia un po' di frittata di pasta, nessuno può dire di conoscere veramente Napoli senza averla provata."

Luca accetta il consiglio e inizia a mangiare, mentre Genny approfitta della tregua per dare un'occhiata fugace alla ragazza seduta al suo fianco. L'aveva notata appena salito a bordo: è esattamente il tipo di passeggero che chiunque vorrebbe trovarsi vicino in un viaggio di cinque ore. Peccato solo che lui non troverà mai il coraggio di rivolgerle la parola, come gli succede sempre con le ragazze da quando è morta Claudia. Potrebbe venirgli in soccorso la sua tendenza a esprimere i pensieri ad alta voce, ma forse lo farebbe soltanto sembrare uno svitato.

È Luca a offrirgli un appiglio senza nemmeno volerlo. Ricomincia a parlare non appena ha finito la frittata, ma Genny stavolta gli dice chiaramente di voler leggere un po', mostrandogli il libro che si è portato per il viaggio.

"*Denti bianchi.* Che libro è? Lo ha scritto un dentista?" chiede Luca a un volume troppo alto per un vagone ferroviario.

Infatti la quarta passeggera, che si era appisolata, apre gli occhi con una smorfia di disappunto. Genny se ne accorge e fa cenno a Luca di abbassare il tono. La ragazza, invece, sorride divertita.

"È bellissimo quel libro," butta lì.

Genny non può credere alla propria fortuna: probabilmente non avrebbe preso l'iniziativa nemmeno se il viaggio fosse durato quaranta ore, invece è stata lei a rivolgergli la parola per prima.

"Ecco, lo sapevo," si intromette Luca. "Adesso voi due comincerete a parlare per un'ora di quello che c'è scritto lì dentro. Mi metto a giocare a Fortnite. Ci vediamo a Napoli."

"E vabbè, ce ne faremo una ragione," scherza Genny, ma Luca è già stato risucchiato in un'altra dimensione spaziotemporale.

"Lo hai letto di recente?" chiede allora alla ragazza, con la voce un po' rotta dalla timidezza.

"No, qualche anno fa. Ho letto tutti i romanzi di Zadie Smith, mi piace tantissimo."

"Per me è il primo. Sono all'inizio, ma per il momento mi sembra figo."

"Dai, allora ti lascio in pace, così lo finisci e mi fai la recensione prima di scendere dal treno."

L'ultima cosa che Genny vuole è interrompere quella conversazione.

"Ma figurati. Continuerò dopo, nessun problema," si affretta a tranquillizzarla.

"Sicuro? Va bene, vedrai che ti piacerà. E poi potrai spiegargli che non l'ha scritto un dentista..." Indica Luca e gli strizza l'occhio.

Lui non si accorge di nulla, Genny ride, un po' impacciato. Poi, quasi a chiedere scusa, aggiunge: "Lo abbiamo perso". E quando la ragazza gli chiede se sono fratelli risponde in fretta: "No. Amici. Lo so che suona strano, ma è così".

"Perché dovrebbe suonare strano?"

"Be', ha dodici anni. Tu hai amici di quell'età?"

"In effetti, no. Però sembrate affiatatissimi. Comunque non potevate essere fratelli, avete un accento diverso: lui sembra milanese, mentre tu sei del Sud. Giusto?"

"Sì, sono di Napoli. Complimenti, sei una detective?"

"Oddio, no, scusami. È che non riesco proprio a non incuriosirmi, anche se poi, quando faccio certi commenti, so di sembrare invadente. Ma è solo che le persone mi interessano moltissimo."

"A me lo dici?" Genny non crede alle proprie orecchie. "Io sono ossessionato dalla gente. Ne parlo sempre col mio coinquilino, lui dice che sono pazzo e che dovrei farmi gli affari miei."

"Pazzo? Addirittura? Al massimo un ficcanaso... Comunque ti capisco, io quando sono in treno la sera e si passa accanto ai palazzi guardo le finestre illuminate e mi chiedo cosa stiano facendo le persone che ci abitano dentro, quali siano le loro storie. Mi fa pensare ogni volta al titolo di quel libro, *Le luci nelle case degli altri*... hai presente?"

Genny vorrebbe rispondere che lo fa anche lui, il che è vero, ma ha paura di risultare finto, di sembrare uno che, pur di rimorchiare, cerca forzatamente dei punti di contatto. Infatti si limita a dire:

"Mi sa che tu sei una che legge tantissimo...". E intanto con la mente corre a tutti i libri accatastati sul suo comodino. Da quando è morta Claudia ha difficoltà a leggere prima di addormentarsi: per non pensare a lei in continuazione, di giorno si sfinisce di attività fisica e crolla appena tocca il letto. Si rabbuia, ma si sforza di non mostrarlo. Non vuole che il ricordo di Claudia rovini anche questo momento. "Io vorrei avere più tempo per leggere, ma col lavoro che faccio è un casino."

"Cosa fai?"

"Il rider."

Lo sguardo della ragazza si illumina, a Genny sembra una specie di miracolo.

"Ma dai? Mi incuriosisce un sacco come lavoro! Quando li vedo in giro, mi verrebbe sempre da fermarli e tempestarli di domande."

"Be', allora sono l'uomo giusto al momento giusto: vai!" E si raddrizza sul sedile, come a predisporsi a un interrogatorio.

La ragazza sorride.

"Come hai iniziato?"

"Il mio coinquilino, che poi è anche uno dei miei migliori amici, quello di cui ti ho parlato, fa il rider. Si chiama Kalidou."

"Ti ci ha trascinato lui?"

"In realtà per niente, anzi: ha cercato di dissuadermi in tutti i modi. Ma a me affascinava l'idea di entrare nelle case delle persone. E a quanto pare tu puoi capirmi... Ho cominciato a farlo soprattutto per quello. Però, quando lo dico, la maggior parte della gente mi prende per pazzo. Compreso Kalidou."

"A lui non piace il vostro lavoro?"

"Mah, diciamo che ha un atteggiamento più... pragmatico e non fa troppo caso alle persone a cui consegna. Io lo chiamo 'il senegalese imbruttito'."

La ragazza sorride. Genny la fissa e rimangono in silenzio per un po', abbastanza perché la sua timidezza riprenda il sopravvento, facendolo arrossire e lasciandolo di nuovo senza parole.

Ci sono dettagli di lei che hanno catturato da subito la sua attenzione: non tanto particolari fisici, quanto piuttosto i piccoli gesti involontari che accompagnano le sue parole. Il modo aggraziato in cui ha estratto il chewing-gum dal pacchetto e se lo è portato alla bocca, per esempio. Quando sorride stringendo leggermente gli occhi e schiudendo le labbra in una maniera che lui trova irresistibile, lasciando intravedere quella che gli sembra la giusta porzione di denti, né troppo né troppo poco, oppure quando è sovrappensiero e si sposta i capelli da un lato all'altro della fronte, con un movimento fluido e armonioso. A Genny sembra addirittura di sentire il profumo di quei capelli, ma forse è soltanto la sua immaginazione.

Ancora una volta è lei a fare la prima mossa.

"Comunque, io mi chiamo Lucrezia."

Gli porge la mano, Genny gliela stringe e cerca di ricordare l'ultima volta che ha toccato il corpo di una donna. Forse ha abbracciato Pilar all'ultimo giropizza; il dubbio su altri tipi di contatto nemmeno se lo pone: sa bene che dopo Claudia non c'è stata nessuna.

Ripensa alla conversazione avuta con la signora Maria sul concetto di vedovanza, si chiede ancora una volta se possa applicarsi anche a un ragazzo della sua età. La sensazione che riceve dal contatto con la mano di Lucrezia è la risposta, gli dà la misura di quanto sia totale la rinuncia a cui si è votato, di quanto qualcosa si sia inaridito dentro di lui, come atrofizzato dal dolore. Ora ne ha la conferma: tutto questo è innaturale.

"Io sono Genny, piacere."

"La battuta sul tipo di *Gomorra* te la risparmio, immagino tu sia perseguitato."

"In effetti me lo dicono spesso, ci sono abituato."

"Quindi, per intero il tuo nome è Gennaro? Sai che non ne avevo mai conosciuto uno? Sei il mio primo Gennaro."

"Diciamo che non è... contemporaneo. È il nome di mio nonno. In genere lo si passa al primo figlio. Io ho due fratelli più grandi che l'hanno scampata. Ma quando sono nato, mia madre è stata assalita dai sensi di colpa."

Lucrezia sorride.

"Vabbè, dai, col diminutivo te la sei cavata. Anche se può sembrare un nome femminile, no?"

Genny finge disperazione. "Sì, lascia stare... Un amico di mio padre, ogni volta che mi vede, mi dà queste pacche pesantissime sulla schiena e mi urla: 'Ué ué, Genny la tennista'... sai quel cartone animato giapponese degli anni ottanta?"

Lei scoppia a ridere. "Insomma, oscilli tra Genny la tennista e Genny il camorrista. Fa anche rima."

"Ecco, appunto: una meraviglia. Tu invece hai un nome bellissimo." Si imbarazza subito dopo averlo detto, ma lei non sembra accorgersene.

"Sì, non mi dispiace. Anche se ha avuto una botta di popolarità proprio nel periodo in cui sono nata: solo nella mia classe, al Parini eravamo in tre."

"Questa cosa dei nomi che seguono le mode mi ha sempre fatto impazzire!" esclama Genny agitandosi sul sedile. "Perché se parliamo di... che ne so, un modello di jeans, il peggio che ti può capitare è vedere una foto di dieci anni prima e chiederti come facessi a metterti dei pantaloni così orribili. Ma un nome te lo porti dietro per tutta la vita, cazzo. Siccome tuo padre guardava *Baywatch* e sbavava per Pamela Anderson, tu poi ti ritrovi Pamela per sempre. Ti sembra giusto? Il criterio dovrebbe essere più serio, non trovi?"

"Be', Pamela non è affatto il peggio che possa capitarti: in facoltà ho conosciuto una che si chiama Brooke."

"Americana?"

"No, di Cesano Boscone. Un omaggio a *Beautiful*."

Ridono, stavolta abbastanza rumorosamente, tanto che Luca li sente nonostante le cuffie.

"Che fate? Flirtate?"

"Luca! Non stavi giocando?" protesta Genny, impacciato. "Ma poi come ti esprimi? 'Flirtare' lo dicono le vecchie signore!"

"Infatti lo dice sempre la mamma. Comunque, quanto manca? Siamo arrivati?"

È Lucrezia a rispondere. "Poco, credo. Dovremmo quasi esserci. Come va? Ti annoi?"

"No, anzi: ho appena battuto Trap King, un tipo che in genere mi asfalta! Ho fatto un record pazzesco." Luca ci pensa un po', poi aggiunge: "Tu dove stai andando? Noi a vedere la partita".

"Quale partita?"

"Come fai a non saperlo?" Luca la guarda come se non si capacitasse di tanta ignoranza. "Napoli-Barcellona," si degna poi di aggiungere.

"E invece lo sapevo! Sto andando a trovare una mia amica e il suo ragazzo ci va. Ci aveva anche chiesto se avevamo voglia di unirci, ma – a parte il fatto che i biglietti erano introvabili – noi preferiamo starcene un po' da sole. Ci siamo conosciute in Puglia la scorsa estate, e siccome questa è una settimana abbastanza tranquilla con l'università, ne ho approfittato per andare a trovarla. Resto fino a sabato. La partita è domani sera, vero?"

"Sì. Non vedo l'ora," risponde Luca con un tono di voce squillante: la signora seduta vicino a Lucrezia, che da un pezzo ha rinunciato a dormire, lo fulmina da sopra la rivista che sta leggendo.

"Che bello emozionarsi tanto per qualcosa! Ultimamente non mi capita spesso."

Genny la guarda sospirare con aria sognante e deve sforzarsi di non fare un'espressione troppo da pesce lesso.

"Be', dai: ci sarà qualcosa che ti fa lo stesso effetto del Napoli su Luca, no?"

Lucrezia ci riflette, poi risponde:

"Adoro guidare. Specialmente in autostrada, ascoltando la mia musica. Hai presente quegli enormi svincoli con mille uscite? Molti si innervosiscono perché hanno paura di sbagliare strada, a me invece danno un grande senso di libertà. Ogni bivio è un'avventura, una nuova possibilità. Alla peggio, se sbagli ci riprovi".

Genny sente montare un'ondata di ansia: senza volerlo, Lucrezia ha toccato proprio il suo punto debole e non sa come uscire da quella situazione. Pensa che, se mai dovesse accettare di uscire con lui, dovrebbe trovare il modo di parlarle del suo problema con la guida. Sta quasi per farsi scappare uno dei suoi pensieri a voce alta, ma stavolta riesce a fermarsi giusto in tempo.

Lei sembra cogliere quell'imbarazzo, e così ancora una volta prende l'iniziativa.

"Scusami, parlo troppo. Segnati il mio numero, ti va? Così, quando finisci il libro, mi dici se ti è piaciuto."

"Ce... certo che mi va."

Il lieve balbettare di Genny fa sorridere di tenerezza Lucrezia.

"Vai," aggiunge lui col telefono in mano. In un attimo lo ha memorizzato e le fa uno squillo.

In quel momento, la voce registrata annuncia l'imminente arrivo a Napoli Centrale. Genny aiuta Lucrezia a tirare giù la valigia, poi prende il suo trolley e quello di Luca, che nel frattempo è già schizzato verso l'uscita. Le porte si aprono, i tre scendono e, dopo essersi salutati, camminano a passo svelto lungo la banchina.

Da troppo tempo Genny non si sentiva così.

35.
Succo di frutta

"Uagliù, io metterei tre attaccanti dal primo minuto: Milik, Mertens e Insigne. Amma passà 'o turn, a che ci serve fare una partita di contenimento? E jamm, questa è la Champions: nun putimm fa figur 'e mmerd con tutto il mondo che ci guarda!"

Gino Fiore è il tipo di persona che tutti a Napoli definirebbero "chiattill," nel resto d'Italia "figlio di papà". Ma non è colpa sua se è nato così ricco: negli anni sessanta suo nonno aveva fondato un piccolo cantiere navale, che a poco a poco era cresciuto tanto da diventare uno dei più famosi della città. Da lì uscivano le barche più prestigiose, destinate a clienti facoltosi, personaggi in vista della Napoli bene, che le sfoggiavano durante le chicchissime estati di Capri, Positano e Sorrento. Quando si era ritirato, l'unico figlio maschio, il papà di Gino, aveva venduto l'attività a una multinazionale francese, assicurando un futuro sereno ai due figli. Dal nonno Gino ha ereditato, oltre al patrimonio, una certa eleganza e i modi rilassati e sornioni da vecchio lupo di mare: quando Luca e Genny lo hanno incontrato in stazione, hanno subito cominciato a parlare della partita.

"Eh, Gì, tieni ragione: ma se ci sbilanciamo troppo quelli ci fanno male. Hai capito chi tengono lì davanti?" commenta Genny.

A Luca non sembra vero di essere in giro per la città su una Cinquecento cabrio a parlare di Napoli-Barcellona con due ragazzi grandi. Se poi si ricorda che domani sera andrà con loro allo stadio, può addirittura arrivare a concludere che non è mai stato così felice in vita sua.

"Tu che ne pensi, milanese?"

E il fatto che Gino gli abbia chiesto un parere tecnico sulla gara è il suggello a quella giornata perfetta.

"Io sono d'accordo con te: dobbiamo attaccare! Tanto Messi domani farà schifo, sono sicuro!"

"Oooh, mo' mi sei piaciuto! Senti, ma come mai tifi Napoli? Non è una cosa comune per un lumbard come te, no? Chi ti ha portato sulla retta via? Magari tuo padre?"

Genny dà una piccola botta sul ginocchio di Gino, per fargli capire di evitare quell'argomento. E in effetti la domanda crea un attimo di gelo nell'abitacolo. Ma Luca si riprende prontamente:

"No, è per Cavani. L'ho visto giocare quando avevo cinque anni ed è diventato il mio idolo. Poi, quando è andato via, ormai ero super tifoso".

"Ma tu sei un grande! Bravo Lucariello!" esclama Gino tirandogli, senza voltarsi, uno scappellotto affettuoso. "Allora andiamo dai tuoi, giusto Gennaro?"

"Che strano mi fa, sentire il mio nome per intero. Nessuno mi chiama così, tranne mia madre quando mi deve fare un discorso serio," dice Genny guardando distratto fuori dal finestrino. "Sì, comunque andiamo da loro. Non sanno nemmeno che sono qua, voglio fargli una sorpresa."

"Ua', verament? Che meraviglia, mi piacciono questi colpi di scena!" E Gino si gira a guardare l'amico: "Sarebbe bello vedere che faccia fanno quando ti vedono".

"Sarebbe bello? Ma che, scherzi? Do per scontato che vieni su con noi, così li saluti."

"Eh, ma allora fermiamoci a prendere qualcosa. Almeno dei fiori per tua madre."

"Ma figurati. Nun te preoccupà, non c'è bisogno."

Nel giro di dieci minuti sono davanti al portone, Genny suona al citofono e, quando la madre risponde, le parla camuffando la voce.

"Buonasera signora, per caso è vostra la Punto blu parcheggiata qui all'angolo?"

"Sì... ma voi chi siete? Che è successo?" dice Anna subito agitata.

"Sono un vigile urbano, ma non vi spaventate: è solo che avete parcheggiato in un posto non consentito. Potete affacciarvi, per favore?"

Anna esita, non è convinta, ma poi acconsente.

Gino e Luca ridono e si danno di gomito, ma Genny fa loro cenno di abbassare la voce. Poco dopo, sua madre si affaccia.

I tre sono usciti dal suo campo visivo, indietreggiando fino al portone. Dopo che Anna si è voltata in tutte le direzioni, fanno finalmente due passi avanti e si fanno vedere, con Genny che, saltellando e gesticolando, urla: "Signo', il verbale è di trecento euro, se scende formalizziamo subito".

"E tu che ci fai qua?" Anna ride, felice, e continua a ridere anche mentre finge di rimproverarlo: "Mannaggia a capa toja! Si semp 'o solit disgraziat... Ma ci sta pure Gino? Ciao, bello!". Si sporge per guardare meglio: "E chill'atu bellu uagliunciell chi è? Sta con voi?".

"Apri il portone, così veniamo su e ti raccontiamo tutto."

Genny ha spiegato a Luca che lo presenterà come il figlio di un'amica che all'ultimo momento gli ha chiesto di accompagnarlo alla partita: gli ha detto che questa parziale bugia era l'unico modo per evitare mille domande e una cena da dodici portate che li avrebbe bloccati a casa tutta la sera. E infatti, quando le dicono il motivo del viaggio, Anna è delusissima per non essere stata avvertita.

"Ma scusa, vieni e non mi dici niente? So' cos'e pazz! E quindi non vi fermate a mangiare?" Non si capisce se sia più incredula o più delusa. "Certo, ad averlo saputo prima avrei preparato qualcosa di sfizioso, soprattutto per farla assaggiare a 'stu uaglione. Comunque, se restate, 'na cusarell a' volo la arrangiamo."

Quando Genny rifiuta, Anna rilancia sul pranzo del giorno dopo, ma lui dice di no anche a quello.

"Mamma mia, sei diventato proprio milanese... senza offesa, eh?"

Genny la abbraccia. "Ja', mamma, non te la prendere... è che vorrei far fare un giro a Luca, è la prima volta che viene a Napoli. Prometto che tornerò presto a trovarvi, ma questa trasferta è dedicata a lui."

"E vabbuò," sospira lei prendendosi l'abbraccio. "Il caffè, almeno, ve lo pigliate?"

Gino sa che rifiutare pure il caffè le darebbe un dispiacere troppo grande, quindi interviene nella conversazione tra madre e figlio: "Io il caffè lo berrei volentieri, grazie signora. Comunque vi trovo veramente in forma".

"Eh, ti ringrazio. Troppo buono, perché invece devo dirti che l'età comincia a farsi sentire."

"Ma papà?" domanda Genny.

"È andato un attimo al negozio di elettricità qua vicino. Oggi si è messo a costruire una lampada. Mi devi credere, è sempre peggio." Anna scuote la testa. "Nun sta ferm 'nu mument, ten 'arteteca."

Luca è divertito dall'accento della madre di Genny e da quelle parole che al suo orecchio suonano incomprensibili.

"A te che ti porto? Un bel succo di frutta?"

"Sì, grazie signora."

"Be', sedetevi, no?"

La sala è luminosa e molto in ordine. I tre si siedono "in formazione" sul divano blu di velluto, davanti al quale c'è un tavolino in bambù.

"Uà, mi ricordo quando venivo qui a studiare..." dice Gino guardandosi intorno. "Che bei tempi, eh Gennarì?"

Sì, belli. Almeno fino a quel maledetto dodici luglio. Dal momento in cui è sceso dal treno, Genny ovviamente ha iniziato a pensare a Claudia. Non che non stesse partecipando ai discorsi sul calcio di Luca e Gino: ma quel retropensiero se ne stava lì, avvinghiato alle sue sinapsi, come un rumore di fondo impossibile da eliminare. È sempre così, ogni volta che ritorna.

Sua madre ricompare col vassoio, lo appoggia sul tavolino e si siede sulla poltrona.

"E quindi dormite da Gino?"

"Sì, mamma. Così dopo la partita non vi diamo fastidio. Chissà a che ora arriveremo, sicuramente vi troveremmo a letto."

"Figurati. E che, tuo padre e i tuoi fratelli secondo te non se la guardano?"

"A proposito, ma': ma addo stann?" dice Genny ricordandosi all'improvviso di loro.

"Sono usciti. Nino è con la fidanzata e Michele in sala prove con quegli scombinati del gruppo musicale, come sempre. E tu, Luca? Hai fratelli e sorelle?"

Ma prima che Luca possa rispondere, Anna viene attraversata da un pensiero improvviso:

"Ué, ma i tuoi li avete avvertiti? Lo sanno che siete arrivati?".

"Sì, li abbiamo avvisati con un messaggio. Vero, Luca?"

Il citofono suona giusto in tempo per evitare altre domande imbarazzanti.

"Ecco qua, dev'essere tuo padre." Anna va a rispondere. "Ué, sali veloce che c'è una sorpresa!" strilla al marito.

Quando vede i ragazzi, Domenico non capisce.

"E voi che ci fate qua? Gino, da quanti anni!" Lo abbraccia prima ancora di abbracciare Genny e solo dopo si accorge della presenza di Luca. "E questo bel ragazzo con la faccia sveglia chi è?"

Gli raccontano tutto, Domenico ascolta con interesse e poi li porta subito nello studio, dove mostra loro la famosa lampada. Luca è raggiante, tutte quelle novità sono una meraviglia per lui e la sua "fame delle cose".

Rimangono lì un'oretta, poi Genny dice ai suoi che devono andare. Si salutano con grande calore, e con la promessa di scriversi durante la partita dell'indomani sera.

"Mandami qualche video fatto col cellulare, lo metto su Feisbùk," si raccomanda Domenico.

Su uno scaffale della libreria bianca del corridoio, Luca nota diverse foto incorniciate. Si sofferma in particolare su quella che ritrae Genny insieme a una ragazza. Sorridono, sono al mare.

"Chi è? La tua ragazza?" domanda, curiosissimo.

"Era," risponde Genny, chiedendosi perché sua madre si ostini a tenere lì quella foto.

"Vi siete lasciati?"

"Sì. Purtroppo sì."

"E dov'è adesso?"

"Non lo so."

36.
Il bicchiere della staffa

Usciti da casa di Genny, hanno fatto un giretto in macchina, un itinerario turistico condensato in un'ora. La Cinquecento di Gino si è trasformata in uno di quei bus a due piani carichi di turisti che vogliono farsi un'idea della città prima di cominciare a esplorarla, o che semplicemente non hanno il tempo di visitarla tutta.

"Ma questo è molto più esclusivo, Lucarié: sei l'unico passeggero!" gli ha detto Gino, col suo irresistibile accento da gagà.

L'improbabile trio ha attraversato tutta Napoli fra il tramonto e le prime luci della sera, con la musica a palla e Luca che a un certo punto non ha più resistito e si è messo in piedi sul sedile posteriore della cabrio, il vento che gli scompigliava la cresta e *Curre curre guagliò* dei 99 Posse a tutto volume.

Via Caracciolo, piazza del Plebiscito, Santa Lucia, l'immancabile sosta da Michele per una pizza doc e poi su, fino alla collina di Posillipo.

Arrivati a casa, Luca si è guardato intorno ammirato.

"Quanto è grande questo posto, Gino! Devi essere più ricco di Cristiano Ronaldo."

"Ué, mo' non esagerare. E poi devo ringraziare mio nonno se posso vivere in una casa così. Se fosse per me, figurati..."

Genny è rimasto costantemente in contatto con Giulia, alla quale ha anche mandato qualche foto del loro primo giorno napoletano. Lei si è raccomandata ancora una volta di non perdere di vista Luca nemmeno un minuto, perché "quello lì, quando meno te lo aspetti, fa qualche cazzata". Inoltre, ha accennato di nuovo a idee balzane che Luca potrebbe farsi venire in mente: Genny è molto in imbarazzo su questo punto, soprattutto perché il dire e non dire di Giulia non gli permette di capire con precisione a che cosa si riferisca. Più di una volta è stato sul punto di chiedere chiarimenti, ma ha sempre desistito per la sua solita paura di risultare invadente, di entrare a gamba tesa in dinamiche familiari che, nonostante tutto, considera ancora troppo private.

Dopo aver chiacchierato un po' sul divano, ovviamente di formazioni e pronostici, verso le dieci Luca è crollato, esausto per la giornata piena di emozioni. Gino lo ha accompagnato nella sua camera, poi raggiunge Genny in terrazza per il bicchiere della staffa.

"Quanto sarà che non ci vediamo? Un anno?" gli chiede accendendosi una sigaretta.

"Eh sì, forse poco meno."

"Comme staje, Gennarì?"

"Bene, amico mio. Non mi lamento."

Gino lo guarda socchiudendo gli occhi. "Sì, ma a me non mi devi dare risposte di circostanza..."

"Vabbuò, tanto tu mi capisci pure se non parlo. Diciamo che questa cosa del lavoro mi sta aiutando a non pensare."

"Quindi fai il rider a tempo pieno?"

"Sì, da qualche mese."

"Lì funziona bene, vero?"

"Sì, Milano è la città italiana dove si fanno più ordini."

"Comunque, anche qui sta crescendo. Senti, ho un'idea! Perché non mettiamo su un'agenzia? Tu, con la tua esperienza, potresti coordinare il lavoro. Che ne pensi? Un po' di soldini da investire li ho. Ja', così te ne torni a Napoli, invece di rimanere in mezzo a tutti quei polentoni!"

Genny sospira. "Lo sai qual è il problema di tornare a Napoli, Gì..."

"Vabbuò, ma so' passati quattro anni, dai. Non voglio minimizzare, non mi fraintendere. Però dovresti cominciare a reagire, a tentare di andare avanti. A piccerelle come andiamo?"

Genny sorride.

"Zero, fratello. Sono bloccato. Però, oggi in treno ho conosciuto una ragazza."

"Ué, ué! Lo vedi che il ritorno all'ovile ti ha portato bene? Raccontami tutto."

"Veramente è di Milano."

"E stava venendo a Napoli?"

"Sì, a trovare un'amica."

"Perfetto: usciamo in quattro! Una sera andiamo a cena. No?"

"Me fai murì. A parte che... quando? Domani sera c'è la partita, e giovedì a mezzogiorno ripartiamo."

"Ua', già te ne vaje? E che cazzo..."

"Devo riprendere il lavoro. E riportare Luca da Giulia."

Gino intanto gli versa un altro po' di limoncello.

"Né, ma... non è che stai pariann con la mamma di Lucariello?"

"Uanema, ma tu pienz semp 'a stessa cosa? Ma va'..."

"Com'è? 'Na bella milfona?"

"Ti giuro, sembri un maniaco." Genny non può fare a meno di ridere. "Comunque sì, è una bella donna."

"Fammi vedere subito una foto."

Genny cerca svogliatamente un'immagine sul telefono e, quando ne trova una con loro tre, lo porge a Gino.

"Azz, una bella donna? Chest è 'nu femminon esaggerat! Vengo a trovarti presto, uagliò."

"Eh, eh... bisogna vedere che cosa ne pensa suo figlio."

"È forte quel ragazzino. Veramente sveglio. A proposito: ma il padre dove sta? Perché non se ne può parlare? È morto?"

"Non credo."

"Non credi? Ma scusa, siete amici e non ne avete mai parlato?"

"Lo so che sembra strano, ma che t'aggia dicere? Lui non lo nomina mai, sua madre un paio di volte secondo me era lì lì per aprirsi, ma poi non è successo. E non posso fare troppe domande..."

"Insomma, un mistero."

"Precisamente."

"E dimmi di questa ragazza del treno."

"Si chiama Lucrezia."

"Classico nome da femminone lombardo-veneto 'esagge- rato'!"

"E jamm, Gino! Invece per niente, anzi: è una ragazza dolcissima."

"E perché, quelle dolcissime non chiavano?"

"Mamma mia, sei 'na bestia. Non è che abbiamo parlato tanto, purtroppo. Abbiamo iniziato quando stavamo già per arrivare a Napoli."

"E scusa, non potevi attaccare bottone prima? Uà, te lo giuro, io già alla prima fermata dopo Milano... qual è?"

"Rogoredo."

"Ecco, io già a Rogoredo l'avev fatt 'na capa tant!"

"Pensa che è stata lei a parlarmi per prima..."

"Sei un disastro."

"Comunque mi piace, sai? Ha questi capelli bellissimi, e dei denti che mi fanno impazzire."

"Oh, tu sei sempre stato quello dei dettagli: le mani, i denti, la luce negli occhi... Pure con Claudia all'inizio mi fa- cevi una capa così sul suo sguardo."

A sentire quel nome Genny si irrigidisce, e Gino se ne accorge.

"Scusami."

"Ma figurati, mica è vietato. Anzi, guarda: deve smettere di essere un tabù. Forse non parlarne mai con nessuno peggiora la situazione. Mi tengo tutto dentro, e questa cosa cresce sempre di più. Invece dovrei cominciare a buttarla fuori, forse è l'unico modo per superarla. Ma che ti devo dire, per il momento non ci riesco..."

"Per me l'unico modo è mettere il naso in quei capelli."

"Quali capelli?"

"Quelli di Lucrezia! Parlami ancora di lei: vi siete scambiati almeno il numero?"

"Sì..."

"E scriviamole subito un messaggio, no?"

"Ma te vuò calmà? Oh, ti giuro, mi sembri un cocainomane! Ma poi in che senso 'scriviamole'? Che c'azzecchi tu?"

"Uagliò, ogni lasciata è persa, o vuò capì? Per me dovresti iniziare quanto prima una frequentazione di tipo digitale."

"Tu dici? Ma se le scrivo subito sembra che nun vec 'na femmen da anni..."

"Gennarì, chell è 'a verità."

"Hai ragione. Domani magari le mando un whatsapp... Adesso scusami ma me ne vado a letto, che domani Luca, con tutta l'adrenalina che ha in corpo, apre gli occhi all'alba."

37.
La sfogliatella

L'indomani mattina tutto va come nelle previsioni di Genny. Alle nove lui e Luca sono già vestiti, pronti per uscire. Quando si chiudono la porta alle spalle Gino è appena entrato in fase rem. Genny lo ha sentito quando ha spento la tv ed è andato a dormire, erano le tre. Gli lascia un biglietto firmato da tutti e due, si troveranno nel tardo pomeriggio per andare allo stadio.

In giro, l'attesa per la partita dell'anno è febbrile: lungo corso Umberto, che tutti in città chiamano 'o Rettifilo, su ogni bancarella vendono bandiere, trombette e una varietà di altri gadget che solo a Napoli puoi trovare.

"Guarda, Genny!"

Luca gli indica una sciarpa con un'immagine di Maradona gigante e un piccolo Messi vestito da scolaretta, con le treccine e il grembiulino. La scritta recita: *Il gigante e la bambina*.

Genny ride di gusto.

"Ora ti porto a mangiare la sfogliatella più buona del mondo."

Entrano da Scaturchio e ne ordinano due. Genny prende anche un caffè.

"Che vuoi tu? Un succo di frutta?"

"No, dai: voglio assaggiare il caffè napoletano."

"Tua madre te lo fa bere?"

"Non sempre, e mai di sera. Però ogni tanto sì."

Genny forma un due con le dita rivolto al cameriere, poi riprende a chiacchierare con Luca: "Sai qual è il dettaglio che ti fa capire quando un caffè è veramente buono? Guarda". Mette un cucchiaino di zucchero nella tazzina. "Vedi come scende?"

Luca è attentissimo. La fame delle cose.

"Piano piano."

"Bravissimo. Deve metterci almeno tre secondi per sparire del tutto. Significa che la densità è quella giusta."

"Il caffè di mia madre non è così. Lei si fa i tazzoni, come quelli che si vedono nei film americani."

Il barista lo guarda inorridito.

"Mamma mia, quando li vedo nei film, che camminano tra i grattacieli con quei bicchieroni da mezzo litro, me faccio 'e croci c'a mana smerz," e strabuzza gli occhi.

"Che vuol dire?" sussurra Luca a Genny.

"Vuol dire che si fa il segno della croce con la mano sinistra," gli spiega. "Nel senso che non ci può credere."

Vengono interrotti dallo squillo del cellulare di Genny.

"Buongiorno, Giulia. Come va?"

"Io bene. E voi? Come si comporta la peste? L'ho chiamato quattro volte, ma ovviamente non mi ha risposto."

"Benissimo, sai? È proprio bravo. Siamo già in giro."

"Dove siete di bello?"

"A fare colazione. Stiamo mangiando la sfogliatella da Scaturchio, un bar del centro storico."

"Che meraviglia. Me ne portate un vassoietto?"

"Ci avevo pensato. Fai come se le stessi già mangiando."

"Grazie, Genny. Allora? Che programmi avete per oggi?"

"Mah, pensavo di gironzolare un po' per le vie del centro, poi mangiamo qualcosa e torniamo verso casa di Gino. Ci avviamo allo stadio sul presto, verso le sei."

215

"Ah, ho appena chiamato a casa sua. Mi sa che stava ancora dormendo... Però è stato molto gentile, ha detto che è curiosissimo di conoscermi, e che presto verrà a Milano e dobbiamo organizzare una cena."

"Che pagliaccio." Come al solito, Genny voleva solo pensarlo, ma lo dice ad alta voce. Per fortuna, il rumore del bar copre le sue parole.

"Ti sento male... Allora vi lascio alla vostra bellissima giornata napoletana. Non ti dico di passarmi mio figlio perché, conoscendolo, non prenderebbe il telefono nemmeno se lo minacciassi con una pistola. È nella fase della vergogna."

Genny ride, pensa che Giulia non abbia tutti i torti. "Te lo saluto io, ok?" Luca intanto fa il gesto delle forbici.

"Va bene, grazie. Digli però che se lo chiamo deve rispondermi. Ah, Genny... Grazie di tutto."

"Figurati, Giulia. È un piacere."

Quando Luca inizia a lamentarsi, Genny gli dice di non essere antipatico. "È la tua mamma. E se vuoi saperlo, sei anche molto fortunato ad avere una madre così."

"Ma sì, lo so che è brava. Solo che parla tanto."

Subito dopo, Luca indica un cartello con scritto BAGNO IN CORTILE. CHIEDERE LE CHIAVI AL BARISTA.

"Genny, devo fare pipì. Mi aspetti qua?"

"Vai tranquillo, intanto pago. Poi ti porto a San Gregorio Armeno, a vedere la statua di Sarri e quella di Maradona."

"Grande!"

Il barista consegna le chiavi a Luca, che apre la porticina, se la richiude alle spalle e si ritrova in un vecchio cortile sul retro del bar-pasticceria. La porta con scritto WC è subito sulla destra, ma la sua attenzione è attratta dal portone in fondo al cortile, alla cui sinistra spicca un pulsantino verde. È questione di un attimo, corre a schiacciarlo ed eccolo su una piazza affollata e rumorosa. Un fremito di spavento gli irrigidisce i muscoli. Lo sa che non sta facendo la cosa giusta. Genny andrà in panico. Sua madre si incazzerà. Ma questi pensieri e la paura che prova sono niente in confronto alla potenza della frase che sente rimbombare nelle orecchie: *Ora o mai più.*

Stringe gli occhi per cercarlo. Non è sicuro che ci sia, ma lo spera. Si guarda intorno, niente da fare: nessun posteggio di taxi in vista. Quando sta per mettere l'indirizzo sul navigatore e incamminarsi, ne vede arrivare uno dall'altra parte della strada. Attraversa correndo, una macchina inchioda, il conducente gli suona. Quando arriva dall'altra parte, è pallidissimo.

"Scusi!... Scusi! È libero?"

"Certamente, signorino. Prego. Tutt'a posto, guagliò? Sei un po' giovane come passeggero..."

Il tassista, oltre a trovare insolito che un ragazzino salga su un taxi da solo, ha notato anche la sua espressione tutt'altro che tranquilla.

"Sì, sì. Tutto ok."

"Non sei di qua, vero?"

"No, sono di Milano. Sono venuto per la partita."

Lo sguardo del tassista si illumina.

"Azz! Sei tifoso del Napoli?"

"Sì, certo," risponde Luca, animato da un'improvvisa energia.

"Bravo! E dove ti porto?"

"Via Martucci 12."

"È l'indirizzo del tuo albergo? O sei a casa di qualche parente?"

Luca fa una pausa, accompagnata da un lungo respiro. Poi risponde: "No. Sto andando da mio padre".

38.
I pagnottielli

In attesa che Luca torni dal bagno, Genny decide di chiamare Kalidou.

"Ehi! E allora? Come va a Napoli?"

Gli aveva detto che sarebbe andato a trovare i suoi, omettendo la parte che riguardava Luca e la partita, ma adesso non gli sembra giusto tenere nascoste all'amico tutte quelle novità.

"Bene," esordisce. "Qui è una giornata bellissima. Tu che fai?"

"Lo schiavo, come al solito."

"Eh, eh... io sto mangiando la sfogliatella col mio amico."

Ecco, finalmente è riuscito a entrare in argomento a modo suo, buttando lì la frase, ma Kalidou, che lo conosce bene, non se la fa sfuggire.

"Un tuo amico di Napoli?"

"No, di Milano. Si chiama Luca. L'ho conosciuto da qualche mese. Non te ne ho mai parlato, scusami..."

Kalidou fa un'altra pausa. La chiusura totale di Genny sulla sua vita sentimentale, unita all'informazione che ha appena ricevuto, di colpo glielo fa vedere in una nuova prospettiva.

"Fratello, non capisco. C'è qualcosa che non so? Guarda che tu puoi dirmi tutto..."

Genny intuisce cosa sta passando per la testa dell'amico e scoppia a ridere. "Kalidou, ma che stai dicendo?"

"Che ne so? Sei a Napoli, con un amico. Lo hai conosciuto da qualche mese..."

"Luca ha dodici anni."

Kalidou è sempre più allibito.

"È un ragazzino a cui una sera ho consegnato la cena. Mi ha fatto entrare a vedere la partita da lui e siamo diventati amici. Anche con sua madre. Siamo venuti a vedere Napoli-Barcellona."

Kalidou avrebbe quasi voglia di offendersi, poi però non ce la fa. "Ma possibile che non mi hai mai detto niente di questa storia?"

"Hai ragione. Ma mi conosci, lo sai che sono un tipo riservato. Poi era difficile da spiegare. Un'amicizia con uno che fa la seconda media... E infatti, guarda un po', te l'ho appena detto e sei senza parole."

"In effetti è strano. Se ti va, mi racconti meglio quando ci vediamo." Kalidou non vuole fargli pressione e trattiene la curiosità. "Quando torni, fratello?"

"Ho il treno domani a mezzogiorno."

"Ti sei messo off per tre giorni?"

"Sì, l'ultima consegna l'ho fatta lunedì sera. Come va il lavoro?"

Senza bisogno di dirselo, hanno capito che adesso è meglio spostarsi su argomenti meno delicati.

"Bene. A parte che ieri mi hanno fatto un richiamo per una poke. È uscita dal contenitore."

"Hai visto? E tu che mi prendevi in giro sulla tabella delle velocità!"

"Ma va', è stato il tipo che ha chiuso male il coperchio. Non era colpa mia. Ma secondo te a chi hanno rotto il casso?"

Genny intanto controlla l'orologio e si accorge che sono al telefono da circa dieci minuti. C'è qualcosa che non quadra: Luca dovrebbe essere già tornato.

"Fratello, devo andare. Ti richiamo più tardi."

Chiude, mette via il telefono e si rivolge al barista. "Sentite, il mio amico è in bagno da un po'. Non è che magari la porta è difettosa e si può rimanere chiusi dentro?"

"Onestamente non è mai successo. Volete andare a controllare? Nessun problema."

"Sì, forse è meglio, grazie."

Esce in cortile, in un attimo è davanti alla porta del bagno e bussa forte.

"Luca? Tutto ok?"

Nessuna risposta.

"Luca, mi senti? Luca?... Luca?!"

Genny cerca di restare calmo e ragionare. Luca non è così matto da fare scherzi stupidi, quindi o è lì dentro e si è sentito male, oppure in quel bagno non ci è mai entrato. Non sa quale delle due sia l'eventualità meno grave. Prova a chiamarlo, il telefono è staccato. Torna correndo all'interno del locale e parla col barista, stavolta in tono decisamente allarmato.

"Ce l'avete una chiave di riserva?"

"Sì, certo: ma a che vi serve? Che è successo?"

"Il mio amico è chiuso in bagno e non risponde."

Genny si sente come se avesse un infarto in corso. Ma chi gliel'ha fatto fare di prendersi quella responsabilità, perché non ha semplicemente detto che avrebbe accompagnato volentieri Luca a Napoli ma in quel momento non poteva proprio chiedere tre giorni liberi?

"Azz. Sentite, non per essere indiscreto ma... il vostro amico è... regolare?"

"Che significa?" urla.

"Sapete, se ne sentono tante. Magari ha qualche abitudine particolare..."

"Ha dodici anni."

"Scusate, e voi, alla vostra età, avete un amico di dodici anni?"

Genny capisce che non è il caso di perdere altro tempo a spiegare. "Per favore, mi date quella chiave?"

"Esco con voi e vengo a controllare. Andiamo."

Arrivati davanti alla porta, Genny bussa con decisione ancora una volta e chiama Luca, urlando più forte di prima. Silenzio.

"Che dite, apriamo?"

"Certo, immediatamente."

Quando il barista spalanca la porta, a Genny crolla il mondo addosso: nel bagno non c'è nessuno.

"Sentite, secondo me il vostro amico cca dint nun c'è mai trasut. Avete provato a chiamarlo?"

"Sì, ha il telefono spento."

Quando esce sulla piazza, quindici minuti esatti dopo Luca, Genny non sa che fare. L'ansia lo paralizza, non gli permette di ragionare. Si impone di fare due o tre respiri lunghi, in genere lo aiuta in momenti come questo. Forse dovrebbe telefonare a Giulia, ma è rischioso: come si fa a dire a una madre che suo figlio è appena sparito a ottocento chilometri di distanza? Meglio chiamare suo padre? I suoi fratelli? Gino? O dovrebbe già chiamare la polizia?

Prende il telefono, come se sperasse di trovare la risposta scritta sul display. Vede le ultime chiamate, quella a Luca e quella a Kalidou, e in modo del tutto istintivo richiama l'amico. Non è proprio la cosa più logica da fare, chiedere aiuto a qualcuno dall'altra parte della nazione. Ma intanto Kalidou ha già risposto.

"Ehi. Ti è partita la chiamata per sbaglio?"

"Kalidou, non so che cazzo fare."

"Che succede, fratello?"

"È sparito."

"Chi?"

"Il mio amico. Ha detto che andava in bagno e non l'ho più visto."

"Oh, porca puttana. Stai tranquillo, ragioniamo. Ti ha parlato di qualcosa, di qualcuno?"

"No, è la prima volta che viene a Napoli."

"Casso. Non puoi chiedere in giro?"

"A chi? Sono in una piazza piena di gente. Chi fa caso a un ragazzino come lui? Non ha tre anni, ci sta che alla sua età vada in giro da solo, non è così strano... secondo te devo chiamare la polizia? O provare prima a cercarlo qui intorno?"

"Mmm... Intanto che lo cerchi posso provare a fare una cosa."

"Quale?"

"Ti avevo parlato dei miei amici rider napoletani?"

"Quelli che hai conosciuto sul gruppo Facebook?"

"Sì, loro."

"Be'?"

"Potrei chiamarli e farli venire lì, sperando che siano da quelle parti. Magari ti aiutano a cercarlo. Se si è allontanato a piedi possono fare un giro lì intorno per vedere se lo trovano. Non saranno l'esercito, ma almeno ti danno una mano. O anche solo un consiglio. Che dici?"

"Mah, non saprei... possiamo provare."

"Ok, li chiamo."

Genny intanto si incammina a passo svelto, scegliendo una direzione a caso. Si guarda in giro, dopotutto non è passata un'ora, Luca non può essere arrivato lontano. Prova a richiamarlo, niente: il telefono è ancora staccato. Intanto pensa a cosa mai possa essere successo. Non è pessimista di natura, ma in una situazione del genere è inevitabile partire dalle eventualità più tragiche: la prima, ovviamente, è che qualcuno possa averlo rapito. Ma chi? Oppure è stato investito. O ancora, e questa paradossalmente risulterebbe essere l'opzione meno grave, è scappato. Ma dove? E soprattutto, perché?

Il telefono squilla, è di nuovo Kalidou.

"Ehi, eccomi. Siamo in tre. C'è in linea anche il mio amico Massimo."

"Ciao Genny, piacere. Dove sei?"

"In via Mezzocannone."

"Più verso il Rettifilo o vicino a San Domenico?"

"A metà strada. Sono fermo davanti a... Cimmino, quello dei pagnottielli. Civico 61."

"Perfetto: siamo vicinissimi! Aspettaci lì, arriviamo."

Massimo chiude la comunicazione, Kalidou rimane in linea. Genny è agitatissimo, sente la fronte imperlata di sudore.

"Genny, ci sei?"

"Sì, sono qua."

"Novità?"

"Niente. Sto camminando, mi guardo in giro. Ma non lo vedo. Che cazzo di casino."

"Cerca di calmarti. Facciamo questo tentativo con Massimo e i suoi amici. Tutti colleghi. Ci sentiamo spesso, sono molto svegli. Una volta lui è anche venuto a Milano, ricordi? L'ho invitato al giropissa."

"Boh... Sì, forse. Cazzo, Kalidou! Come faccio se non lo trovo? Cosa dico a sua madre? E se gli è successo qualcosa?"

"Dai, bisogna essere ottimisti. Non può essere andato lontano. Fammi sapere quando arrivano Massimo e gli altri."

"Mi sto guardando intorno, ancora niente."

Non fa in tempo a dirlo che li vede. Sono in tre, procedono veloci lungo la strada in discesa. Sarà la tensione del momento, ma pur essendo piuttosto scettico sulla possibilità che tre ragazzi in bici possano ritrovare una persona scomparsa in una città così grande e affollata, Genny si sente un po' sollevato nel vedere quei tre che gli vengono in soccorso. Gli appaiono come una squadra speciale di salvataggio, un team di supereroi. Certo, più *Stranger Things* che *Suicide Squad*. Ma è già qualcosa. Forse, sperare che possano davvero essere d'aiuto è il suo modo inconscio per minimizzare il problema, per allontanare l'idea di altre soluzioni che, invece, ne certificherebbero la gravità. Tipo chiamare la polizia o controllare se negli ospedali cittadini abbiano ricoverato un ragazzino senza documenti con la maglietta di Cavani e un paio di jeans. Due cose che, verosimilmente, dovrà fare entro mezz'ora, se nel frattempo non lo avranno trovato.

I tre inchiodano davanti a lui.

"Genny?" chiede il più alto.

"Sì, sono io."

"Sono Massimo. Lei è Monica, e lui Antonio."

"Ciao, ragazzi. Grazie per essere venuti."

Massimo ha un sorriso che mette pace, perfino a Genny in quella situazione.

"Tranquillo, adesso proviamo a cercarlo. Descrivici il tuo amico, come si chiama?"

"Si chiama Luca. Alto più o meno così," e fa un cenno all'altezza del suo petto, "magro, capelli scuri con la crestina. C'è un dettaglio che dovrebbe aiutarvi: ha addosso la maglia del Napoli, quella di Cavani, numero sette."

"Uà, grande! Siete venuti per la partita?" A parlare è Monica, che ha visto la faccia da fantasma di Genny e cerca di sdrammatizzare.

"Sì, ma a questo punto onestamente è l'ultima cosa a cui penso. E poi, in effetti, di maglie del Napoli in giro ce ne sono parecchie."

"Infatti, guagliù: non perdiamo tempo," interviene Massimo. "Antò, tu risali verso piazza San Domenico, Monica fa il Rettifilo in direzione piazza Garibaldi e io vado dall'altra parte. Genny, tu buttati alle spalle di corso Umberto, magari lo trovi nei vicoletti lì dietro. Ok? Ho mandato anche a voi due il numero di Genny. Se Luca si è mosso a piedi, vedrai che lo troviamo. Forza, andiamo."

"Grazie mille, ragazzi."

Si dividono. Come nei film.

Genny rimane fermo cinque secondi, li guarda pedalare via velocissimi in mezzo al traffico del mattino napoletano. Ripensa alle parole di Giulia, alle sue raccomandazioni.

Sono passate da poco le dieci, è il giorno di Napoli-Barcellona e tutto, per il momento, sta andando malissimo.

39.
Granita al limone

"Dalla maglietta, direi che sei un grande fan del Matador."

"Sì."

"Piaceva assaje pure a me. Però alla fine so' tutti mercenari. Pensano solo ai soldi."

"No, Cavani no."

"Eh, amico caro, se fosse così sarebbe rimasto a Napoli. Invece, guarda caso, se n'è ghiut a Parigi."

Luca vede il profilo del tassista, la sua guancia tonda, i Ray-Ban dorati, il baffo e i capelli radi e grigi. Sembra che non si alzi da quel sedile da almeno dieci anni, quasi fosse una creatura mitologica, metà uomo e metà taxi.

"Scusami se sono indiscreto, ma potresti essere mio nipote, e tieni pure 'na faccia simpatica... Quindi, tu non vivi a Napoli?"

"No, sto a Milano. I miei sono divorziati."

"Mi dispiace, guagliò. Queste cose non sono mai facili."

"Però ho una mamma bravissima. Si chiama Giulia."

Luca percepisce le parole che ha appena pronunciato come se le avesse dette qualcun altro. Il senso di colpa gli ha strappato quel complimento che, in condizioni normali, non gli sarebbe uscito di bocca nemmeno sotto tortura.

"Non lo metto in dubbio. E da quando non lo vedi a papà?"

La tentazione di raccontare tutto al tassista e alleggerirsi dell'angoscia che gli ingarbuglia lo stomaco da quando è fuggito da Scaturchio è forte, deve sforzarsi per fermare le parole sulle labbra.

È spaventato: non avrebbe voluto incontrarlo così, suo padre. Avrebbe preferito vederlo insieme alla mamma per capire, anche solo per un'ora, come ci si sente a fare parte di ciò che non ha mai conosciuto e che ha visto solo nei film o sentito nei racconti di qualche compagno di classe: la famiglia. Invece sta scappando, ha spento il telefono, è seduto in una Fiat Croma marrone e sta andando sotto casa dell'uomo che ha scelto di tenerlo fuori dalla sua, di famiglia. L'uomo che a parole ha sempre detto di volerlo incontrare, prima o poi. Ma "prima o poi" è quello che Luca risponde a Mattia quando gli chiede di fare i compiti insieme e lui non ne ha voglia. Non è certo la risposta da dare quando si parla di conoscere tuo figlio. Cristiano ha rimandato, ha trovato scuse, ha raccontato a Giulia un sacco di bugie, solo per sentirsi meno in colpa. E così Luca ha deciso di fare di testa sua, senza dire nulla alla mamma, né al nonno Alberto. Nemmeno a Genny, la persona di cui si fida di più al mondo. Perché lui "prima o poi" non glielo dice mai: se gli promette una cosa, la fa. Come accompagnarlo a vedere la partita.

Non aveva premeditato tutto. L'idea gli è venuta quando la mamma gli ha fatto vedere la mail con i biglietti: è stato a quel punto che gli si è accesa la lampadina. Allora ha cercato l'indirizzo. Non sapeva bene come fare, e così ha digitato su Google COME SI TROVA L'INDIRIZZO DI UNA PERSONA. È stato facile, sul sito delle Pagine Bianche è venuto fuori subito. E adesso che sta per incontrarlo, non sa bene come sentirsi.

Cosa gli dirà quando se lo troverà davanti? "Ciao, sono Luca, tuo figlio"? O qualcosa di più misterioso, tipo: "Indovina chi sono"? Di certo, gli chiederà come ha fatto a fregarsene di lui per tutti quegli anni. Le faccende dei grandi non le conosce ancora bene, ma non riesce proprio a capire come sia possibile tenere fuori un figlio dalla propria vita. Genny non lo farebbe mai. Nemmeno Cavani. E nemmeno il professor Martinelli, anche se fa quella cosa schifosa di grattarsi la testa.

Poi, se per caso lui dovesse chiedergli scusa – ma non per finta, "scusa" detto come si deve, che tanto lui lo capisce quando uno dice la verità –, allora a quel punto potrebbero anche parlare d'altro. Perché alla fine, anche se è incazzato, una parte di lui avrebbe voglia di fare una passeggiata insieme, di raccontargli un po' di cose sulla sua vita, sulla scuola, sul calcio. Di chiedergli per quale squadra tifa, per esempio. Perché anche se uno è di Napoli non è detto che debba per forza tifare per il Napoli. Genny gli ha raccontato che è pieno di napoletani che tengono alla Juve e lui stesso tifa Napoli, pur essendo di Milano.

Genny. Chissà cosa starà pensando adesso. Sarà spaventato almeno quanto lui, e gli dispiace molto. Ma non poteva proprio dirgli di questa cosa che doveva fare. Non voleva metterlo nei guai. Comunque tra un'ora, al massimo due, riaccenderà il telefono e si rivedranno, e allora gli racconterà tutto dall'inizio, se lui avrà voglia di ascoltarlo. Ma certo che ce l'avrà, Genny lo ascolta sempre. Fin dalla prima sera.

"Mi hai sentito? Da quando non lo vedi?" Il tassista lo ridesta dai suoi pensieri. "Ué, se non hai voglia di parlare dimmelo. A me piace molto chiacchierare con i clienti, sennò sai che noia? Ma se te ne vuoi stare per i fatti tuoi, lo capisco. Voi ragazzi, poi, vi rompete le scatole a parlare con i vecchi."

"No, no, si figuri. Non lo vedo da... sei mesi."

"Azz, nientedimeno? È peccato che un padre e un figlio non si vedano per tutto questo tempo. Dovrebbe venire a trovarti più spesso. Mo' che lo vedi, diglielo che il tassista non ci poteva credere che non vi vedevate da così tanto. È capace che ci riflette e cambia idea. Siamo arrivati, il portone dovrebbe essere quello. Ti ritrovi?"

Luca ovviamente non ne ha idea.

"Sì, sì, grazie. Quanto le devo?" chiede estraendo cinquanta euro dalla tasca dei jeans.

Giulia gliene ha dati centocinquanta, raccomandandogli di pagare pranzi e cene anche a Genny, a patto di non andare in posti troppo costosi.

"Ma che mi vuoi dare, bello? Vattenn, va'. Ci manca pure che faccio pagare la corsa a 'nu guaglione della tua età, che oltretutto non vede il padre da sei mesi." Uno sguardo bonario fa capolino dietro i Ray-Ban. "Spero di rivederti. Ma mi raccomando, diglielo a papà che deve venire più spesso."

Luca non sa cosa rispondere. Scende dalla macchina e si avvicina al finestrino.

"Grazie, signore." Nei suoi occhi si leggono gratitudine e una muta richiesta di incoraggiamento.

"Figurati, piccirì. In bocca al lupo."

Luca si gira e si incammina verso il portone, ma un colpo di clacson lo fa voltare: il tassista ha fatto inversione, prima di ripartire sporge la testa fuori dalla macchina e gli urla: "Forza Napoli!".

Luca gli risponde col gesto del pugno alzato. Sente le gambe tremare e la bocca secca, mentre si avvicina al citofono. Scorre i nomi dall'alto in basso:

Scognamiglio
Martoriello
De Rosa
Velasquez
Martone
Sicignano
De Luca
Hu

Guglielmini
Cannavacciuolo
Bellomunno
Ianniello
Natale
Vicedomini
Esposito
Selvarajah
Tipografia Maffucci

Nizzardelli non c'è.

Magari non ha guardato bene, come quando fa i problemi di matematica con la mamma e lei gli dice di stare più attento.

Li rilegge, stavolta partendo dal basso. Niente.

Ci sono tre tasti con sopra scritti dei numeri, magari è uno di quelli. È tentato di provare, ma alla fine decide di schiacciare l'ultimo pulsante in basso, quello con scritto *Portineria*.

"Sì?"

"Buongiorno. Cerco il signor Cristiano Nizzardelli."

"Chi è lei?"

"Sono... suo nipote."

"Mi dispiace, ma l'architetto non abita più qui da un po'. Saranno tre o quattro mesi."

"È sicuro?"

"Bello mio, direi proprio di sì. Faccio il portinaio qui dal 1992."

"E... non sa dove abita adesso?"

"Scusa, uagliò: se sei il nipote dell'architetto, come fai a non sapere dove abita?"

Luca si rende conto che sta incasinando tutto. Rimane in silenzio, il cuore che batte a mille.

Ma qualcosa nella sua voce deve aver commosso il portinaio. "Stammi a sentire, credo che sia andato al Vomero, ma non so esattamente dove. E comunque queste sono informazioni che non sono autorizzato a dare. Però l'architetto ogni tanto viene a controllare se c'è posta da ritirare: gli devo dire qualcosa da parte tua? Mi vuoi lasciare il tuo nome? Un numero?"

"No, grazie. Non gli dica nulla."

"E vabbuò. Arrivederci."

Luca rimane lì impalato. Rilegge i nomi sul citofono ancora una volta, vorrebbe schiacciare i pulsanti e raccontare tutto a tutti, magari qualcuno ha il numero di suo padre, o sa dove si è trasferito. Invece quello che fa è girare sui tacchi, attraversare la strada e asciugarsi due lacrime, solo due.

C'è un chiosco di granite proprio di fronte: ne ordina una, si siede su una panchina lì accanto, prende il telefono, lo riaccende e chiama Genny.

40.

'O cuoppo

Come se non bastasse Giulia gli ha mandato un messaggio: *Tutto ok, Genny? Lo sopporti ancora o ti ha già tirato scemo?* La frase è seguita dall'emoticon che sembra l'urlo di Munch.

Genny è tentato di chiamarla e raccontarle tutto, ma decide di aspettare altri dieci minuti, dopodiché prenderà coraggio, la sentirà e concorderà con lei il da farsi.

Per il momento le risponde: *Niente affatto, è bravissimo. Tutto sotto controllo. A più tardi.*

Tutto sotto controllo. Si rende conto di aver usato un'espressione che non fa parte del suo vocabolario, come se avesse sentito la necessità di rimarcare una tranquillità che è ben lontano dal provare.

Kalidou intanto ha creato una chat chiamata "Luca", sulla quale i tre rider, lui e Genny comunicano costantemente.

L'ultimo messaggio è di Massimo: *Sono in piazza Garibaldi, niente. Voi?*

Monica: *Io in via Medina. Zero.*

Antonio: *Piazza del Gesù. Nessun Cavani in giro. In compenso, è pieno di Messi.*

In effetti, in città ci sono tantissimi tifosi catalani, molti dei quali indossano la maglia numero dieci del Barça.

Genny è sempre più preoccupato, è passata quasi un'ora da quando Luca è sparito. Il tempo è scaduto. Se dovesse accadere qualcosa di brutto, oltre a essere distrutto dal dolore, non si perdonerebbe mai di non essersi mosso tempestivamente.

Prende il telefono, va sulle ultime chiamate e tocca il nome di Giulia. Si porta il cellulare all'orecchio, ma in quel preciso istante lo squillo al massimo del volume quasi gli sfonda un timpano. Guarda il display: Luca!

"Dove sei? Come stai?"

Due secondi di silenzio.

"Luca. Ci sei?"

"Sì. Sto bene. Scusami. Non volevo."

La voce trema, gli sembra che stia per piangere.

"Dimmi dove sei."

"In una piazza che si chiama... aspetta... Amedeo. Sto mangiando una granita."

Genny si blocca, tanto da intralciare le persone che sopraggiungono, si porta le mani ai capelli e tira un sospiro di sollievo che appanna completamente il vetro del telefono.

"Stai bene?"

"Sì."

"Che è successo?"

"Sono... sono venuto a cercare una persona."

"Non ti muovere da lì. Arrivo."

Comincia a correre cercando un taxi. Ne vede uno, sale e urla al tassista di portarlo in piazza Amedeo. Intanto scrive sulla chat: *Ragazzi, mi ha appena chiamato. Sto andando da lui.*

Massimo: *Grande!*

Kalidou: *Dai, fratello!* (Emoticon del cuore.)

Monica: *Yeah!* (Emoticon del braccio col bicipite gonfio.)

Antonio: *Jamm bell!*

Genny: *Grazie a tutti. Se riesco vi scrivo dopo.*

Anche se mancano molte ore alla partita, la sensazione è che in città si viva una lunga, febbrile attesa.

"Oggi sarà 'nu burdell esagerat."

Il tassista ha la voce di chi ha fumato milioni di sigarette. Sta pescando pizzelle e panzarotti da un cuoppo di carta.

"Eh sì..." Genny non ha proprio la testa per fare conversazione, ma non vuole essere maleducato.

"Dicono che gli spagnoli sono più di diecimila," continua imperterrito il tassista.

Il taxi procede molto lentamente e poco dopo, all'altezza di piazza Carlo III, rimane imbottigliato.

Genny richiama Luca.

"C'è traffico. Ci metterò un po', scusa. Tu stai bene?"

"Sì, Genny: come prima. L'unica differenza è che ho finito la granita."

"Mannaggia a te, mi hai fatto quasi morire d'infarto."

"Mi dispiace."

"Il telefono è carico?"

"Sì, ho il settantadue per cento."

"Ok. Io invece sono mezzo scarico. Aspettami lì e non ti muovere, ok? A tra poco."

Fuori è sempre peggio. Genny si rivolge al tassista.

"Come la vedete?"

"Se andate di fretta non vorrei essere nei vostri panni. Stamm proprio 'nguajat."

"Dite che più avanti non si libera un po'?"

"Il navigatore mi dà tutto bloccato per almeno due chilometri. E strade alternative non ce ne stanno." Il tassista pesca un'altra pizzetta dal cuoppo e l'addenta soddisfatto, indifferente all'agitazione di Genny. Anzi, continuando a parlare gli porge il cuoppo e ne offre una anche a lui, che rifiuta ringraziando. "Mi sa che c'è un incidente... perché va bene la partita, ma un ingorgo così è veramente troppo."

Genny ha un'idea. Scrive sulla chat: *Ragazzi, dove siete? Sono in taxi ma è tutto bloccato.*

Massimo: *Io sto dalle parti del Museo Nazionale.*

Genny: *Io in piazza Carlo* III. *Siamo vicinissimi: ti posso chiedere un favore?*

Massimo non se lo fa ripetere due volte: tre minuti dopo è davanti al taxi, Genny paga e scende.

"Grazie mille, davvero," dice mentre inforca la bicicletta. "Ti scrivo appena l'ho raggiunto."

Massimo gli dà una pacca sulla spalla. "Stai tranquillo, Genny. Anzi, guarda, facciamo così: me la riporti dopo pranzo. E ora corri, non perdere tempo."

Si abbracciano, Genny monta in bici e inizia a pedalare.

In queste ore di forti emozioni se ne aggiunge un'altra: girare per Napoli in bicicletta, una cosa che, a pensarci bene, non fa da almeno dieci anni.

Mentre si alza sui pedali, zigzagando tra le auto incolonnate, gli scappa un altro dei suoi pensieri ad alta voce: "Ecco, questa è proprio la chiusura di un cerchio".

Lui, rider napoletano in borghese, in gara contro il tempo per raggiungere la meta. Stavolta però non si tratta di recapitare una cena, ma qualcosa di molto più prezioso. Qualcosa di immateriale, che conta come niente al mondo: sta andando dal suo amico Luca, che mangia la granita da solo.

Nessuno fa caso al suo commento, che si perde nel traffico di Napoli. Ancora una decina di minuti e Genny arriva a destinazione.

Non lo vede subito: fa un giro della piazza ed eccolo lì, seduto sulla panchina, piccolo e triste. Genny vorrebbe lanciare la bici per raggiungerlo ancora più in fretta. Fosse stata la sua l'avrebbe fatto, invece la lega a un palo e cammina verso di lui cercando di nascondere la preoccupazione.

Neanche il tempo di sederglisi accanto che Luca lo abbraccia e inizia a piangere.

Genny sente i singhiozzi sul petto, quel pianto a dirotto è uno squillo di tromba, capace di ridestarlo dall'anestesia nella quale è piombato da quando Claudia se n'è andata. Ha trattenuto, ha evitato, ha messo da parte. Le lacrime del suo giovane amico sono un dolente, inaspettato ritorno alla vita.

"Tranquillo, tranquillo," gli sussurra in un orecchio. "Va tutto bene, Luca. Ci sono qua io."

"Ho fatto un casino. Scusami, ho rovinato tutto. Come al solito."

"Questa è una frase da film, te ne rendi conto?" cerca di scherzare Genny.

Luca accenna un sorriso, ma dura mezzo secondo, perché subito dopo è di nuovo sopraffatto dalle lacrime.

Genny lo tiene stretto. "Stai bene?"

"Sì. Cioè no, sono triste. Mamma lo sa? Gliel'hai detto?"

"No, stavo per farlo quando mi hai chiamato. Senti," dice per distrarlo, "ho un'idea: ti va se ti porto in un posto? Una volta era il mio preferito. Non ci vado da anni."

I singhiozzi rallentano, Luca acconsente e si asciuga le lacrime.

"E perché non ci vai più?" gli chiede.

Eccola di nuovo, la fame delle cose. Genny riesce sempre a incuriosirlo, e anche stavolta ha spostato la sua attenzione.

"È una lunga storia. Andiamo, sali sulla canna. Mi sa che abbiamo un sacco di cose da raccontarci."

"Dove l'hai presa questa bici?"

"Me l'hanno prestata."

Ha deciso di non chiedergli subito spiegazioni sulla sua sparizione. Non c'è fretta. Adesso non più. Si farà raccontare tutto più tardi.

Luca è vivo e vegeto, davanti a lui. Sono di nuovo insieme. Basta col passato, basta con le ombre: ora è il momento di andare avanti, di pensare alla vita e al futuro.

41.
Il Fuorigrotta

2015. Pub Napoli Centrale. La maglietta degli Strokes. Claudia che gli si para davanti.

I ricordi sono una corona di spine intorno alla testa di Genny, mentre varca la soglia del locale in cui ha passato tante ore felici, una vita fa.

Eugenio è dietro il bancone, e sembra che sia rimasto sempre lì dall'ultima volta che lo ha visto.

"Gennarì! Uh, Maronna mia, che sorpresa. Ma quant'è ca un ce verimm?"

Si abbracciano.

"Tantissimo. Ti presento Luca, il mio migliore amico."

"Grande Luca! Benvenuto a Napoli Centrale. Genny, stai semp a Milano, eh?"

"Sì, ormai sono tre anni. Ti trovo in gran forma."

"Dai, non ci lamentiamo: quest'anno ne faccio cinquanta."

"Uà, e tu stai alla grande."

"Grazie, uagliò. Vi mettete al solito posto? Vicino alla biglietteria? Non credere che non me lo ricordi solo perché è passato del tempo."

Il solito posto. Quell'espressione dovrebbe riportare alla memoria momenti lieti di un passato di cui avere nostalgia, ma per Genny è come varcare la porta della stanza dei fantasmi. Ha un attimo di esitazione, poi acconsente.

"Che vi porto?" continua Eugenio, che non si è accorto del suo tentennamento.

"Per me una doppio malto. Luca, tu vuoi una Coca-Cola?"

"Sì, grazie. Però stavolta voglio pagare io."

"Sì, poi vediamo."

"Accomodatevi, arrivo subito."

Si siedono. Luca si guarda intorno.

"Ma siamo dentro un vagone. Che storia..."

"Ti piace?"

"È strano. Sì, mi piace."

"Il posto vicino alla biglietteria è quello più ambito. Quello in cui vorrebbero sedersi tutti. Perché è il più appartato. Ci venivo con la mia ragazza, quella che hai visto nella foto a casa dei miei: ricordi?"

"Sì, certo. Perché vi siete lasciati?"

"Non ci siamo lasciati, Luca. Claudia non c'è più."

Le parole esplodono come una bomba, mentre nella mente di Genny si affollano mille fotogrammi del passato: Claudia, il loro primo incontro, il suo "Mi piace come sorridi: sembra che perdi completamente il controllo", la salita a San Martino. E poi quel dannato dodici luglio, lo schianto, il buio, la Converse sporca di sangue...

Eugenio lo riporta bruscamente alla realtà.

"Signori, ecco a voi," annuncia. "La birra per Gennarino e la Coca per il nuovo amico Luca. E la partita dove la vedete?"

"Allo stadio!" Luca ha risposto con fierezza, riemergendo dalla sospensione in cui lo avevano lasciato le ultime parole di Genny.

"Uh, che invidia. Noi abbiamo il pienone, stasera: ho dovuto fare la serata su prenotazione. Volete ordinare qualcosa da mangiare?"

"Te lo diciamo tra poco, ok?"

"Nessuna fretta, Gennarì."

Appena si allontana, Luca punta i suoi occhi nerissimi su Genny.

"Cosa vuol dire che non c'è più?"

"È morta."

Ecco, l'ha detto. E stavolta non è solo un pensiero scappato al suo controllo: è una rivelazione che covava dentro di sé e che finalmente, alla luce degli ultimi eventi, ha deciso di condividere con l'amico.

"Morta?"

"Sì. Abbiamo avuto un incidente in macchina. Guidavo io."

Subito dopo averlo raccontato, Genny si rende conto che probabilmente ha scelto il momento sbagliato: Luca è già abbastanza sconvolto. Ma l'ha fatto d'impulso, come se inconsciamente avesse voluto dirgli di non preoccuparsi, perché anche lui ha vissuto giorni in cui tutto sembrava sgretolarsi. E la vita, poi, è stata più forte.

"Mi... mi dispiace, Genny."

"Tranquillo, è passato tanto tempo. Mi sono abituato all'idea di non averla. Tranne certe cose, che sono ancora un problema. Per esempio, guidare. E anche venire in questo pub. Ma oggi è il giorno giusto per tornarci. Perché sono con te, e dobbiamo festeggiare."

"Che cosa?"

"Il fatto che siamo di nuovo insieme. Ho avuto paura, sai? Paura di perderti."

Luca lo guarda con la bocca aperta e gli occhi spalancati.

"Non volevo farti stare in pensiero. Però dovevo farlo."

"Fare cosa?"

E con quella domanda Genny è di nuovo sulla soglia. Come quando consegna i sacchetti pieni di cibo, come la prima volta che è entrato in casa di Luca. Solo che stavolta non ha di fronte uno sconosciuto, ma il suo giovane amico che sta per mostrargli gli angoli bui della sua cameretta.

Lo farà a modo suo, con i suoi tempi. E infatti Luca cambia argomento, distratto dai piatti che vede passare nel locale.

"Ho fame," annuncia.

"Ma non hai appena preso una granita? Vedo che l'appetito non ti passa mai." Genny gli dà un buffetto sulla guancia. "Va bene, mangiamo. Ti fidi di me?"

"Sì, sempre."

"Allora prendiamo il Fuorigrotta, che porta pure bene per stasera. È il mio panino preferito: hamburger, provola e melanzane a funghetto. Una bomba."

"Ok."

"Eugenio, possiamo avere due Fuorigrotta?"

Il proprietario del pub riemerge affannosamente dai bassifondi del bancone, dove stava trafficando con un fusto di birra.

"Il tempo di farli, Gennarì."

"Grazie."

"Sono andato da mio padre."

Ora è il turno di Luca di spiegare.

"Tuo padre?"

"Sì, esatto."

"Vive a Napoli?"

"Sì. È di qua. Ha conosciuto la mamma in vacanza. Si sono innamorati, ma si sono lasciati dopo pochissimo tempo. Lui aveva un'altra famiglia. Poi sono nato io."

Genny lo ascolta, pensando a quanto dev'essere grande il vuoto che quel ragazzino si porta dentro.

"Da quanto non lo vedi?"

"Io... io non l'ho mai visto."

Restano in silenzio, Luca tiene con due mani il bicchierone di Coca, lo sguardo basso. Beve un sorso, adesso ha di nuovo gli occhi lucidi.

Genny non smette di guardarlo, vorrebbe abbracciarlo ancora, ma stavolta sente di doversi trattenere, di doverlo trattare da adulto, come se il suo sforzo di liberarsi di quel peso gigantesco andasse premiato.

"Scusami se non te l'avevo detto, ma quando ho avuto l'idea di venire a vedere la partita non l'avevo ancora deciso. Mi è venuto in mente dopo, di provare a cercarlo, però ho pensato che se te lo dicevo poi non mi lasciavi andare."

"Non preoccuparti. Non ti devi giustificare. L'importante è che tu ora sia qui, al sicuro. Com'è stato vederlo?"

"Non l'ho visto. Sul citofono non c'era nessun Cristiano Nizzardelli. Il portinaio mi ha detto che non abita più lì."

Una lacrima scende e si tuffa nella Coca-Cola. Luca tiene sempre lo sguardo basso, sembra essersi fatto ancora più piccolo agli occhi di Genny, che fa sempre più fatica a trattenere l'impulso di stringerlo e dirgli che va tutto bene. Invece si limita a passargli un fazzolettino di carta e Luca si asciuga gli occhi. Arrivano i panini, li mangiano in silenzio. E finalmente Luca ricomincia a parlare, timido ma deciso.

"Senti, Genny..."

"Dimmi..."

"Com'è quando muore qualcuno a cui vuoi bene?"

"Ti è mai capitato di bere mentre nuoti?"

"Sì."

"E com'è?"

"Sembra di soffocare."

"Ecco, quando è morta Claudia mi sentivo così."

42.
Il prosecco

"Non sento niente! Ma che casino c'è?"

"Mamma! È pazzesco! È già tanto che sei riuscita a prendere la linea."

"Cosaaa?"

"È GIÀ TANTO CHE SEI RIUSCITA A CHIAMARMI!"

"Dimmi dove siete, magari vi vedo in tv."

"In tribuna. Più o meno all'altezza del centrocampo."

"I vostri posti sono buoni? Si vede bene?"

"Sì. Perfetti. Adesso chiudo, stanno leggendo le formazioni."

Sono arrivati presto al San Paolo, alle sette erano già seduti.

Dopo il pranzo da Napoli Centrale erano rimasti a lungo nel locale, raccontandosi tutto quello che non si erano mai detti prima. Si erano aperti totalmente, uscendone, se possibile, ancora più legati.

Genny è rimasto molto colpito dai racconti di Luca sul padre: gli sembra davvero incredibile che non si siano mai incontrati. Avrebbe voluto dirglielo – se non lo ha fatto, è stato soltanto per non turbarlo e per non sembrare indiscreto agli occhi di Giulia –, ma come abbia fatto, quell'uomo, a sopportare il peso di non avere mai visto suo figlio è qualcosa che va oltre le sue capacità di comprensione. Allo stesso modo, stenta a capire come Giulia sia riuscita a gestire per anni una situazione così delicata.

Hanno concertato di non dirle nulla della fuga di Luca, almeno non al telefono. Usciti dal locale, si sono dati appuntamento con Massimo: Genny lo ha ringraziato ancora una volta per la sua disponibilità e quella dei suoi amici, gli ha restituito la bici e finalmente lui e Luca sono tornati verso casa di Gino, per riposare un po' prima di andare allo stadio. La giornata, fino a quel momento, era già stata parecchio intensa.

Come nel classico rituale da stadio, lo speaker scandisce con tono enfatico i nomi dei calciatori schierati da Gattuso, con la folla che a ogni nome risponde con un boato. Luca si è già sgolato e quasi non ha più voce. Quando invece vengono annunciati quelli del Barcellona, con un tono sobrio, per non dire dimesso, esplode l'esultanza dei tifosi catalani, subito sovrastata dai fischi della maggioranza dei presenti.

"Vedi che non ho sbagliato di molto sull'atteggiamento tattico: ha messo tre punte lì davanti!" urla Gino, ma Luca e Genny devono comunque sforzarsi per sentirlo.

Milik, Insigne e Callejón, in effetti, sono in campo dal primo minuto: Gino aveva immaginato Mertens al posto dello spagnolo, ma probabilmente il belga entrerà nel secondo tempo.

Per il resto, il Napoli schiera Ospina in porta, Manólas e Koulibaly difensori centrali, Ghoulam e Malcuit esterni, Zieliński, Allan e Fabián Ruiz a centrocampo.

Il Barcellona è in formazione tipo, con Leo Messi che ovviamente è il più osservato dai tifosi. Il confronto con Maradona a Napoli è molto sentito. Inutile chiedersi chi dei due, qui, venga ritenuto superiore.

In una serata perfetta anche dal punto di vista meteorolo-

gico, l'arbitro fischia il calcio d'inizio: Napoli-Barcellona, semifinale della Uefa Champions League.

Luca non sta nella pelle per la sua prima volta allo stadio.
Quando guardava le partite in tv ha sognato mille volte di
essere qui, avrebbe voluto attraversare lo schermo e ritrovarsi come per magia dall'altra parte, seduto sugli spalti del San
Paolo. Adesso sta succedendo, è tutto vero. Quasi non ci
crede.

Genny gli sorride, poi si gira a osservare lo spettacolo dello stadio strapieno, le migliaia di bandiere che sventolano, i
volti intorno a lui che sembrano sospesi tra l'estasi e l'ansia. È
fatto così: anche ai concerti, alla fine di ogni canzone, sente
l'impulso di girarsi e guardare gli altri, con la stessa curiosità
che lo muove quando consegna il cibo.

La gara parte subito con un buon ritmo e alcune fiammate
da parte di entrambe le squadre. È proprio Messi il primo a
tirare in porta, sfiorando il palo alla destra di Ospina, con tutto lo stadio che trattiene il fiato. Cinque minuti dopo, Milik di
testa colpisce il palo. Nonostante la posta in gioco sia molto
alta, è una partita aperta, con il Napoli leggermente più offensivo e il Barcellona – col suo solito, celeberrimo possesso palla – che comunque non sembra teso a difendere il due a uno
dell'andata.

Ci sono almeno altre due occasioni per il Napoli e una
per gli spagnoli, ma il primo tempo finisce zero a zero.

Gino è stremato, neanche avesse giocato lui. Luca salte-
rebbe volentieri l'intervallo, ha così tanta adrenalina in circolo che non riesce a stare fermo. Genny sembra il più tranquillo dei tre, anche se si è a sua volta lasciato andare in
occasione delle palle goal.

"Scrivi un messaggio a tua madre. Ti va?"

"Ok," acconsente Luca, e si mette subito a digitare:

Allora? Ci hanno inquadrato? (Faccina che fa l'occhiolino.) *Qui è una figata pazzesca.*

Prova a inviare diverse volte, ma la congestione delle linee non permette al whatsapp di partire. Dopo molti tentativi, finalmente ce la fa.

"Che dici, Lucariè? Come la vedi?" gli chiede Gino con un'espressione serissima, come a voler rimarcare che a lui il suo parere interessa molto. Gli piace l'idea di farlo sentire adulto.

"Per me segniamo all'inizio del secondo tempo. Quando guardo le partite da casa, ogni volta che dico così poi succede davvero."

"Be', se indovini pure stavolta ti facciamo un regalo. Che dici, Gennari'?"

Genny aderisce subito alla proposta, Luca è sempre più eccitato. "Veramente? Ma posso sceglierlo io?"

"E certo!" dice Gino aggrottando le sopracciglia, come a intendere che la cosa è scontata.

"E se scelgo qualcosa che costa tanto e non ve la potete permettere?"

"Senti, metti un attimo il braccio così..."

"Così come?"

"Col gomito rivolto verso di me."

"Così?"

"Esatto: ma vattenn, va'..."

È un vecchio giochino, ma quando si ha a che fare con un dodicenne il vantaggio è che certe cose sono talmente datate da fare in tempo a sembrare nuove. Infatti per Luca è una novità, ride e dice a Gino che lo rifarà di sicuro con Mattia e i suoi compagni di scuola.

Nello stadio la differenza tra la partita e l'intervallo in termini di decibel è minima: la folla continua incessantemente a urlare e a intonare cori, Luca è entusiasta.

Poi le squadre rientrano in campo e il boato aumenta d'intensità. Per il momento non ci sono state sostituzioni, si rivedono gli stessi ventidue del primo tempo. Fischio d'inizio, si riparte.

Quattro minuti e Suarez colpisce la traversa con un tiro dal limite dell'area. Gino si copre di nuovo il viso con le mani, celebrando lo scampato pericolo con un cinque a Luca, che intanto riceve il messaggio di risposta da Giulia: *Buon secondo tempo, e forza Napoli!* Mostra il telefono a Genny, che gli fa un cenno di approvazione. Vederlo così felice è una meraviglia, specialmente dopo quello che ha saputo nelle ultime ore.

Genny si guarda intorno, si chiede se il padre di Luca non sia uno di quei settantamila. Passa in rassegna un po' di facce, come ai concerti: si concentra su un tipo alla sua destra, con un viso che può ricordare quello di Cristiano, almeno per come lo ha visto nella foto profilo di Facebook che Luca gli ha mostrato durante la lunga chiacchierata al pub. Si immerge così tanto in quella fantasia che a un certo punto gli sembra reale, e per un attimo pensa quasi di andare da quell'uomo, afferrarlo per un braccio e portarlo da Luca.

Il boato dello stadio è così forte che Genny, distratto dal suo sogno a occhi aperti, si spaventa: con un tiro a rientrare dalla sinistra del limite dell'area, Lorenzo Insigne ha portato in vantaggio il Napoli!

Si è perso il goal, ma quando Luca lo abbraccia, talmente forte da fargli quasi male, è più contento per lui che dispiaciuto per se stesso.

Gino, intanto, pazzo di gioia, abbraccia una donna piuttosto procace seduta accanto a lui, mentre Luca urla di ricordarsi del regalo che gli hanno promesso. In questo momento è il Napoli a passare il turno, ma al San Paolo nessuno si sognerebbe mai di dirlo: la scaramanzia è d'obbligo in una serata come questa.

Al venticinquesimo entra Dembélé al posto di Griezmann, che accusa un dolore alla coscia destra, e qualche minuto dopo il Napoli sostituisce Milik con Mertens. Dopo il goal il ritmo della partita è cambiato, con il Barcellona più offensivo e il Napoli che adesso contiene. Troppo, secondo Gino.

"Eh no, però, uagliù: così no! Se ci chiudiamo in difesa chist 'nu goal c'o fann."

"Ma va', non dirlo. Siamo troppo forti. Kalidou si mette davanti alla porta."

Quando Luca pronuncia il nome di battesimo di Koulibaly, Genny non può non pensare al suo amico. Gli manca e non vede l'ora di rivederlo e raccontargli tutto, non solo del viaggio a Napoli ma anche di Claudia, del suo dolore, di Luca, di suo padre.

Tutte le cose che non gli ha mai detto, bloccato da quella ritrosia che, da adesso, sente di volersi lasciare alle spalle. Sente di poterlo fare, finalmente.

Mancano sedici minuti più recupero, la gente comincia timidamente a buttare un occhio al cronometro. Ma non sanno che non è ancora successo nulla. Le grandi squadre sono tali anche per quella loro caratteristica di non lasciarti mai tranquillo, perché ti colpiscono proprio quando ti rilassi, senza nessun rispetto per la tua fragilità: è così che funziona il gioco del calcio.

Messi, che di quella spietatezza è l'emblema, non ha brillato fino a quel momento, tanto che il pubblico non ha perso occasione per schernirlo, ribadendo con la proverbiale creatività napoletana quanto distante sia da Maradona. Ma al settantaseiesimo, su un passaggio sbagliato di Zieliński, inventa una delle sue magie: intercetta, dribbla con una velocità spaventosa prima Allan e poi Manólas, e con un tiro angolato la mette dentro. Uno a uno, e il Barça che in questo momento è in finale.

La folla ammutolisce, si sentono solo i tifosi spagnoli. Luca non può crederci, Gino è atterrito e anche Genny, nonostante sia il più composto dei tre, è il ritratto della tristezza.

Palla al centro, Insigne chiede il sostegno dei tifosi. Mancano dodici minuti più recupero.

Su una rimessa laterale di Malcuit, Callejón s'invola lungo la fascia sinistra, la difesa catalana sembra un po' distratta, lo spagnolo crossa basso, la palla è forte e tesa e Mertens, in scivolata, fa due a uno!

Il San Paolo esplode in un urlo di gioia, Genny si mette le mani sulle orecchie. Luca è fuori di sé, Gino ormai, il solito marpione, è a un passo dal baciare la vicina, che ha scoperto chiamarsi Simona.

Minuto ottantuno, in questo momento il risultato è di parità, il che vuol dire tempi supplementari e poi, eventualmente, rigori.

L'unica a esserne contenta, se fosse qui, sarebbe Giulia, i rigori sono la sola cosa che la attrae delle partite. Luca non sa bene cosa sperare: se da un lato, ovviamente, vorrebbe che il Napoli la risolvesse entro il novantesimo, dall'altro sarebbe contento anche di una vittoria ai rigori, che prolungherebbe quella serata magica.

Le squadre adesso sono stanche e si allungano, facendo appello alle energie residue per tentare di vincere. Il gioco è confuso, le idee sono annacquate dalla stanchezza. Va avanti così fino alla fine, con una mezza palla goal di Dembélé, un tiro che Ospina neutralizza senza troppo affanno.

L'arbitro concede quattro minuti di recupero, i primi due trascorrono tra passaggi sbagliati e giocatori che tirano il fiato, stremati dalla battaglia. Ma al novantatreesimo accade l'imponderabile: su un passaggio sbagliato di Messi, Mertens intercetta il pallone, vola verso l'area e Stegen non può fare altro che atterrarlo. Calcio di rigore! I catalani non accennano nemmeno a protestare, il fallo è netto.

Lo stadio adesso è una bolgia infernale, Luca e Genny si

abbracciano, Gino e Simona ormai sono una cosa sola. I giocatori del Napoli si consultano rapidamente ed è Insigne a sistemare il pallone sul dischetto. Non ci sarà neanche il tempo di rimettere in gioco, è l'ultimo atto.

Genny guarda Gino, poi si sofferma su Luca. Contemporaneamente, ripensa a tutto dall'inizio: il primo delivery, le chiacchiere sul divano, quello sguardo malinconico eppure pieno di vita, Giulia, le cene, le passeggiate al parco, il brindisi accompagnato da quella proposta assurda, la fuga di Luca, la paura di averlo perso, il pranzo delle rivelazioni. Sembra durare venti minuti, ma sono solo pochi secondi. L'arbitro fischia, Insigne prende la rincorsa in un silenzio irreale, finta, Stegen che si butta a destra e il pallone che finisce in rete accarezzando il palo sinistro. Il Napoli ha battuto il Barcellona tre a uno, è in finale di Champions.

Luca urla come un ossesso, si lancia su Genny che deve usare tutta la sua forza per restare in equilibrio. Gino sta bevendo prosecco da una bottiglia che gli ha passato Simona. Il San Paolo è Rio de Janeiro l'ultimo giorno del carnevale. Ma la festa è appena cominciata, perché Napoli ha in serbo per loro la notte più incredibile di tutti i tempi.

È ora di andare: Genny, Luca e Gino si riempiono gli occhi ancora una volta con lo spettacolo dello stadio in tripudio, prima di unirsi alla fila di tifosi diretti verso l'uscita. Fuori, li aspetta il primo giorno del resto della loro vita.

43.
Sfogliatella, spremuta e caffè

Caro Cristiano,
*   tu e io non ci conosciamo, mi chiamo Genny.*
*   Ti scrivo perché sono un amico di Luca; Giulia non sa nulla di questo messaggio, è una mia iniziativa.*
*   Abito a Milano ma sono di Napoli, e in questi giorni ci sono tornato con Luca, per la partita.*
*   Ieri mattina tuo figlio è venuto a cercarti. Eravamo in un bar, lui ha finto di andare in bagno, è scappato ed è venuto da solo sotto il tuo portone. Quando è arrivato, gli hanno detto che hai cambiato casa.*
*   Io non ho alcun diritto di intromettermi in una situazione così delicata, ma so che se non facessi questo tentativo mi rimarrebbe il rimpianto per sempre.*
*   Non ho idea di che tipo di persona tu sia, né di che cosa ti abbia portato a fare le scelte che hai fatto. Non so niente, e non ti giudico.*
*   So solo che l'espressione di Luca quando me l'ha raccontato mi ha fatto male come poche altre cose nella vita. E ti assicuro che qualche grande sfiga mi è capitata.*
*   Non ti faccio perdere altro tempo: oggi ripartiamo, dalle undici saremo seduti al Caffè De Sanctis, in stazione Centrale, quello all'entrata principale, sulla destra. Dovresti riconoscerci facilmente: Luca ha addosso la maglia di Cavani.*

Ti scrivo il mio numero. Se decidi di venire, mandami un messaggio.

Spero di non averti infastidito: in questo caso, cancella tutto e dimenticati di me.

Se invece verrai, per me avrai fatto la cosa giusta. Per quello che può contare il parere di uno sconosciuto.

Grazie.

Genny

Gli ha scritto su Messenger, alle quattro del mattino. Per fortuna aveva memorizzato il nome e il cognome di Cristiano quando Luca glielo aveva mostrato su Facebook al pub, così ha potuto rintracciarlo. Ha scritto il messaggio e poi ha tentennato almeno un'ora prima di inviarlo.

Ha pensato che non dire niente a Giulia fosse sbagliato, un'imperdonabile violazione della sua privacy, una totale mancanza di rispetto per una madre e il suo dolore. Ma ogni volta che stava per desistere, lo sguardo di Luca tornava a tormentarlo. E non che di emozioni forti, dopo la confessione al tavolo di Napoli Centrale, non ce ne fossero state: la partita, la vittoria, i festeggiamenti. Eppure, ciò che gli era rimasto più impresso erano gli occhi di Luca, il suo dolore composto mentre beveva la Coca e gli raccontava tutto. E allora ha deciso di mandarlo, quel messaggio.

Certo, è solo un tentativo. Molto probabilmente Cristiano non lo leggerà mai, e anche volendo credere che lo farà, magari non sarà in tempo utile. Oppure lo troverà fuori luogo, e ne parlerà con Giulia, e chissà lei, a quel punto, come reagirà. Anzi, forse gliene ha già parlato, e tra un po' Giulia lo chiamerà per chiedergli spiegazioni. Ma è un rischio che è disposto a correre.

Si è fatto la doccia, ha svegliato Gino e alla fine è andato in camera di Luca. Lui ha aperto gli occhi sorridendo, la serata era stata epica. Non la dimenticherà per il resto della vita.

Si sono preparati tutti e tre, Luca gli ha chiesto se poteva mettere ancora la maglia di Cavani, anche se l'aveva indossata per due giorni interi, e Genny gli ha risposto di sì.

Si sono scattati un selfie e lo hanno mandato a Giulia, scrivendole che l'avrebbero chiamata dal treno non appena partiti.

Lei ha commentato la maglietta sporca di tre giorni con delle faccine che vomitano. Buon segno. Non avrebbe certo voglia di scherzare se Cristiano le avesse già raccontato dell'iniziativa di Genny.

Poi sono usciti per un'altra traversata con la Cinquecento delle meraviglie.

"Ti va di guidare, Gennarì?"

La domanda di Gino getta Genny nel panico. Non gli ha mai confidato di non aver più guidato dal giorno dell'incidente, lo ha detto solo a Luca, quando erano al pub.

Un silenzio strano piomba sul trio, con Gino che non capisce la ragione di quell'imbarazzo. Ci pensa Luca a risolvere la situazione: prende le chiavi e le mette in mano a Genny, apre lo sportello e lo spinge letteralmente nell'abitacolo.

Genny esita, ripensa a Claudia, a quella mattina, a cosa si stavano dicendo prima dello schianto, alle loro voci spensierate. E poi pensa a come ha vissuto negli ultimi anni, a tutte le cose a cui sta rinunciando, alla sua vita ferma, bloccata, ammaccata, proprio come il rottame della sua Twingo, che rivide qualche giorno dopo, quando andò a svuotarla dei cd e delle poche altre cose che teneva nel cassettino. Abbassandosi per raccogliere delle monete, vide quella scarpa insanguinata: era rimasta incastrata sotto il sedile, come in trappola.

Di colpo gli torna in mente la frase di Lucrezia: "Se sbagli ci riprovi". Allora si siede al posto del guidatore, regola sedile e specchietto e accende il motore, con Luca che intanto è salito a bordo dietro di lui e lo guarda dal retrovisore per dargli coraggio e Gino che, a quel punto, ha capito cosa sta passando per la testa dell'amico e lo osserva con la coda dell'occhio, cercando di trasmettergli sicurezza.

Mette la prima e comincia ad andare, all'inizio un po' teso, poi con sempre maggiore scioltezza, mentre lo sguardo di Luca continua a rassicurarlo.

In giro, è il più classico dei day after: la festa è durata tutta la notte, senza sosta. Bandiere ovunque, e un silenzio irreale che dimostra quanto tardi Napoli si sia messa a letto quella notte.

Arrivati in piazza Garibaldi, scendono dalla macchina.

"Quando ci rivediamo, Gennà? Mi prometti che non facciamo passare troppo tempo?"

"Sì, amico mio. Torno presto."

"E farai quello che devi fare?"

Genny lo guarda dubbioso.

"Che vuoi dire?"

"Scriverai a Lucrezia?"

Genny sorride.

"Promesso. Ti faccio sapere gli sviluppi, ok? Grazie di tutto, uagliò."

"Non dirlo nemmeno. Lo sai che puoi sempre contare su di me."

Si abbracciano. Luca si è tenuto in disparte, ma Gino gli fa segno di avvicinarsi:

"Lucariè! Vieni a darmi un abbraccio!".

Luca non se lo fa ripetere due volte, poi Gino si rimette in macchina e riparte, probabilmente in direzione della sua camera da letto.

"Colazione, Matador?"

Luca non aspettava altro.

"Sì, grazie!"

Quando entrano da De Sanctis, Genny sceglie un tavolo un po' appartato rispetto all'ingresso e alla vetrata principale.

"Cosa prendi?"

"Sfogliatella, spremuta e caffè."

"Vabbè, ma sei diventato ufficialmente napoletano!"

Ordinano, il cameriere arriva con la loro colazione e cominciano a mangiare.

"Allora? Stanotte sei riuscito a dormire o avevi ancora troppa adrenalina in corpo?"

"Ci ho messo un po'. Ma quanto siamo forti?"

"Fortissimi. È stato incredibile, vero?"

"Sì. Chissà la finale... L'unica cosa che mi dispiace è che la giocheremo col Paris Saint-Germain. Non voglio vincere contro Cavani..."

"Lo dici adesso, ma voglio proprio sentire cosa dirai quella sera. Comunque, un passo alla volta: già essere arrivati fin qua è grandioso."

Luca lo guarda con i suoi occhi neri e per la prima volta Genny ha l'impressione che non ci siano più ombre, che sia davvero felice.

"Grazie, Genny. Sei il mio migliore amico."

"Anche tu. Diciamo a pari merito con Kalidou. Voglio presentartelo, quando saremo a Milano. Secondo me vi piacerete un sacco."

In quel momento sente vibrare il telefono. È un whatsapp da un numero sconosciuto:

Non so chi tu sia, e a che titolo ti intrometta in questa storia. Mi sono abbastanza incazzato quando ho letto il messaggio. Però alla fine sto venendo. Arrivo tra dieci minuti.

Genny rilegge due volte, accertandosi che Luca non veda.

Il cuore gli batte forte: non ci contava affatto e, ora che sta succedendo, quasi non ci crede. Non sa che fare, è a disagio. Non sa come potrebbe reagire Luca, forse dovrebbe prepararlo, accennargli almeno qualcosa. Non sa se aspettare che Cristiano arrivi, presentarsi e spiegargli meglio perché lo ha fatto. È curioso di vedere la faccia di quell'uomo, di scoprire se Luca gli assomiglia, di tentare di capire dal suo sguardo che tipo è, se di lui ci si può fidare, e soprattutto come ha fatto a stare lontano dal figlio per tutti quegli anni. Si chiede anche se non sia un rischio lasciare Luca da solo con lui: è suo padre, ma di fatto è un totale sconosciuto. Invece non fa niente di tutto questo, Genny. Niente.

"Luca, devo fare un salto in edicola. Non è che scappi di nuovo se intanto ti lascio qui a finire la spremuta, vero?"

"No, non ti preoccupare: te lo giuro. Ma non vuoi che ti accompagni?"

"No, tranquillo. Tanto lo so che non vedi l'ora di guardare i video che ti ha mandato Gino. È da quando ci siamo seduti che hai il telefono in mano."

Luca sorride. "Mi fai quasi paura: capisci sempre tutto."

"Vuoi che ti prenda qualche giornalino?"

"No, grazie," gli risponde senza neanche guardarlo, già risucchiato dentro lo schermo.

Meglio così, Genny può portarsi via il trolley senza che lui se ne accorga: ha deciso di lasciarli soli, perché abbiano del tempo per conoscersi. Li terrà d'occhio da lontano per un po' e poi aspetterà Luca direttamente a bordo. Percorre circa trecento metri e si siede su una panchina. Il primo messaggio è per Cristiano:

Il treno parte alle 12.05. Binario 13, carrozza 4, posto 11.

Invia, chiude gli occhi per tre secondi, respirando profondamente. Poi cerca il numero di Lucrezia.

Ciao, come stai? Il libro non l'ho ancora finito: mi sa che per la recensione saremo costretti a vederci a Milano.

Doppio segno di spunta, messaggio ricevuto e subito letto.

Poi la scritta: "Lucrezia sta scrivendo".

Ciao! Io benissimo, grazie. A te nemmeno lo chiedo: dev'es-

sere stata una serata pazzesca. (Faccina con le stelle negli occhi.) *Per la recensione... cosa vuoi che ti dica? Farò questo sacrificio.*

(Faccina che ride.) *Allora ti va se in settimana ci vediamo?*
Volentieri. Io rientro domenica pomeriggio. Dimmi tu.
Di venerdì non lavoro. Che dici?
Perfetto. Poi decidiamo cosa fare. Magari un delivery! (Faccina che ride.)

Ma no, lascia perdere. Ho sentito di quelle storie sui rider... (Altra faccina che ride.)

Allora a venerdì. (Faccina che manda bacio.)

(Faccina che manda bacio.)

Si appoggia allo schienale, sospira e si passa le mani tra i capelli. Da come lo fissa una signora seduta di fronte, si rende conto che probabilmente sta guardando nel vuoto, con un sorriso stupido stampato sulla faccia. Ma gli va bene così, è questa l'espressione che vuole avere per un po'. Almeno fino a venerdì. Poi controlla l'ora, si alza e si avvicina al bar per sbirciare dentro: Luca non è più da solo. Cristiano si è seduto di fronte a lui, li vede parlare, sembrano tranquilli.

Rimane lì a osservare dalla soglia, il tempo di capire se va tutto bene, se può davvero lasciare Luca da solo con quell'uomo. Studia con molta attenzione ogni dettaglio della scena, come fa quando consegna il sacchetto con il cibo, quando guarda negli occhi la persona che gli ha aperto la porta, dà un'occhiata rapidissima alla sua casa e ne sente l'odore.

Gli sembra che sia tutto ok, che di quell'uomo, nonostante tutto, ci si possa fidare.

Si gira e si avvia verso il treno.

44.
Plancton 2

L'uomo entra in stazione alle undici e tredici. Il suo passo è lento, a differenza del battito del suo cuore, che è piuttosto accelerato.

Gira a destra, percorre ancora cento metri, poi stringe appena gli occhi e lo vede.

La schiena magra, la maglia con il numero sette, il collo sottile, i capelli scuri con la crestina.

Ha una lieve esitazione, all'improvviso sente la testa leggera e il fiato corto, come fosse sott'acqua, come le balene quando riemergono dalla profondità degli abissi per prendere aria in superficie. Fa un respiro, poi ricomincia a camminare.

Entra nel bar, si ferma a guardarlo ma lui non se ne accorge, perché non ha mai staccato lo sguardo dal telefono.

Procede verso il tavolo con passi incerti, e quando lo raggiunge la sua ombra entra nel campo visivo di Luca, che alza gli occhi nerissimi e lo guarda perplesso.

Cristiano gli sorride, si schiarisce la voce e gli dice:

"Ciao Luca: posso sedermi qui con te?".

Ringraziamenti

Questo libro è una storia inventata, ogni riferimento a persone esistenti o a fatti realmente accaduti è puramente casuale. La parte che riguarda i rider, in particolare, è una narrazione fittizia, per quanto verosimile, e non vuole essere un'analisi sociologica di un mondo così complesso e variegato. È piuttosto un omaggio ai ragazzi e alle ragazze che fanno questo lavoro, verso i quali, fin dalla loro comparsa sulle strade del nostro Paese, ho sentito un afflato e un'empatia che non potevo non ascoltare.

Ringrazio Francesco Gungui, senza il quale le mie storie sarebbero rimaste per sempre nel cassetto, smarrite e solitarie come calzini lavati troppe volte.

Chiara Gamberale, perché non è mai troppo tardi per incontrare un mentore.

Gianluca Foglia, che mi ha fatto sentire subito a casa.

Ricciarda Barbieri, che nel corso di chiacchierate lunghissime e piene di sorrisi mi ha fatto capire la differenza tra un ragazzo con un po' di immaginazione e un narratore.

Giovanna Salvia, per il prezioso "mastering".

Lucrezia Bortoluzzi, per la consulenza fondamentale sui rider e il loro lavoro.

La mia famiglia e i miei amici, destinatari di anteprime talvolta non richieste.

Jamie, perché averla incontrata è davvero la fortuna più grande che mi sia mai capitata.

I tifosi del Napoli, con la speranza che raccontare delle partite immaginarie sia compatibile con il loro (il nostro) livello di scaramanzia.

I miei lettori, una categoria che non ero affatto certo potesse esistere, e invece è lì fuori, fatta di persone che anche stavolta, forse, mi faranno un regalo preziosissimo: prendere le mie parole e farle entrare nelle loro vite. Non riesco davvero a esprimere quanto questo possa emozionarmi e quanto io vi sia grato.

Indice